collection

挚情 真知 雅意

名家作品中学生典藏版

STUDENT EDITION

XU ZECHEN collection

徐则臣作品

徐则臣，1978年生于江苏东海，毕业于北京大学中文系，现为《人民文学》杂志副主编。著有《北上》《耶路撒冷》《王城如海》《青云谷童话》《北京西郊故事集》等。曾获庄重文文学奖、华语文学传媒大奖·年度小说家奖、冯牧文学奖，被《南方人物周刊》评为“2015年度中国青年领袖”。《如果大雪封门》获第六届鲁迅文学奖短篇小说奖，同名短篇小说集获“2016中国好书”奖。长篇小说《北上》获“2018中国好书”奖、全国“五个一工程”奖、第十届茅盾文学奖。长篇小说《耶路撒冷》获第五届老舍文学奖、首届腾讯书院文学奖。作品被翻译成英、法、德等近二十种语言。

典藏

纸上少年

中学生典藏版

C

徐则臣 著

山西出版传媒集团 山西教育出版社

图书在版编目（CIP）数据

徐则臣作品：中学生典藏版：纸上少年 / 徐则臣著；刘晓露编. — 太原：山西教育出版社，2021.6

ISBN 978-7-5703-1464-5

Ⅰ. ①徐… Ⅱ. ①徐… ②刘… Ⅲ. ①中国文学－当代文学－作品综合集 Ⅳ. ①I217.2

中国版本图书馆CIP数据核字（2021）第048011号

徐则臣作品中学生典藏版·纸上少年

策　　划　刘晓露
责任编辑　刘晓露
复　　审　海晓丽
终　　审　郭志强
装帧设计　薛　菲
印装监制　蔡　洁

出版发行　山西出版传媒集团·山西教育出版社
（太原市水西门街馒头巷7号　电话：0351-4729801　邮编：030002）
印　　装　山西新华印业有限公司

开　　本　889×1194　1/32
印　　张　8.75
字　　数　194千字
版　　次　2021年6月第1版　2021年6月山西第1次印刷
书　　号　ISBN 978-7-5703-1464-5
定　　价　35.00元

拿起笔，建一座纸上的博物馆

（自　序）

徐则臣

这两年回头看，常发现时光迅疾，哗哗就成了中年人，四十个春秋一晃过去了。这“一晃”，是想不起浩浩荡荡的时光里究竟经历了哪些事，快得仿佛一无所有。非健忘，实在是时光浩渺，而生活卑微，一个人的一生落进时间的河流里，不过沧海一粟。但过去了不等于消失了，幸好写下过一些文字，长长短短地留了下来，空茫和虚妄时翻检来看看，沉落进时间之河里的往事一点点浮出水面，闪动幽暗的光。

这些光是四十年经历过的事，以及四十年里长久的疑难、困惑，以及曾经于一时或一地闪现过的念头、情绪、发现与失落。这些形诸文字的，有小说，长的短的；也有散文随笔，讲故事、说事情、记录转瞬即逝的小心绪。这些文字铺展开来，原来四十年并非摇首耸身即可描述，还有或粗疏或细腻的记录。分明就是一片连绵的生活。

年华逝水，生活留在了纸上。文字是我的纸上生活。

很多年里，我都热衷于怂恿别人写点东西，虚构或非虚构，能讲故事就讲个故事，不能讲故事就记录一下每天的生活与想法。并非只有作家才应该舞文弄墨，别的职业和身份也需要留下点印记。我的想法很简单，岁月无情，记忆力也并非总能靠得住，就算靠得住，好记忆也不敌烂笔头。我们要给自己留下一条生活的线索。

有一年我在美国游荡，看了很多小博物馆。那些博物馆是真小，一个镇子上几十户人家，几百口人，辟出一个独立的空间，每家分到一小块地方：小物件放到墙上的木头格子里，像我们中国的多宝阁；大物件摆在地上；可以拴绳子的，就直接挂到墙上。

美国历史没那么久远，那些被供进博物馆里的老物件，再老也不过一两百年。从绝对的古董价值看，这些物件都值不了几个钱，有的很可能一文不值。但就这一两百年也管用，足够几代人生生死死，留不下的东西就彻底没有了。这些物件，大多是某一户人家几十年前或祖宗们的信物和日用品，装首饰的匣子，失修的钟表，褪了色的老照片，骑不动的老式自行车，杯盘汤匙，针头线脑，各种劳作工具，甚至跑了单帮的一只旧皮鞋。

这些物件对他人几乎也不具有意义，但镇政府或民间还是煞有介事地辟出个房屋来分门别类地盛放这些东西，因为它们对每一户具体的人家有意义。你们家的历史就附着在这些平常又琐碎的物件上，每一个物件都有一个故事，每一件古董都是通往你们家历史和祖先生活的一条道路。经由这些物件，你得以找到自己的根；经由这些物件，你得以扎下根——有了根你才是真正的你自己。

小博物馆让你知道你之“所从来”。记录生活的那些文字就是一座自我的博物馆。你用写作建造了一座自己的博物馆，那里存放了你过往的生活。

写作的重大意义之一即是抵抗遗忘。写作留下了历史与当下的生活现场，同时也是对两种现场的梳理和探究，正如每一次新的藏品加入小博物馆，历史的真相和讲述方式都可能要重新调整。博物馆呼唤更多有价值的藏品以钩沉出历史，我们的生活也需要更多真切的文字以挽留逝去的时光。

那就拿起笔，建一座自己的纸上博物馆。

是为序。

2021 年 3 月 30 日

CONTENTS 目录

岁月深处的故乡

滚滚红尘的烟火

风景独好的远方

一意孤行的文学

岁月深处的故乡

我说过，城市里没有风，所有的风都来自野地和村庄。因为没有谁像野地里的孩子那样依赖风才能生长，尽管，也许同样是几十年前的那场风又回过头，把他送到了另外一个地方。风是我们见过最多的东西。我一直跟着一阵风向前走，走着走着就长大了。

——《风吹一生》

我说过，城市里没有风，所有的风都来自野地和村庄。

——《风吹一生》

放 牛 记

记忆很不可靠，现在我想在过往的时间里标出某事的起始点时，经常茫然，前头是省略号，后头还得是省略号，仿佛事情的确是无始无终。我现在就想不起我何时开始了放牛娃的生涯，又在哪一天彻底结束了这种生活。能想起来的就是一个囫囵的感觉，比如，我很小就羡慕那些吆喝牛马的孩子，觉得他们是豪放粗犷的英雄。他们身上有种野的东西，而我只是个温顺的可怜虫，身上被家人强加了众多文明和规矩。我总是衣裤整齐，指甲干净，不剃光头，站在他们身边像个走亲戚的陌生人。我不喜欢这些。我想和他们一样，只穿一条小裤衩，光着上身和脚，晒成黑铁蛋，坐在光溜溜的水牛背上挥舞自制的长鞭，雄赳赳气昂昂向野地里进发。能够大喊大叫，可以随地撒尿，无视课堂和作业，遇到仇人要打的架一个都不落下，轻易就能滚出来一身泥。我想当个野孩子，但是我既没有马也没有牛，没有牛马就没理由一个人往野地里跑，所以，很早我就怂恿父亲买一头牛。

我家的确需要一头牛。父亲是医生，农忙时经常搭不上手；祖父祖母年纪大了，体力活儿也帮不上忙；我和姐姐都小，还要念书；十亩田都要母亲一个人对付，运粮食时都没个帮手。父亲决定买牛，哪怕只用来拉车。草料我们不缺，每年稻草都烧不完；切草的铡刀也有，生产队分田单干那年我替家里抓阄，抓到的就是一头铡刀。

买牛的那天我记得，你能想象我的激动。在下午，我和父亲去两里外的邻村牵牛，已经提前谈好了价。在邻村的中心路边，我头一次见到锯木厂，在一间大屋里，电锯冲开木料的声音在午后的热空气里格外尖厉，几乎能看见那声音在闪耀着银光。我停下来看阴影里的锯木厂，横七竖八堆满了木料，新鲜的木头味道和锯末一起飞溅出来。圆形的锯片发出陡峭的寒光，如此之大，过去一直困惑的问题终于有了答案，这样的电锯足可以把无穷粗无穷长的木头都给切开。之前我总为大树担心，为木匠担心，那么粗的木头该如何才能锯成薄板啊。

那头牛离锯木厂不远。那个人家的屋子也很大，两头牛站在屋子的阴影里。一头庞大的老牛，某年牛棚遭了大火，老牛后背上的皮被烧裂了，红中泛白，看上去像凌乱的刀口，有点吓人。那头小母牛还小，吃奶的时候还要哼哼唧唧地叫，长得憨厚天真，我很喜欢。主人是个中年男人，说：回去调教半年，就能干活。他给小牛结了一个简单的辔头，缰绳递给我们，对着肉滚滚的牛屁股拍了一巴掌，我们就把牛牵出了门。现在我们成了主人。

小牛屁颠屁颠地跟着我们走，出了村才感觉不对，开始茫然地 叫，表情如同迷途的小孩，但缰绳在我父亲手里，回不了头，只好一路灰着身子走，拧巴着被牵到我家。父亲提前给它盖好了牛棚，置了钢筋水泥新铸的牛槽。这一路走得我兴奋又纠结，想牵不敢，只能偶尔抓抓父亲手边的缰绳头；偶尔偷袭似的摸它一下，摸完了赶紧撤，怕它踢。当然后来我知道，再没有比水牛更驯顺的动物了。

我经历了把一头小牛训练成壮劳力的全过程。换辔头，套车，驾辕，用声音和缰绳指挥行止，扎鼻眼，犁地，耙地。几年以后，我基本上成了老把式，可以一个人铡草 、套车、驾辕，运送满满一车的粮食走在窄路上。我知道它回头看我是什么意思，知道它抬尾巴摇屁股是要拉屎还是撒尿 。当然 ，这对我来说是副产品 ，我想说的还是放牛。

在大多数苦情戏的叙述中，放牛娃都是颗苦大仇深的种子，生活如此艰苦，童年如此惨痛，你看他整天放牛。很惭愧，我的革命觉悟比较低，人生的目标也不宏伟，我把放牛的生活看得相当美好：在当时，放牛部分地满足了我的少年英雄梦，让一个必须规整生活的少年有了一个旁逸斜出的机会 —— 必须承认，我们此生多少都有一些“反动 ”的念头 ，但大部分人最终还是按照路线图过了一辈子 ；就算现在，我具备了足够的反思与自省能力，我也不认为整天和一头牛走在野地里是件苦叽叽的事，相反，我以为那是我少年时代最快乐的生活之一。那是一个放松的、空旷的狂欢时代，虽然也不乏腹诽和厌倦。

因为放牛如同工作，不能想上班就上，不想上就扔了不管，但有时候你真想扔掉不管。放牛都在夏天，放了暑假我才有时间。三伏天的午后太阳高悬，蚂蚁都被晒蒙了，晕晕乎乎爬出的全是曲线；如果要去远处找水草丰茂的地方，那我就得早早地从午睡中爬起来，戴上草帽出门。牛蹄踏在焦黄的泥土上，腾起一团团的烟尘，整条路像铺了一层炒面。我直犯困，遇到树荫就不想再动，尤其经过河边，看那些戏水的同伴，你真觉得放牛实在是个负担。出门早未必能回来早，牛边吃边拉，看着它的肚子总是瘪的你会很着急，你要赶着回来看电视，某个动画的或者武打的连续剧已经开始了。那时候有电视的没几家，我要到隔条巷子的邻居家看，上百人聚在他们家院子里像看露天电影，去迟了站的地方都难找。但我还得等它慢悠悠地吃，直到它开始把精力放到苍蝇和牛虻身上，蹄子、尾巴都忙起来时，那差不多饱了，可以打道回府。让人烦的还有一个大雨天。这不是放牛的好时候，但牛出不去你得出去，割草，干不干活你都得让它每天吃饱；家里也自备了干草，只是大夏天的芳草萋萋，你不让它吃新鲜的，不人道也不牛道。还是得穿雨衣戴斗笠挎篮子割草去。漫天雨雾，汤汤水水的野地里就你一个人，蹲在草丛里形同消失，像我这种动不动就悲观的人，常常会觉得自己被这个世界遗弃了，那感觉也不太好。

不过这样的时候毕竟少，英雄主义的少年时代总体上是乐观向上的——放牛的确是件好玩的事。野地自由，有种无所事事的、透明的自然与放松。放牛通常是集体行动，几个放牛娃排成队伍往村外走，大家都坐在牛背上，屁股底下垫条麻袋。水牛走起来浑身都在动，骑牛更像坐轿子。后面的人打前面的牛屁股一个跟着一个跑起来，六七头牛，都在撅着屁股跑，那队伍看起来很壮观。牛一跑，大肚子就扑扇扑扇地抖，活像巨大的金鱼腮在鼓鼓瘪瘪地呼吸。如果你是新手，最好抓住缰绳，夹紧两腿，能抱住牛脖子更好，否则你会觉得是坐在一个跳动的地球仪上，随时可能掉下去。有天黄昏，牧童晚归，我骑在牛背上慢悠悠往家走，有人对着牛屁股猛地一巴掌，受了惊的牛撅起屁股就跑，我手里还抱着自己做的一根竹笛在专心地找音，连缰绳都没抓，牛一屁股把我送到了右前方的水沟里，半个脑袋扎进了淤泥。水牛极少有如此激烈的行为。我家养过的几头牛中，最激烈者就是第一头，也只有一次，那会儿它刚来我家不久。

刚离开母亲，它整天哼唧，再好的草也是吃几口就抬起头四下看，像无助的孩子发呆走神。那个黄昏我们从野地往回走，突然它就狂奔起来，缰绳缠在我手上，拖着我也跟着跑。很难想象一头水牛能跑那么快，很快我就脚步踉跄，接着摔倒，我不想松开缰绳，在地上被拖了好几米，胳膊膝盖都磨破了，然后我松开了缰绳。那时候我刚放牛不久，担心它跑丢了，爬起来揉着伤痛跟在后面追。它一直跑，在两里路外的地方停下来。我追上它时，它正围着一头母牛转圈子，东嗅嗅西闻闻，圈子越转越慢，最后停下来，伸长脖子对着虚空的远方悲哀地叫起来。母牛的主人跟我说：找错妈了。远远地它以为两里外的母牛是它妈。认错妈的事还有几次，但都很温和。见到体态雍容的母牛就凑上去，闻着味儿不对，也就自觉地站到一边，哼几声聊以安慰。这几次之后，它就不再找妈妈，不知道是彻底绝望了还是情感自立了。

我向往牧童生活，显然是把这事理想化了。比如，我和所有人一样，想象牧童要在牛背上笛子。的确很多放牛娃在牛背上吹笛子，因为方便，因为有大把的时间需要挥霍，因为你要用另外一种可靠的声音来消磨漫长的寂寞。笛子大概是所有乐器里最贫下中农化的，不讲究，找截竹子挖出几个眼，不吹时随手可以别在腰里，也好学，盯紧了那几个眼就行。不像钢琴、小提琴（这两样在我放牛的时候都没见过真身），高雅、啰唆，反正我缺少背负小提琴放牛的想象力；就算唢呐，这最民间和朴素的乐器，拿在一个放牛娃手里也奢侈了，价钱高不说，喇叭头太大，哨子也过于娇气，一不小心弄裂了，那声音出来还不如不出。三十年来，我笛子吹得最好的就是和牛在一起的时候。后来我离家出门念书，巨大的课业压力让我整个暑假都得抱着书本，牛还在而牧童歇业了，笛子我几乎再没摸过，现在可能连音都找不到了。那时候我在牛背上吹，牛吃草时我躺在野地里吹，那声音没准很像一回事。

如果真要找一点和别的放牛伙伴不同，可能就是我放牛时经常带本书。课本或者小说。很多武侠小说都是在坟地里看的。乱坟岗子里草好，把缰绳缠到牛角上让它们自己吃去，我们找个形状合适的坟堆，铺上麻袋就着坟势躺下来，跷起二郎腿。想睡觉的睡觉，想唱歌的唱歌，想发呆的发呆，我想看书，从兜里拽出一本武侠小说来。清风徐来，头顶有松树遮阴，天上流云飞动，此时看武侠，几等于尘嚣坐忘，那一个白衣飘飘的侠义世界美不胜收——大虚乃是大实，大无中有大有。

父亲对此很不满意，这么好的时光怎么能看武侠呢，挑好的看，古诗文。我带到野地里的就变成《唐诗三百首》《千家诗》等书，也有祖父订阅的《中国老年》上的一些父亲认为好的旧体诗。那时候记忆力好，背书从来不是问题，现在差不多全就着稀饭喝下肚了，能记起来的也多半上句不接下句。在长文里，唯一还能全文背诵的，只有《岳阳楼记》。因为父亲觉得这文章好，他也能哗啦哗啦背出一大串来。

但事情就是这样，一旦成了任务，再好玩的也会无趣，放牛时背书对我成了折磨。随后我牵牛出门，希望口袋里空空荡荡，放牛就是放牛。可是，放牛没法只是放牛，我还想骑马。关于放牛时骑马，我在一个叫《奔马》的短篇小说里写过。在那个小说里，放牛的是我，骑了马的那个“黄豆芽”其实也是我。因为牛比马慢，因为马比牛高大、漂亮、洋气，放马的同伴总觉得跟咱们不是一个阶级，一高兴就不带我们玩，一不高兴也不带我们玩。因为跑得快，他们可以去找最好的草吃；哪个地方有个风吹草动，他们打马就去了，等我们的牛哼哧哼哧赶到，热闹已经结束，他们趾高气扬地高踞马背回来了。他们可以去偷西瓜、桑葚，看瓜看果的人永远不可能追上。最关键的是，他们可以到公路上和汽车赛跑。不需要马鞍，他们的屁股像长在马背上一样牢靠，风鼓荡起的马鬃和他们扣子掉光了的褂子，传说中英雄的造型，要多拉风有多拉风。我们骑在土得掉渣的牛背上，只能流口水。

作为一个骑马爱好者，我想尽办法和他们换马骑。也许，一个牧童的英雄梦不仅在于你和一头牛走进空旷的野地，还在于你有机会从牛背上转移到马背上。事实上，在几年的牧童生涯中，我骑马没超过十次，我是说以那种接近英雄的造型端坐马上，我没法感到自己很拉风。和牛相比，马让我恐惧，可能是因为有一次我坐在邻居家的马背上，还没准备好它就四蹄生风，在打麦场上跨越一个矮草垛时，它前腿着地时把我扔到了地上，两个大蹄子贴着我的肋骨跳过去。稍有差池，我亲爱的肋骨、肚皮和内脏不知道会以怎样暴烈的形式平摊在这个世界上。现在想来，我还觉得后脑勺和肚皮上同时凉风飕飕。

如果非要给我的放牛生涯找一个遗憾，那就是没有痛快地在马背上当一回“英雄”。我猜所有的放牛娃可能都希望在马背上实现自己的“英雄梦”，因为牛跟马如此接近，区别又如此巨大。除此“英雄”，我以为放牛给了我一个几近完美的少年时代，放松、自由，融入在野地里，跟自然和大地曾经如此贴近。我在放牛时没能让自己成为一个野孩子，或者说没能成为我希望的那样的野孩子，不知道这个结果是好还是坏。往事总在回忆时被赋予意义，在放牛这个经历上，我更愿意就事论事，返回到当年的心境里，看一看当时的悲欢和忧乐。

念书日久，离家越远，再当不上放牛娃了。记不得哪一年，假期回家，牛棚里只剩下那个水泥牛槽，我很喜欢的那头牛卧在槽边死去了。再一个假期回家，牛棚也不在了，母亲说，牛槽送人了。

我家再不养牛。

一个人的天堂

夜里做梦，梦见了一阵阵的饥饿。很奇妙，饥饿像个抽象的东西，在梦境里忽远忽近地招引我。我梦见自己坐起身来，胃里伸出了一双渴望的手。饥饿终于叫醒了我。清醒后茫然若失，肚子里还是鼓鼓的，一点都不想吃。早上我跟母亲说，我梦见我饿了。母亲说，大过年的，哪天不是吃到嗓子眼，还饿。我想也是，一个梦而已。就忘了。

除夕那天去看姑妈，骑自行车出门向南走。多少年了，中心路以南的地方我很少去，现在姑妈搬了家，我不得不经过那里。我懒洋洋地走，四处张望，落满阳光的地方若干年前我都曾熟悉，甚至很熟悉，像家一样。诊所，不在了，空旷的院子在太阳下。幼儿园，孩子们都放假了，半开的大门后面看见半截滑梯和几件晾晒的衣服，看门人在一件衣服背后大声地咳嗽，吐痰。接着是人家，红的瓦房，白的瓦房，凌乱的小院和即将过年的喧嚷。有钱的推倒了瓦房，建了两层小楼，一家过去，另一家还是，鼻子通红的小孩站在楼梯口看我，他们一定把我当成了陌生人。然后是一个更大的院子，院墙破落，从锈坏的铁门里可以看见满地的荒草，被风雪打得枯黄泛白，现在还在风里摇摆。风有点大，一根根拉弯了它们的腰，风经过荒草像走在水上。院子前是一排矮小的白瓦房，红砖白瓦。我突然记起了梦见的饥饿，想起了在梦里它其实是有味道的，清甜，还有点刺鼻的香味。我想起来了，这是大商店的味道，多少年前我最喜欢的味道，那时候我还小，它总能引起我无穷无尽的饥饿。这排房子就是大商店。我撑着脚停在路上，扭头看见了大商店。门窗都不见了，只剩下一个个黑乎乎的洞，边角粗糙，一截截断砖露在外面。他们拆掉门窗的时候下手太潦草。麻雀从房顶上跳下来，转一圈就从那些黑洞里钻进去，里面更黑，阳光再好我也看不见里面的东西。里面也不会再有东西了，只剩下一排矮小的空房子。

它竟然这么小。多少年前我一度以为这是世界上最大的房子，它比当时的民房要大很多，而且中间没有隔离，看起来就是一间大房子，宽敞的空间从东头一直拉到西头。我们都叫它大商店，因为它是当时我们那地方最大的商店，也是周围几个村庄里最大的商店。在1989年我到镇上读中学之前，这里是我最向往的地方。念小学的时候，我在一本没有封面的书上看到了“天堂”这个词，我就以为，如果这世上真有天堂，那就应该是我们的大商店。

1989年我十一岁，这之前我的生活很少超过这个村庄。我以为大商店里什么都有，一个人哪怕活上两辈子，里面的东西也绰绰有余。

让我想一下1984年的大商店，那一年我六岁，开始读小学一年级。

大商店恰好在去学校的路上，几乎每天我能到大商店里转上一圈。店里的营业员换过好几个，无一例外都喜欢开东门，西门一年到头锁上。天堂的门槛很高，要爬上一个倾斜的高台阶才能进去，台阶是水泥的，上面布满用绳索印下的花纹，素朴简约。我不记得什么时候第一次走进大商店，只记得每次进门后都想感叹，真大。真是大。房顶比我家的不知要高多少，也宽敞，尤其是夏天，别的地方都热得蹲不下个人，大商店里却有用不完的阴凉。长长的房间被分成三部分，先是一道一米多高的柜台把房间切成两半，再由直抵屋顶的货架把剩下的空间再切成两半。货架后面放什么，是我很多年一直感兴趣的问题，可惜直到我离开村庄去镇上念书，也没能找到机会去看一下。

我见过卖东西最多的地方当然是集市和庙会，可是集市不是每天都有，庙会更稀罕，即使每天都有，我也不能天天跑去赶集。大商店是集市和庙会之外东西最多的地方，货架上下，从东到西，摆满了待售的商品。从生活的源头开始，花花绿绿的烟和酒，瓶装的酱油。练习本。铅笔、钢笔、圆珠笔和墨水。水壶。瓶胆。灯泡。蜡烛。火柴。饼干。桃酥。高粱饴。糖豆。白砂糖。红糖。大糕。挂面。瓷碗。碟子。花盘。洗脸盆。搪瓷缸。筷子。勺子。锅铲。铁锅。牙刷。牙膏。雪花膏。毛巾。布料。轴线。绣花针。顶针。橡胶鞋。布鞋。袜子。轮胎。还有很多，一路摆下去。我说不出来的不是因为我想不起来了，而是我没能看见。那时候我个头小，大商店的柜台高得有点过分了。

我和当时其他喜欢在大商店里游荡的孩子一样，为了看清货架下面和放在地上的商品，我们不约而同踮起脚尖，把下巴挂在柜台上，希望这样可以看得更深。其实是没用的，柜台太宽大了，我们的脖子伸得再长也无济于事，谁让我们的目光不能拐弯呢。要命的是，被柜台遮蔽的恰恰是我最想见到的。各种各样的点心、糖果，还有堆放在地上的鞭炮和玩具。1989 年之前我的生活目标主要集中在吃和玩上、想吃一切好吃的，想玩一切好玩的。还有人人都会说的那句话：闺女要花儿要炮。我想要那些鞭炮。它们几乎都被柜台挡住了，我不能时时看见它们，可是我想时时看见，所以进了大商店就忍不住伸长脖子，把自己挂起来。

大商店里的柜台是我见过的最美的柜台，下面是砖头砌成，上面是水泥覆顶。水泥是灰色的，我见到的时候早就变成黑色的了。不仅是小孩喜欢进大商店，大人也喜欢，他们个头高，随意地把手放到柜台上指指戳戳，长长久久把柜台抹得油光发亮。我的下巴挂上去，鼻子底下就飘悠起不散的烟火味。这些年我见过无数店铺的柜台，漂亮的，整洁的，先进的，接近于无限透明的，不知见到了多少，一点感觉都没有，它们与我无关，与生活和人无关，而大商店里的柜台，上面曾经挂过无数个年幼的下巴，落下过无数只手掌，那些手掌都从自己家里带了尘土、草灰、馒头渣子和汗渍。柜台上累积了层层叠叠的烟火气和人的味道。我把脖子伸长，使劲嗅着鼻子，我想闻到柜台后面飘散出来的大商店的味。

不知道是不是所有的大商店里都有这种味道。先是香甜的味道，清净、羞涩，还有点欢欣，是点心和糖果发出来的。然后是粮食白酒的香味，悠悠的，淡淡的，从东头柜台上的酒坛子里散出来。然后是酱油味，黑黝黝的味道，行动迟缓笨重，喜欢沉在所有的味道之下，像结实的河床。这些香味把大商店里的气味调得十分黏稠，闻久了妥帖身心，我就犯困。惊醒我的是另一种刺鼻的香味，比如橡胶鞋的味道，纸箱子的味道，这些味道身手敏捷，因为过于尖利，多少显得有些轻佻。还有就是水泥柜台本身的味道，清冽的砖石味。

我经常放学后都要到大商店里兜上一圈，挂一会儿下巴。闻一闻，看一看，把吃不到的东西睁大眼睛想一遍，玩不到的东西也跟着想一遍。在大商店里我总是觉得肚子里空荡荡的，店里好闻的气味一直在提醒我有饥饿这回事，即使我吃饱了。我忍不住要进去，进去了更饿。后来听说，好闻的味道也能提高营养，所以厨师大多都是胖子，不知道当初我获得过营养没有，那时候我瘦得可怜，穿着垂不到脚踝的裤子，母亲说我吃龙肉都不胖。

柜台后面很诱人，我没钱买。大多数的孩子都没钱买。父母很少给我们零花钱，偶尔给了一毛两毛也舍不得花掉，如果什么时候手里聚到了五毛一块，真以为自己是富翁了。把钱装在贴身的兜里，手指头秘密地在兜里把钱攥紧，干的纸币终于也捏出了水。有了大钱心里就怪怪的，像大商店里的长柜台，泛着清冷的喜气，觉得全世界都是繁华，有微微的油腻。我用眼睛、鼻子来购买，躲在头脑里从容地消费。那个时候有饥饿，也有欲望，但从来没有非分之想，那种满足饥饿的欲望也是清净的，从不设计在黑暗里把好东西都装进口袋里。我在大商店里第一次买过的最贵的东西是一支钢笔，“英雄”牌的。1985 年秋天的一个上午，我刚升入二年级，祖父给我钱让我买一支钢笔，花了一块八毛钱。我读一年级时一个学期的学费是三块五毛。我几乎成了班上最早使用钢笔的人，开始在白纸上写字，而别人还在用铅笔和田字格。直到现在，我依然一厢情愿地认为，这是我的字写得不错的重要原因之一。

除去口腹之欲，大商店也是一个玩乐的好去处。在里面很容易找到安静的时候。长年关闭的西门附近有几口大缸，通体黑蓝，冬天时用来装酱油和盐，夏天就空下来。我常常一个人转到那几只缸边，摸清凉的瓷，安详妥帖的平滑，阳光打在脸上，亦有一种清凉的惊喜。不知道那些瓷缸最后都到哪里去了，慢慢地都不见了，盐装进了蛇皮口袋里，酱油、白酒和香油一样，装进了小坛子，放在柜台的最东头，买卖更方便了。在那几个一字摆开的小坛子前，我见到了周围村庄里的几乎所有腿脚灵便的酒鬼。他们忍不住汹涌而至的酒瘾，弯腰驼背地来了，像孔乙己那样摆出几文大钱，要了一茶杯粮食白酒，就站在柜台前喝。准备充分的，随身会带有一两个朝天椒；没来得及准备的就随手捏起一颗大盐粒，喝一口舔一下盐粒，嘴里咝咝啦啦地呼吸，喝得美好且满足。喝酒时和售货员东拉西扯，喝光了话也说完了，放下杯子抹抹嘴回家了。在后来的生活中，我见到很多酒鬼，喝得如此简单和干净的很少，大多都是在油腻的酒席上昏了口舌和头脑，脸变大，脖子变粗，整个人成了讨嫌的酒肉皮囊。

在大商店里我一定还能看到更多，但是很多记不起来了。再后来我就离开村庄去镇上读书，然后去县城读书，再到别的城市读大学。越走越远，回家的时间越来越少，去大商店也就越来越少了。什么时候终于一次也不再跨过那个高门槛，以致大商店什么时候关门、什么时候被拆除了门窗成了一排废弃的空房子，我都不知道了。出了村　庄，我进过各种商店、超市、商场、大卖场、购物中心，也仅仅是进过了，买了东西就出来，不买东西我永远也不会想起它们。对我来说，它们的意义仅在于是一个用钱和信用卡换回用品的地方，别无其他。但是大商店我常常会想起，想起里面琳琅的货架，里面的味道和阳光，出入的人和事，我的高不过柜台的童年，和一些隐秘的小心事。我知道它会随着我见识的增广而日渐微小和简陋，我也知道我的这些记忆脱不了美化的嫌疑，可我还想在记忆里重新打开大商店的东门，把我十岁前的时光像阳光一样呈现出来。

就像现在，我把自行车停住，扭头去看那些空洞的屋子，原来的大商店，现在成了鸟巢和老鼠、昆虫的集散地。我十一岁开始逐渐远离村庄，越来越多的孩子我都不认识了，他们也不认识我，我在他们眼里成了异乡人。路上几个孩子好奇地看我，看我看着破败的空房子，他们也许根本不知道那些房子过去的名字叫大商店。他们更不会知道，我像他们这么大的时候，这些空房子和整个世界一样满满当当，也繁华，也美好，它是一个十岁孩子的天堂。

最后一个货郎

待我披上衣服冲出院子，母亲却说，老张已经过去了。我是听到老张的拨浪锣声才急着起床的，往常这会儿早该起了，晴好的阳光漫进窗户总会及时惊醒我的两眼。今天是阴天，只能自然醒来。醒来了还赖在热被窝里，然后听到了老张的拨浪锣的声音，在浓阴的早晨里像阳光一样明亮地响起来。老张又来了。为了看一看老张我从床上跳起来。

母亲却说老张已经过去了。我跟着他的锣声跑过一条巷子，在巷子口看见那一头他的侧影缓慢地移进房子的墙角背后。骑一辆三轮车，车上是一个用铁丝网做成的杂货箱，远远地看不清里面放着什么东西。他的右手把拨浪锣高高举过头顶，在阴冷的早晨摇出一串声响。

我有几年没见到老张，鸟枪换炮了，他把手推车换成了三轮车。

母亲说，老张年纪大了，没力气侍候手推车，只好改三轮了。还说，老张有几次走过我家门前，还问起过我，什么时候回来，他新进了几盒漂亮的彩糖。当然是开玩笑。他竟然还记得我，小的时候我死乞白赖地跟在他的小车后头要糖吃。

老张是个货郎，走乡串户少说也有二十年了。和别的货郎不同的是，他摇的不是拨浪鼓，而是拨浪锣，一个铁环中间拴住一面精致的小铜锣，多少年下来被敲得如同灿烂的黄金。如果说这些年家乡还是有些变化的话，之一便是一些乡间职业的垂危乃至消亡，比如货郎。我童年时期，街巷里每天都要走过好几个货郎，摇着鼓，敲着锣，推车的，挑担的，再后来是骑着自行车的。他们把针头线脑、铅笔小刀之类的小东西送到我们门前，填补生活中一些零碎的小缺憾。现在几乎绝迹了。母亲也说，除了老张，再也看不见货郎从村庄里经过了，都改行挣大钱了。

只有老张还坚持老本行，延续着货郎事业的唯一的香火。他是离我们五里路的邻村人，他们那个村子太小，不及我们的一半，所以总是到我们的村庄里来做生意。那时候他还推着独轮车，车上也是铁丝网做成的货笼，糖果、梳子、方格本子摆在底下，玩具、气泡和花线、头绳挂在铁网上，走起路来车子花花绿绿地摇摆。小孩子都喜欢他，一听小锣声就从屋子里、草堆后蜂拥而出，围着他的手推车转，嘴里的口水风发泉涌。为了诱惑我们掏出口袋里捂了很多天的贰分伍分的硬币，他支起小马扎坐在车子前不懈地摇着小锣。叮叮当当的锣声敲得我们心里痒得难受，那里面可都是好东西啊。在我十岁以前的见识里，老张的货笼就是包罗天下的百宝箱，是一个缤纷绚烂的天堂，他会出其不意地拿出一件我们从未见过的小玩具。即使糖果也有很多种，圆如豆粒的彩糖，状如宝塔的酸糖，还有一年难得吃上一次的奶糖。

小时候我狂热地喜欢老张货笼里的三样东西：彩色的糖豆、掼雷和塑料小枪。糖豆相对不是很值钱，一分钱可以买到两颗。但那时一分钱也不是说有就有的，口袋里最多装过两毛钱，藏在口袋里，手紧紧地攥着，手汗都快把那张毛茸茸的纸币浸烂了。到了上小学一年级时，要交三块七毛钱的学费，祖父把钱塞到我的口袋里后，我一直从外面捂住它，不是担心钱飞掉，而是想感觉一下那一叠钱的厚度和做富翁的滋味。我差不多以为自己是世界上最有钱的人了。我们没钱到供销社大商店里去买糖果，那里的柜台太高，踮起脚也只能看见柜台上矗立的巨大的酱油桶和白酒坛子。大商店里有很多美好的味道搅在一起，新出厂的橡胶鞋味，酱油味，白酒味，还有大商店里特有的稍稍刺鼻的清凉的甜味，那主要是糖果的味道。我们在柜台外面转来转去，大口地呼吸，直到售货员的两道眉毛在柜台上方高高地耸起，我们才赶紧逃掉。拍着口袋里的两分钱，发誓一定要找到老张痛快地花出去。

两分钱买到了五颗糖豆。是老张照顾我，伙伴们都看出来了，老张喜欢我，常常我没钱时也会给我一两颗糖豆，条件是我得弯腿拧胳膊，或者是动耳朵和头皮给他看。我有一些伙伴们没有的特长，这些特长为我从老张那里赢来了不少糖豆。我可以在身体站直了的时候两腿在膝盖处向后弧度很大地弯曲，像一张拉倒了的满弓，弯几次老张就给我一颗糖豆。开始拧胳膊。我把手面向上按在货笼上，胳膊弯向外转，肘部完全转到了后面，胳膊像麻花似的兜了一个圈子。再是绷紧脸上的肌肉，让耳朵和头皮在糖果面前激动地抖起来。我得到了糖豆，吃了一颗，其余的分给同伴。老张也该走了，拍着我的肩膀说，以后别弯腿了，弯出了毛病长大就当不成兵了。我最后没有当兵，腿也没弯出毛病，因为长大以后我的腿再也无法像小时候那样向后开弓了。我站直了。而老张，也只是嘴上说说，下次见了我仍然拿出几颗糖豆换取我弯腿的动作。

十几年前，我有一个缺乏玩具的童年。变形金刚之类的东西是在到了县城读高中时才听说，那会儿城里的孩子已经玩腻了，早不知把它丢到哪个角落里。我的玩具都来自树上和地下，树枝削成的刀枪和泥巴捏成的坦克。最奢侈的，就是老张独轮车里的掼雷和塑料小枪。掼雷现在大概已经从这个世界上消失了，但那个时候每一颗掼雷响起时都为我们带来一个盛大的节日。我们向往鞭炮的雷鸣和惊响，可惜那东西只在过年时才能过上一把瘾，平时从不单卖，大商店里也不会因为一两分钱把鞭炮一个个拆下来零卖。老张可以，他的掼雷可以散卖，不要点火，只需用力往地上猛地掼一下，火光之后迸出巨响和沙子，还有好闻的火药味久久不散。我们的零钱除了换来一些糖豆，其余的多半被摔到了地上，以享受一声声让我们惊叫狂欢的爆炸。

奢侈莫如塑料小枪。掌心大小，一根橡皮筋做牵引，可以装进砂子和黄豆做子弹。我们很长时间的奋斗目标就是那把塑料小枪，瘦弱单薄却要卖三毛钱。何其巨大的数目，我们的口袋离那把小枪远得让人绝望。可以捡玻璃卖，也可以割老鼠尾巴卖，老张提供了友好的提醒。遵照老张的指示，我们充满革命的热情去挣钱了。结果还算让人满意，我们捡到了玻璃，也捉到了老鼠，总算凑足了三毛钱。我期待老张的锣声早一点响起，常常在半夜里从床上坐起，迷迷怔怔就要往外跑，父母问我干什么，我说去买小枪，老张来了。

老张当然来了，可是塑料小枪卖光了。他免费送给我几个掼雷，答应过两天就去进货，一定给我留一个最好的，用黄豆做子弹也能射出十米以上。老张是否失约我已经记不清了，只记得十二岁那年我去了离家十里的镇上念中学时，我仍然没有一把自己的塑料小枪。我对它念念不忘，从一个同学手中高价买了一把。没有我想象的那么美好，绿豆装进去都射不过十米，子弹在半路上就跌跌撞撞地落到了地上。

出门以后我回家的时间就越来越少了，寒暑假里也会听到老张的锣声穿过巷子，但实在想不起有什么东西要买，就让他过去了。货郎渐渐少了，老张的锣声也跟着稀了，他有更多的地方要走。

读大学的一个暑假，我站在院门前发呆，听到了老张的锣声从后面的巷子向我家走过来。我对母亲说，老张来了，又说，现在老张越来越少了。母亲对我的说法颇感奇怪，什么叫老张越来越少，老张不是只有一个么。我恍然，这么多年的疑问终于有了答案。村庄里的人都叫他老张，我以为这“老张”就是对货郎的称呼。我们这地方常有怪异的称谓，这当然是我离开故乡之后才发现的。多年来我时常琢磨老张到底是哪一个“zhang”呢？在探究“zhang”字时，我总是想到他们手中的拨浪鼓和拨浪锣，我以为它们在方言里被总称为一个什么“zhang”。原来只是大家对老张的尊称。

他的年纪的确不小了，当他把多年前的独轮车推到我面前时，我的确应该以“老张”来尊他了。老张说，小东西，回来啦？我说回来了，老张，还有塑料小枪没有？老张笑了，满脸皱纹，牙都缺了两个，长年推车，车绊把肩都压弯了。早没那东西了，谁还玩那个？他说，都玩电动的了。他也知道现在的孩子都在玩电动手枪。我看了一下他的苍老的货笼，说实话，所有东西加起来大约也买不到一个电动手枪。

生意怎么样？我问老张，别人都不干了。

不干这干什么？他说，走了一辈子了，闲在家里就浑身难受，走到哪天算哪天，图个痛快。

已经没有多少人需要他的杂货了，孩子们也懒得围上去转圈子。如果说他们对老张还有一点兴趣，那也是受着锣声的吸引，没有小孩再像我们小时候那样，迫切地需要一两颗糖豆来安慰贫乏的生活了，尽管他们也和我一样称他为“老张”。我看着老张弓腰推着独轮车，步履老迈而又缓慢，也许他期望能在某一家门前停下来，但是所有人家的大门都紧闭，他们不需要他的商品。老张一路推着车子没有停下，没有停下的还有他的拨浪锣，孤独地响到巷子深处。

如今他把独轮车换成了三轮车。走不动了，还是不愿停下，三轮车对一个老人来说要安稳和省力得多。听说老张现在并不缺钱，儿孙辈的孩子送给他足以颐养天年的所需，老伴很早就去世了，孤身一人的日子应该比较好过。他不愿意，还是每天早出晚归，慢悠悠地骑着变成了他的双腿的三轮车，一整天都在摇着他的拨浪锣。他不想停下，他知道自己一生的道路该怎样走到头。

天黑以后

[redacted]亮了一下，然后彻底灭了，屏幕上只剩下一块方方正正的幽蓝的黑。我以为又是老毛病，电脑耗电过大把保险丝给烧坏了。还没出门就听到隔壁的何老师在叫，问我是怎么回事。我说大概是保险丝又坏了，在抽屉里摸了半天，打火机不知到哪儿去了，更别提火柴了。我至少半年没见过火柴了。现在谁还需要这东西，尽管我一直都很喜欢闻火柴点燃时的味道，但我不可能时刻保存它们，城市生活不需要，这里没有火柴的位置。火柴在今天已经成了一个乡土概念，和锅灶、路边的野火和田间农民嘴上的烟卷生活在一起。城市里最多用用打火机，而我不抽烟，连打火机都没有。所以，停电的晚上我不可避免地成了一个瞎子。

事实上，半个城市在这个晚上同时成了瞎子。是停电。我摸黑站到了窗户边，两眼仍是一抹黑，目力所及的城市上空静卧着浓重的黑暗，不见灯火，没有声音，好像所有人集体失语。面对突如其来的黑暗，我们不知所措。的确，在城市里想得到一个完完整整的黑夜是多么不容易，没有灯光的夜晚在城市是不可思议的。这意味着破坏一顿晚餐，终止一场交易，打断一个长吻，结束一段爱情，报废一堆产品，甚至耽误一个生命，最不起眼的，对我来说，中断了正在进行的写作。前面的两栋楼房只呈现出一个巨大的钢筋水泥的固体，和无数黑得幽深的窗子。他们还没反应过来。也许一块肉还愣在嘴边，一只手还停在半路，一口呼吸只进行到一半。何老师问我有没有蜡烛，我说哪来那东西。何老师接着说，是啊，都什么年代了。我们是否真到了不需要火柴和蜡烛的年代？前面的居民显然也找不到蜡烛。逐渐有人从黑暗中苏醒过来了，闪烁不定的火光从一些窗户里飘摇而出，是抽烟的男人在自豪地炫耀他们的工具。也仅仅是昙花一现，即使他可以从口袋里同时掏出五百个打火机，也无法制造出一支蜡烛的永恒的光芒。打火机最终不会在这个夜晚给我们带来心安的光明，他们没有蜡烛。这时候我听到学生宿舍区传来欢呼，他们对这久违的黑暗报以孩子般的激情。长久以来，他们在夜晚的光明中遵守学校晚息制度，一板一眼地恪守社会提前培训的生活规律。大概连他们自己也没想到，竟是一团漆黑把他们拯救出来了。相对于学生，眼前的教工家属区就矜持和体面多了。听不到一点声音，抱怨、惊叹、交谈，无所适从，统统销声匿迹，连小孩的哭声都睡着了。但他们慌乱地沉默着，寻找可以复明的眼睛。何老师在灯灭之后发了一分钟的呆，然后开始翻箱倒柜地找打火机，他不停地重复同一句话，我记得买过一个打火机的。

为了看清这个停电的夜晚，我走到阳台上。风不小，和黑暗一样密集。我第一次发现我所生活的这个小城原来并不是很小。往日在楼上观看城市，目光总被霓虹灯和污染过的空气阻断，被喧嚣的市声分割，感觉城市仅是一个圆形的高压锅，拥挤、逼仄，每个人都要踮着脚尖生活。纯粹的黑夜阔大了城市的面孔，在高楼之上，黑夜像大地一样展开，平坦、辽阔、苍茫，看不到尽头。应该感谢停电，它成全了城市，使之复归于大地，由大地而起的必将回报于大地，用一个与大地同样丰饶辽阔的平面，像这个难得的夜晚，用它的无边无际。理应感谢，这个夜晚让我看到了生活其中的城市的沉静的一面，伏卧大地之上，喧嚣止处呈现出大地的品质。

像乡村的夜晚。二十岁之前我在田野里游荡，我的记忆里，乡村的白天和黑夜几乎没有区别，一样地成为发肤血肉，一样地固执深刻。小时候没见过电灯，所有的电灯、电话、电视机都在课本上，无法看到灯光的颜色，更想象不出电视机是如何说出不同的声音，不知道那么多人在一个小箱子似的东西里怎么生活。后来我家装上了电话，我奶奶第一次接电话时把听筒放在了嘴边。不像城市，白天和晚上几乎没有区别，乡村的黑夜就是黑夜。乡村的黑夜意味着太阳和尘土落地，火柴、油灯、蜡烛和月亮升起来。除了个别晚上我在煤油灯下看书，多数夜晚是在月亮地里度过。家里开始用的是罩灯，罩子是透明的玻璃做的，风进不去，油烟也不会到处乱飞。在罩灯下看书我没有特别的感觉，直到有一天灯罩被打坏，灯膛摔碎，不得不做一个简易的油灯替代，我才意识到，能坐在罩灯下是多么幸福的一件事。简易的油灯我做过很多个，找一个稍微大一点的铁盖子玻璃药瓶，在盖子上挖一个洞，捻一根纱布做灯芯，倒上油点着就成了灯。这种灯火焰小，油烟大，整个房间一会儿工夫就云苫雾罩，进来的想出去，出去的难以进来，第二天早起，满鼻孔都是烟灰。那时候我羡慕过电话和电视，尽管不知道它们到底是些什么玩意儿，但从没渴望有一盏自己的电灯，因为电灯底下的生活远不如月亮地里的好玩。那是一个人不需要灯的时代。

月悬半空，高过村庄的一棵棵冲天白杨，三五成群的小孩凑到一起了。在有利家的屋头倒拐，或者从海英家的草堆分散，玩藏猫猫。倒拐是一种基本的集体运动项目，两军对垒像古代的沙场鏖战，人人扳起一条腿，独立战斗，用这条不能放下的腿去进攻和防守，一群小孩山呼海啸，月光随意揉捏我们的影子，忽大忽小、忽长忽短地在地上游动，乱人耳目，草木皆兵，个头大的突然起跳，可以将自己的拐压到矮小者的肩上，对方的那条腿摔落下来，双脚立地站得最稳时，就成了败军。月亮地里什么都看得见，除了时间，总是父母告诉我们午夜是什么时候来到的。父母们被自家孩子的喊声惊醒，踢一下脚边，空荡荡的，孩子的喊声在窗户外。他们一个个披衣下床，不需要睁开眼睛就出了门，拇指和食指拧住那个叫得最响的小孩的耳朵，那是自己的儿子。一路拎回家去。

如果大家兴致都好，不愿早早回家，就去藏猫猫，就是捉迷藏。这样可以村前村后地跑，父母是抓不到的，即使后半夜回家也不会挨揍。大人们常常会在月圆之夜到田里干活，月光明亮，麦子水稻高粱玉米和白天一样清晰，而且像赶路一样，晚上比白天更出活，庄稼一放一大片。活干完了，他们也累了，回家倒头就睡，哪还有心思和力气去教训小孩。我们尽可以月上西天再回家，动静小些，开门关门，脚也不洗，浑身水淋淋地爬上床，小心父亲的呼噜和咳嗽。这些只有月亮看在眼里，月光从窗户进来，画一个水一样的方框，我们像头小兽蜷曲着身子，疲惫地睡在水上。那时候跑得可真远，两三个人竟远离了村庄，跑到了田野里。大概也就在那些夜晚，我才知道生我的村庄原来这样小，几步就跑出了炊烟、狗咬和伙伴们的追赶；同时发现野地那么大，随便一棵什么树都可以替代我的位置，我，我们，在夜一样宽广的大地上，在大地一样宽广的夜里，完全可以忽略不计。月光明晃晃地照着，惊动了偷食的老鼠、夜游的长虫、搬家的蚂蚁和巡视的猫头鹰。布满车辙和牛蹄印的土路上，匆匆穿过这些小东西慌乱的影子。我们趴在麦地里，明知道不会有人找到这里，我们还是一丝不苟地趴着不动，体会着被寻而不遇的快乐。短暂的消失，伏在大地之上，与之肌肤相亲，和麦子们在一起，听它们拔节的声音和成熟的叹息。一定有人在大地上睡着了，梦见和麦子一起生长，听到大地的汁液流进身体的汩汩之声。伏在大地上，感觉世界是整体的，它是一个巨大的球，缓缓地转动，人和每一棵树、每一株麦子一样，是大地的一部分，夜包裹着你，月光包裹着你，夜、月光、你、这个世界，不可分离。

很多年后，当我从麦田里站起来，像个人物似的在大地上走来走去时，我得到的却是一个破碎的世界，一个在地图上被红色、蓝色的线条分割过的世界，世界变成了一个平面，而不再是一个巨大的球，像一只切开的生日蛋糕，有了不同的方向。多年以前的纯粹的夜、月光、麦田、野地、伙伴，没有一样可以带到城市里来。这里没有煤油灯，没有倒拐、藏猫猫，没有夜间穿行的老鼠、蚂蚁、猫头鹰和蛇。这里是一个电的世界，一种可以取消黑夜的东西，把生活打扮得花枝招展，同时让人远离一些东西。

暑假我回家，天热得受不了，偏偏一棵树砸坏了电线，接连几天没电。在单位要么空调，要么电扇，房间里永远是春天，现在好了，夏天结结实实地来了，赶都赶不走，电扇不转，拿什么赶。喘口气都汗流满面，更别提午觉了。午饭过后我就坐到树底下，拼命地摇动扇子，还是热。父母他们就无所谓，照样睡他们的午觉。可我不行，我的皮肤和感觉已经被一些电的派生物改造过了，真是滑稽，我回到家里，竟发现自己和家并不一致。有什么东西悄悄地把我们的生活篡改过了。最要命的还不是热和午觉的问题，而是如何打发晚上的时光。我习惯在晚上看书写作，现在却不行，屋子里蚊子可以吃人，蜡烛的光焰微弱且跳跃不止，本就烦躁，哪里还能看下什么书啊。我于是出门，到大街上往人多的地方挤，我迫切需要尽快将夜晚打发掉。白天在太阳底下，我可以干很多事，看书、钓鱼，逗邻居家的小孩玩，但是晚上，停电的晚上，我什么事都干不了，连一场随心所欲的聊天都不能胜任。整个村庄都在聊天，会唱的还来两嗓子，停电对他们来说跟其他的夜晚没什么两样，他们按照我小时候同样的方式生活，我装模作样地混迹其中，努力想做好一个听众，但是我精神不能集中。多大的讽刺啊，长大了我竟然不会生活了，在停电的夜晚，我成了故乡的可怜的异乡人。

也许不止我一个人在停电的夜晚突然不会生活，整个城市在这个时候都不知该干什么。我在阳台上站的时间不长，很多人家的电话纷纷响起。我知道他们要说什么，他们在相互询问对方，这个夜晚该怎么过，以及什么时候能来电。在城市里，我们逐渐变成了另一个人，另外一种东西。胃里被准时的一日三餐装上了闹钟，其精确度不亚于北京时间，当中午十二点的钟声响起，我们像巴普洛夫的狗一样想起了饥饿。思维被通上了电，电灯、电话、电视机、影碟机、电脑，告诉我们该怎样思考，我们的生活前所未有地规律，日复一日地做昨天早就做过的事。如果其中的某件东西突然丢失，我们的身体会和生活同时被打开一个缺口，生活的阵脚立刻紊乱。电这种东西，给人类的黑夜再造了一个太阳，改变的却不仅仅是人类的半个生活。

姑妈家那儿第一次通上电是在一个夏天的傍晚。之前很多天人们就在兴奋地议论，电到底是什么。那里相对落后，周围都送上了电，他们的村子是最后一个，经常出入村庄的人告诉邻居，别处的电灯是如何如何的明亮，听得他们心里着急得难受。当时我在姑妈家和表哥玩，表哥说，通电的晚上要在打谷场上放露天电影。我们早早地去占了地方，姑妈说好了要去的，后来竟没去。我记得家家户户早把电灯开关开了，通上电的那一瞬间，整个村庄一片通明，自从村庄里住上第一户时起，没有一个夜晚如此明亮。大人小孩都叫起来，据说不少七老八十的老头老太太高兴得哭了。电影散场以后，我们回到家里，发现姑妈正和几个患白内障的老太太坐在灯光底下聊天。问过了才知道，姑妈原打算看电影的，碰巧几个眼神不好的邻居过来串门，就拉上了。她们也想看电影，但更想看一看电灯是怎样亮起来的，她们以为白内障会给她们带来后半辈子的黑夜，因此在黑夜来临之前要好好看一看灯光，看一眼少一眼。她们一直盯着陌生的灯泡，也许整个村庄就她们几个最幸运，她们看到了一个玻璃做成的透明的球变成光明的全过程。姑妈说了，她一辈子都忘不了。

我不知怎么突然想起了这件事，那时候我坚定地认为电是一个好东西。它曾经因为突如其来而激动了无数人，但若干年后，它却因为突如其去而闪了更多的人。它的到来使人在黑夜也能找到生活的路，而它的短暂离去，却使越来越多的人突然间发现，不知怎样才能活下去。

蒹葭苍苍

从五斗渠到大渠之间，浩浩荡荡地生着一片芦苇。在村庄方圆几里内，那是最为高大茂盛的芦苇。没有人知道什么时候长出了第一棵，什么时候又蔓延了这么一大片。父亲小时候到田里捡麦穗，遇上了几十年都罕见的大冰雹，就是躲在那片芦苇荡里。父亲说，谁会想到中午出门时还艳阳高照，傍晚就降下了满天鸡蛋大的冰雹呢。他把柳条编的小篮子顶在头上，捡了一个下午的麦穗洒落一地，篮子被砸坏了，他只好钻进芦苇丛，把自己裹在里面使劲地摇动芦苇，用枝叶扫荡出一块安宁的空间。从芦苇丛里出来，冰雹停了，天也黑了，远处的村子里传来无数小孩的名字，大人们都在寻找自家的儿女。几十年后父亲说，起风了，大风把芦苇荡卷起来，像煮沸的开水，发出鬼哭一样的呜咽声。整个田野里看不到其他人，父亲害怕极了，洒在地上的麦穗都没来得及捡起，就拎着坏掉的篮子慌慌张张地跑回家了。

父亲的意思是，风中的芦苇荡很可怕。若干年后，我七岁，一个人在黑夜里经过那片芦苇荡两次。

我记不起来父亲出去干什么了，只有我和姐姐在家。母亲一个人在田里。我和姐姐把晚饭做好后，等母亲回来。天很晚了，通常这个时候我们已经吃晚饭了，周围的邻居也早早收工，无数条炊烟飘摇在低矮的屋顶上。可是母亲还没回来。我和姐姐都急了。小时候我十分依赖母亲，一天见不到心里就发慌。每次母亲出门回来迟了，我都要站在家门口张望，直到她走进巷口我才安心。如果出远门，比如去外婆家，更不得了，走之前我要问清楚什么时候回来，到了母亲回家的那个傍晚，我会一个人沿着母亲回家的路一直走到村头，扶着那棵歪脖子小树向前望去，想象母亲是不是会变成另外一种样子。我到现在也弄不明白为什么会那么想，以至于母亲离开家前我都要盯着她的牙。母亲左边的前牙上有一个极小的黑洞，我想如果几天之后回来的那个人无论牙有多好，她都不是我母亲。

姐姐让我再等等，她问过前面小四子的妈了，说母亲正在赶活儿，趁着有点月亮干完了就算了。母亲还让带来话，叫我们先吃，不要等她。可是我等不下去，我要去湖地里找，我坐在锅灶旁感到一阵阵干冷，我想母亲一定也很冷，我要把她找回来。其实那会儿刚入秋，可我的赤脚在鞋子里直冒冷汗。姐姐说问我害不害怕，我说不怕。姐姐说那你一个人去吧，我把猪给喂了。我拿了一件母亲的衣服出了门。

从家到母亲干活的田地大约四里多路，先过后河的一座桥，再穿过平旷的打麦场，上了五斗渠直往北走，一直走下去，向右拐就到了。但是我从来没在晚上一个人去过。真正的一个人，过了后河桥连一个人影都没看到。出村的时候一点不害怕，满脑子里都是尽快找到母亲。我一路飞奔上了打麦场。村庄在我身后，狗叫和小孩的啼哭也在身后，听起来极不真切，像是跑进了另一个世界，然后我听见了自己的脚步声。巨大，在打麦场上产生了更巨大的回声，好像有许多人随我一起跑，我出哪只脚，他们也出哪只脚。最可怕的莫过于只听见自己的声音。我停下来，看清了七岁时的那个夜晚。它比我想象的要黑，月光是那个夜晚的同谋，暧昧的光亮只能增添旷野的恐怖。周围的树木和草堆黑黢黢地排列成一个圈，我站的地方仿佛是世界的中心。树木和草堆板着黑脸，在风中摇头晃脑，我意识到这个夜晚风很大。我继续往前走，抱紧了母亲的衣服。

真正的恐惧和我相遇在五斗渠上，我终于面对了那片芦苇荡。我得说，真是像海，它是一片桀骜不驯的翻腾的巨浪。风也许并不像我当时认为的那么猛烈，只是田野过于平坦辽阔，风可以像旗帜一样从远处卷来，而那片芦苇又过于惹眼，它是野外唯一的一堵墙。风必须经过它。于是我看见从第一棵开始，风拉弯了所有芦苇的腰，大风水一般地漫过它们，使之起伏具有了水一样的柔韧的表情，浪一样痛苦的姿势。弯下又挺起，涌过去又推回来。恐惧终于降临，我把自己送到了一头奔腾的巨兽跟前，听到它在黑夜里粗重又狂乱的呼吸，像一片森林突然倒下，像整座山峰缓缓裂开。

因为一片芦苇，大风得以在我七岁的夜晚存活。我听见了风的声音，杂乱，深不可测。如果有人告诉我，黑暗里藏着十万魔鬼，我信。芦苇的声音比芦苇本身更像魔鬼。我后悔出门过于轻率，因为恐惧而发抖，刚刚满怀的焦急和寻母的使命感被大风一扫而空。我不能半途而废，我对姐姐说了，我不害怕，我一定要把母亲找回来。我把衣服缠在手上，贴着远离芦苇的路的那一边磕磕绊绊地跑。跑几步就停了下来，也就是从那次起我知道，恐惧时不能跑，越跑越害怕。我努力放轻脚步走，坚持忍着不回头看。身旁的一大片庄稼像缓缓起伏的海，我听到风声、芦苇声、庄稼声和我的心跳声，感觉自己是走在梦里，整个身心失去控制似的摇摆不定。

那大概是我有记忆以来走得最长的一段路，好像怎么也走不完。当时我什么都想到了，包括死。而且有关死想得最多，没有排除任何一种我所知道的死法。我想如果我死了，母亲该到哪里找我呀。我没有死，走到大渠上的老柳树下我停下来，我还活着，一屁股坐到地上，衣服被汗溻透，牙咬得两腮生疼。

我没找到母亲，她从另一条路回家了。而我又从原路返回，同样是一身冷汗。我想，走过了黑夜里的芦苇荡，任何恐怖的东西对我来说都无所谓了。但是当我走进村庄，看到第一户人家门缝里透出来的灯光时，还是忍不住哭了，一直哭到家里。母亲站在门口远远地问是不是我，我一声不吭，进了门就爬上了床。那个晚上我始终没说一句话，晚饭也没吃就睡了。夜间我的梦里长满了无边无际的芦苇和风，浩浩荡荡的黑夜之声贯穿了整个梦境。

我牙疼的那些夜晚

父母都出去了，到路南的排房地垒砖。我家的新房要建在路南。临走时母亲把门锁上，嘱咐我趁热把药喝了，喝完药就上床，谁叫门也不要开，害怕了就用被子把头蒙起来。我答应着，端起瓷碗咕咚咕咚把汤药喝下。我不觉得苦，因为牙疼，我已经喝了数不清的草药，煮过的药渣倒在巷子里，积了厚厚的一层。我能喝出汤药里的香味和甜味来。母亲把油灯也吹灭了，我摸黑上了床。我不害怕，头露在外面，在黑暗里睁大眼睛。

月光从关不严实的窗户里进来，地上像铺了一层水，我的鞋子是两条脏兮兮的方头小船，头对头向前游动，因为是头对头，所以谁都游不动。我喜欢看不停在动的东西，变化的东西能让我忘掉牙疼。通常我都是看梁头和屋脊上的蜘蛛网，看着看着就睡着了，然后就看见一个个蜘蛛从网上爬进了梦里。它们总是徘徊在梦境的边缘，懒洋洋地排成一支队伍，从不吵醒我，天亮以前准时回到蛛网上。蜘蛛网一直吊着，被月光吹得摇摇晃晃。我不知道秋天到了，上面还有没有蜘蛛。它们是不是也需要一床被子。我的牙疼已经一年多了，每一个夜晚我都想象蜘蛛们在我的头顶高高地生活。

然后药发挥了作用，牙不疼了。我开始注意到夜晚的声音。这是我最近以来睡着之前必须要做的事，我知道黑夜一定有它自己的声音。夜里会响起鸡叫，狗咬，叫乖子和蟋蟀的叫声，还有哪个人的梦话和偷鸡贼的脚步声。但是这些显然都不是黑夜的声音，因为白天它们照样活着，发出和夜晚一样的声音。

黑夜的声音也不是闹钟的声音。父亲为了不让活儿把人累坏了，每次出门都把闹钟抱在怀里。那个镜面被我摔坏的闹钟是我家唯一和时间有关的东西，闹钟里有一只神气活现的兔子，双手掐腰，眼睛左边转一下，右边转一下，转来转去就把一天转没了。直到现在，我所有关于时间的认识都没超过那个闹钟，一想到时间，不论是年月日还是小时分钟秒，头脑里立刻出现一双兔眼，左转一下，右转一下，同时嘀嗒嘀嗒。我的无数个夜晚都是在嘀嗒声里度过的。我把它看作是黑夜的节奏，像一双脚，在我睡不着或者因为牙疼半夜醒来的时候，一寸一寸把大地一样辽阔的夜晚走完了。

闹钟被父亲带走之前，我一直以为黑夜的声音就是嘀嗒嘀嗒声。尽管白天兔眼也转，但是声音远远没有夜间来得清晰巨大。那双脚在夜晚迈得坚实而又分明，简直震耳欲聋。整个家里就我一个人静静地躺在床上，药效麻醉了全身，我觉得胳膊腿都软绵绵的，整个人像漂在水面上。水是夜做的，也是声音做的。我感觉我浮在村庄的夜的半空，一个人孤零零的，只有嘀嗒嘀嗒声拥在前后。除了我就是这声音了，而这声音只在夜间才如此清晰分明，它是我孤独的黑夜里唯一的声音，我的唯一的声音，我的同伴，黑夜的唯一的声音。嘀嗒嘀嗒，我一直希望我的心跳能和上它的节奏，我用十以内的算术来计算，迷迷糊糊跟着它到了夜深处。

父亲把闹钟带走的那些夜晚，我要熬到很晚才能睡着。没有了嘀嗒嘀嗒声，我的黑夜变得残缺不全。我一个人又漂到了村庄的上空，一下子惊慌起来，身边空荡荡的没有着落。那些夜晚，我会下意识地去拍身底下硬邦邦的床板，确认自己还有一个支撑。过去满天地都是嘀嗒声，现在没有了，我的黑夜空旷稀薄，像一片寸草不生的荒地。晚上我喝完药，为了不让自己去找已被父亲带走的嘀嗒声，上了床我就把耳朵捂起来。就在那个晚上，捂上耳朵之后我听到了黑夜的声音。细碎的沙沙声。耳朵里有，耳朵外面也有。我想大概是手掌触动耳朵的声音，就一动也不敢动。仍然有。我侧过身子，让一只耳朵贴在枕头上，另一只耳朵用被子盖住。还有。我激动极了，这是我对世界的第一个发现，我甚至都不敢裸耳倾听，担心刚刚的发现只是耳朵的声音。我慢慢地让耳朵暴露在夜里，屏住呼吸，我听到了，我听到了黑夜的声音。细碎的沙沙声，耳朵里有，房间里有，村庄里有，整个夜里都有。像是从身体里响起，充塞天地之间。是黑暗流动、碰撞、拥挤和打招呼的声音。黑暗和黑暗相互说了什么我不知道，但是我听见了。

那些夜晚大概是我一生中最需要声音的时候，我听见了。如果很多年前的一天，你在黄土堆积的巷子里遇到一个抱着下巴的五岁男孩，他会告诉你，他听到了黑夜的声音。那时候我的确热衷于告诉每一个人，黑夜是怎么一回事，我会说，黑夜的声音就是黑暗的声音，细碎的沙沙声。

母亲的牙齿

小时候我总担心母亲丢了，或者被人冒名顶替。每次母亲出门前我都盯着她牙上的一个小黑点看，看仔细了，要是母亲走丢了，或者谁变了花样来冒充她，我就找这个小黑点，找到小黑点就找到了母亲，找不到她就不是我母亲。那小黑点是两颗牙齿之间极小的洞，笑的时候会露出来。我们生活在一个村庄里，念高中之前，除了偶尔走亲戚，我的活动范围只在方圆五公里以内。五公里处是镇上，我常跟爷爷去赶集。世界对我来说就这么大，所以世界外面的世界对我来说就很大，大到我不知道有多大，大到想起来我就两眼一抹黑心生恐惧，大到每次母亲出门我都担心她会在无穷大的世界里走丢了。

母亲每年要去一两次外婆家。外婆离我家也就四五十公里，但因为跨了省，让我倍觉遥远；即使不跨省，四五十公里也不是个小数目，走丢个人不成问题。所以我担心。母亲出门前我就盯着她牙上的小黑点看，努力记忆到最完整全面，一旦该回来时母亲没回来，我就到世界上去找她；如果回来的是另外一个人，就算她长得和母亲像极了，我也要看她牙上的小黑点在不在。

过年前母亲也常出门，卖对联。很长时间里我家都不太宽裕，为补贴家用，爷爷每年秋后就开始写对联，积攒到春节前让母亲带到集市上去卖，换个年前年后的零花钱。我爷爷私塾出身，教过很多年书，写一手好字，长久不用也怕荒废，所以秋后闲下来，买红纸调焦墨，一门门对联开始写。十里八乡集市很多，年前的十来天里，每天母亲都得往外跑。年集总是非常拥挤，去晚了占不到好地势；天亮得又迟，早上母亲骑自行车出门时天都是黑的，冷飕飕的星星和月亮在头顶上。我不必起那么早，但如果我醒了，我都要在被窝里伸出脑袋看母亲的牙，那个小黑点。到晚上，天黑得也早，暮色一上来我就开始紧张，一遍遍朝巷口望。如果比正常回来时间迟，我和姐姐就一直往村西头的大路上走，母亲都是从那条路上回来。迎到了，即使在晚上我也看得清那是母亲，不过我还是要装作不经意，用手电筒照一下她的牙，我要确保那个小黑点在。

很多年后我常想起那个小黑点，我对它的信任竟如此确凿和莫名其妙。那时候我不会告诉任何人，担心说破了，小黑点也可以被伪造；我确信只有我一个人注意到它，它是证明一个人是母亲的最可靠、最隐秘的证据。我的确从来没有告诉过别人。

后来我年既长，事情完全调了个个儿，总在出门的是我，念书、工作、出差，到地球的另外一些地方去，而母亲却是常年待在了家里，小黑点陪着她也常年待在家里。她不必再卖对联，去外婆家可以搭车，去和回都可以遵循严格的时间表，不必再经受安全和未知的考验——我离我的村庄越来越远，进入世界越来越深；我明白一个人的消失和被篡改与替换，不会那么偶然与轻易，甚至持此念头都十分可笑；但是每次回家和出门，我依然都要盯着那个黑点看一看，然后头脑里闪过小时候的那个念头：这的确是母亲。成了习惯。

与此同时，母亲开始担心我在外面的安全和生活。我在哪里读书、工作和出差，她就开始关注哪里的天气和新闻，一有风吹草动就给我打电话，最近如何如何，要当心。在国外也是。那些这辈子她都不会去的国家，那些此前半生她都没听说过的城市，母亲都尽力在电视上搜索它们的消息，只要见到一个和她儿子此行有关的信息，眼睛和耳朵就会立马警醒起来。过去，电视里所有絮絮叨叨的新闻节目她都要跳过去，现在养成了看新闻和天气预报的习惯；我在国内她就关注国内，我在国外她就关注国外。我现在美国中部的一个小城市待几天，她连白宫的新闻也顺带关心上了。我不知道她是否像我小时候那样，需要牙齿上的小黑点来确认一个人的身份，不过可以肯定的是，母亲总是比儿子担心母亲更担心儿子；我同样可以肯定，在母亲的后半生里，我和姐姐将会占满她几乎全部的思维。

我长大，那个小黑点也跟着长，我念大学时黑点已经蔓延了母亲的半颗牙齿，中间部分空了，成了龋齿。我不再需要通过一颗牙齿来确认自己的母亲，我只是总看到它，每次回家都发现它好像长大了一点儿。我跟母亲说，要不拔掉它换一颗。母亲不换，不耽误吃不耽误喝，换它干吗？乡村世界里的一切事情似乎都可以将就，母亲秉持这个通用的生活观；我似乎也是，至少回到乡村时，我觉得一切都可以不必太较真，过得去就行。于是每年看到黑点在长大，一年一年看到也就看到了，如此而已。

前两年某一天回家，突然发现母亲变了，我在母亲脸上看来看去：黑点不在了，换成一颗完好无损的牙齿。母亲说，那颗牙从黑洞处断掉，实在没法再用，找牙医拔了后补了新的。黑点不在，隐秘的证据就不在了，不过能换颗新的毕竟是好事。只是牙医技术欠佳，牙齿的大小和镶嵌的位置与其他牙齿不那么和谐，在众多牙齿里它比黑点还醒目。我说，找个好牙医换颗更好的吧；母亲还是那句话，这样挺好，不耽误吃不耽误喝，换它干吗？能将就的她依然要将就。别的可以凑合，但这颗牙齿我不打算让母亲凑合。它的确不合适。我在想，哪一天在家待的时间足够长，我带母亲去医院；既然黑点不在了，应该由一颗和黑点一样完美的牙齿来代替它。

一 座 桥

从落成到废弃，四十年间都没有一个正式的名字。我们随口叫它“后河桥”。因为河在村后，桥在河上。当初落成时是个什么模样，我不知道，那时我还没有出生。即使参与建造的匠人也记不起来了，双手扶起的建筑和日子一样多，谁记得一座普普通通的河上桥呢？但我知道四十年后它的模样。已经没有人再从上面经过了。通往田地的道路几年前重新整修，渡河的责任落到邻近的另一座高大的水泥桥上。而它低矮，大青石上只能堆积厚厚的黄土。它破败不堪，桥断路也断。过了桥上岸是一片瓜地，偷瓜的小孩也只能一跳一跳地从后河桥上谨慎地通过，那一处一处坍塌的土石，置在河水的边缘，像年迈的老人坐卧在阳光里，守着过去繁华的记忆，等待有朝一日河水也远离了它，记忆也抛弃了它。

尽管低矮，桥还是有它热闹的过去的。

我的有关后河桥的记忆始于一场大水。在我们那里有如此大水实属罕见。说水大，也仅仅是那个夏季水漫过了桥，到达我幼小的膝盖的高度。水把泥土全卷了起来，一派混沌。我随姐姐去菜园里割韭菜，两人循着过去的感觉，试探着在看不见桥面的深水里拉着手向前走。桥上来来往往的都是喜气洋洋的人们，谁见过这样的大水？一个个都穿着小裤衩，拎着渔网，哈哈哈地从这头走到那头，盯着桥面和离桥更远的地方，希望有一条鱼能跳起来落进网里。我清楚地记得一条大鱼跃出了十几年前的后河水面，我看见了，是一条大青鱼。很多人都看见了，他们一起往鱼跃出的地方扑去，然后一块儿倒进鱼消失的地方的深水里。

后来水落下去了，热辣辣的阳光把泥泞的桥面烘干了。我跟着姐姐去桥边的青石上洗衣服。应该是为了一条花手绢吧。母亲说，谁洗了就归谁。我很少用手绢，但是喜欢手绢上的图案。所以当姐姐从盆里拿出那条手绢准备洗时，我一把将它夺了过来。我来洗，我在对面的一块青石上说。姐姐不让，她早就梦想能够拥有一条属于自己的手绢。姐姐猛地伸手到对面去抓，我闪了她一下，姐姐就钻到水里去了。科学的说法是她控制不住自己的惯性了。我为此得意，但过了一会儿还不见姐姐露出水面，我急了，大声喊叫在桥那边捶衣服的人。一个本家的堂哥立即跳进水里，摸索了半天，才在桥洞里把姐姐给拉出来。救上来她好久没能说话，睁开眼后，突然放声大哭。堂哥说，让她哭吧，哭完了就不委屈，不害怕了。后来姐姐告诉我，她其实很想从水里出来的，可是水位太高，头触到桥面的石板也找不到空气，姐姐说她怕极了，因为到处都是晕晕乎乎的水。

再后来水就干了。村里决定把水抽干捞鱼。河底见淤泥的那天我也去了，实际上我每天都去，放了学背上书包就去。如果运气好可以捡到一条鱼，运气不好还可以看看抽水机怎样把水喝下去又吐出来，看看穿一身皮衣服的年轻人在及腰深的淤泥里跋涉，身子前倾，不像走倒像爬。

那天我见到了一条大鲇鱼，孤零零地躺在桥洞里的石板间。石板上长满了青苔，绒绒的凉湿滑腻。为了不让别人发现，我坐在一块大青石上，垂下的双腿恰好可以遮住那个藏鱼的洞。直到没有人注意这边时，我才跳下桥，伸手去抓那条鱼。可是鱼身上覆满黏液，根本抓不住。我急得能听见自己轰隆隆的心跳声。焦急和祈祷都帮不上忙。我被一个叫东方的小孩推到了一边，愣愣地看着他把手指抠进鱼鳃，稳稳地拎起它，跳上桥跑回家了。这是我整个童年第一次捉鱼，惊险而无所得。常常想起这事时都要笑，不就是将手指抠进鱼鳃里么，可是我当时不懂这一点。

如今我也看了二十多年的后河桥，它老了，瘫痪了，破败了，几乎被人遗忘。后河的水变得混浊肮脏，再没有人抱着木盆去桥边捶衣服了。通往田地的路也断了，再没有人想着要走过后河桥。后河桥在我家屋子后不远，连母亲也很少对我说，后河桥怎么样怎么样了。还能时时想起它的，大约也就是那些曾把童年遗落在桥边的人，如我者，还有现在正在成长、时时觊觎对岸瓜地的一群偷瓜的小孩。

这个冬天我又来到后河桥上。到处是没落的遗迹，残缺不整。让我惊心的是两行车辙印，峻峭艰深，碾起的泥泞翻卷在两边，坚硬如铁。因为前面又坍塌了一处，这车辙只剩下了掐头去尾的一个片段。不知道是哪年的辙印，大约也没人能够记忆起来。它像这座苍老的后河桥的一个断章。哪一天连这辙印也被风雨销蚀了，后河桥也许就消亡了，不再是桥，只是一堆纠缠在一起的青石和泥土。

空心柳

我穿过田野到乌龙河边等车。道路从麦地中间切过，拐弯向右，再向左，直走就是。风大如海，太阳也冷，我裹紧帽子侧身低头疾走，右拐，前行，左拐，猛一抬头，看见了拐弯处桥边的空心柳。

一棵足以连抱的老柳树，身上长满碳一般黑的僵硬的鳞甲，粗壮的枝干扭曲着向上生长，在四米高的地方戛然而止，顶端被潦草地劈掉了，那把斧头大概来自多年前的一个响雷。断面以下是稀疏的枝条，早落光了叶子。这样的造型和生长状况不免古怪。最惊心的是柳树从根处向上开始空洞，高约一米，这一米的范围内，树干四周不时洞开，有着清晰的火烧痕迹。风从树洞经过，发出呜呜的轰鸣，像古战场上呜咽的号角。

我记起来了，小时候我曾在树洞里烤过红薯和土豆。从路边随便谁家的地里刨出一两个红薯或土豆，和几个邻家孩子捡来树枝吹火烤食。那时候从没想过那是偷，理所当然地认为要吃东西就得找。当时这棵柳树还年轻，一树葳蕤茂盛的枝叶。如果不是天生了这么个洞，就该是饥饿的老鼠半夜里一点点啃出来的，总之是已经有了一个不大的洞。我们在树洞里烤红薯和土豆纯粹是为了好玩。原来都是在桥洞里或者哪个避风的地方架起火堆，而且树洞太小，几乎施展不开。不过我们还是在里面点起了火，点了很多次火，烧熟了很多个红薯和土豆，还有玉米和鱼虾。没有听到柳树在火烧内心时焦灼的喊叫。

多少年过去了，一晃我都二十五了，不在田野里游荡也有十余年了，这柳树竟然还在，它在奔向自己的风烛残年的路上身体里的空隙越拉越大。树干粗了，树洞大了，树皮薄了。我也说不清它在这里站了多久，一场场火烧毁了它的年轮。毫无疑问，自我之后，一茬茬的孩子在热衷野火的年龄时都在树洞里找到了乐趣。一茬茬的火烧起来又灭掉，一直到了现在。我眼前的空心柳的肚子里还存留着两块烧焦的石头和一堆灰烬，在它们被风吹尽之前，一定还会有几个拖着鼻涕的小孩及时地续上他们的那把火。他们已经不再局限于烤食，这样的冬天无物可食，他们生火也许只是为了烘一烘冰凉的手和冻得通红的鼻头，或者干脆是发一回狂，放把野火，只是想看一看一团火如何在一棵老柳树的身体里燃烧起来，想听听它是否能痛得喊出声来。

石头都烧焦了，树洞越来越大，树照样活着。如果它还活得清醒，是否还能记得那一堆堆火焰扬起的五谷杂粮的暖香。多少年了，我又忍不住想起“一晃”这么个词。什么时候开始把这个词挂在嘴边？记不得了，但是现在我习惯对别人和自己说，一晃就二十五了。就是那么一晃，摇摇摆摆就长到了现在。多少个晃晃悠悠的日子，哪一天都没落下过，可又记住了哪一天。就像一场迷迷糊糊的漫长的浅眠，晃了一下肩膀睁开眼，就不一样了。仿佛整个世界都在背着我暗暗生长。

按理说我没资格感叹时光的流逝，我还是你所说的刚开始生长的轻狂的年纪，别人过的桥比我走的路都多，那些逝者如斯的手势放在我的指头上显得大而无当，滑稽可笑。可是我的确看到了岁月的遗迹，它们均匀地撒遍大地，就像这棵老朽的空心柳树，站在拐弯的路口等你，只要你不经意地一抬头，就把过去明明白白地亮给你看，躲都躲不掉。

我果真看到了过去？我只看到了一棵还很年轻的柳树，一个小得多的树洞，一群小孩尖着脑袋聚在散发出土豆香味的火焰前，其中一个是我；可是现在，它老了，几乎负载不了内心里的一个巨大的空洞。这么多年它是如何一寸一寸空下来的，我没看到，那个漫长的过程就像眼前的田野一样让我茫然。野地无人，长千里宽万里的大风像水一样卷过漫过，道路修长泛白，是谁家的一条炊烟从村庄飘摇而出。路两边是麦地，矮小的麦苗伏在地上不敢稍动声色，为了躲过几乎无始无终的这场浩大的西北风。冻僵的土块裸露在风里，把积攒一年的水碱献出表面。

如同一幅静止无边的褪了色的水粉画，年复一年的时光停在大地上。它用另一种方式告诉我，这停滞背后突然“一晃”的结果，就是这棵空心柳，经久不息的大风穿过树洞。相同的一场风，它在树洞里徘徊的叫声是多年前的两倍还要大。

开往北京的火车

巨大的平原上伏卧着一个村庄，村子不大，房屋稀疏茅檐低小。秋风从远方刮过来，茅草枯黄，在风中抖擞摇摆。所有即将死去的植物都在向风和天地俯首贴近。一群孩子从村中的某条积满黄土的巷子里出来，穿着短小的单衣，裸露着被风吹干的皮肤，脖颈和脚踝很黑，他们好多天没能洗上热水澡了。他们又一次来到村边，这个时候火车总要如期而至，轰隆隆地从村边经过。他们就是来看火车从他们面前经过的，这是他们认知范围内的最为隆重的事情，晚饭也要等到火车过去后再吃。父母常常不准他们在晚饭时来到铁路边上，但是爷爷奶奶鼓励他们。老人们大多都是一辈子没出过村子的人，他们想让孩子到外面去看看。但是，村庄与村庄之间相隔是如此遥远，他们用自己的双脚一辈子都没能到达另外一个地方。所以他们对吵着要看火车的孩子们说，去吧，去看火车吧。

孩子们在火车到来之前只能张望大野。辽阔啊辽阔，望不到尽头，只有低矮的树丛把村庄围成一圈。地球是圆的，这是真理，他们也看到了一个圆，而村庄正坐落在这个圆的中央，他们站在了地球的中心位置上。在泥土上打一个舒展的滚是让人高兴的，但是天有些冷，泥土也僵硬，孩子们身体皱巴巴地缩起来，腿脚施展不开。所以他们只好两脚踩着明亮的铁轨，眼睛盯着远方，手里攥着几根金黄的草叶，偶尔低下头到铁轨中间寻找圆滑的石子，作为弹弓的子弹来打鸟。

轰隆隆，嗡嗡嗡，铁轨在震颤发声，火车来了。火车来啦，火车来啦，他们叫喊起来。他们看到了远道而来的火车像一头方方正正的猛兽，迎着他们疾驰而来。他们从铁轨上跳下来，排成整齐的一条长队迎接火车的到来，在它将要从面前经过的时候拍起了巴掌，直到车尾也离开，直到他们拍红了手掌心。然后噢噢地叫起来，跟着火车奔跑。他们想追上它，因为有一扇窗户里的一个孩子的脸他们没看清楚，他们想弄明白那是男孩还是女孩，从哪里来，要到哪里去。但是他们没追上，所以火车遗留下来的问题只好通过争论来解决。

年龄最大的孩子无疑是权威，他自信地说："他从北京来。"孩子们又问："那他要到哪里去？"权威有些不自信了，但他还是公布了他的答案："他要到北京去。"这个答案孩子们不能服气，从北京来，又要到北京去，这路该怎么走呀？权威犹豫了一会儿，说："所以他要坐火车呀。"他又说："除了去北京，谁需要坐火车呢？还有，如果不从北京来，谁又能坐上火车呢？"孩子们不说话了。是啊，没错的，火车应该从北京来，也应该到北京去，除了北京，它还能到哪儿去呢？他们不知道还有什么地方可以让最隆重的火车开进开出，他们也不知道北京之外还有什么更大的地方。北京显然是中国最大的地方，北京最大的门显然是天安门，因为他们从小就知道，中国有个北京，北京有个天安门。他们相信了权威的答案，因为在此之前没有人告诉他们，中国还有个其他的什么地方，这个地方还有个什么门。随后问题又出来了，年纪最小个头最矮的孩子无法看得更远，他看不到北京在哪儿，于是他问权威的孩子："北京在哪里呀？"权威很自豪地说："在火车要去的地方。"年幼的孩子歪头想了半天，终于明白了，对，北京就在火车要去的地方，火车都有了，北京还能没有吗？

争论终于结束了。巷子里响起父母呼唤他们吃晚饭的声音，他们决定回去，跟着权威的孩子排成队走回村子。他们要告诉爷爷奶奶爸爸妈妈一个秘密：那火车是从北京来的，它还要到北京去。

沿铁路向前走

很多年来，我一直对生活抱有隐秘的愿望。我希望有那么一刻生活是独独属于我的。这种想法贯穿了我的整个少年时期，让我的生活充满了一个个小小的私人的惊心动魄。

有一阶段我对时间产生了迷信般的热情，决心要把表达上比较特殊的时刻一一找到。当时用的是一块廉价的电子表，事实上它和北京时间并不一致，但是我相信它的精确性。上课时我把手表放在桌面上，不时瞟上一眼。当出现 11：11、12：34、5：55 等数字时，我的心会突然狂跳不止，我觉得我们终于不期而遇了，这个特殊的时刻是我的了。前些日子卖废纸，我把小学中学的课本又翻了一下，发现很多页面记下了类似的时刻。不记得那时候听课是否认真，大约常走神，因为我是把这些数字的记录当作一项神圣的事业来做的。即使是现在重新看到它们，我依然生出与当年相同的成就感，好像的确做了一件了不起的大事。

除了表示时刻的数字外，书页上还眉批了一些特殊的现象。比如在某本物理书上我记下：某年某月某日某时某分某秒，我听到了该年度的第一声惊雷。或是另一本书上写着哪年哪月哪日，早上起床见到了冬天的第一场雪，等等。我热衷于类似的小玩意，发现和记录所有我所见闻的第一次，也许是要把自己时时推向世界的前沿，企图在与生活的正面接触中处处都留下痕迹和影响。而没有意识到很多事情其实不可能，也没有意义。我把它们作为追赶的目标，藏在内心的某个不可示人的角落，等待它们在现实中复活。我曾自豪地对朋友们说起，我曾在江苏和山东接壤的界牌下停留了五分钟。自从能够独立骑自行车坚持五十里路时开始，我获得了和父亲同样的权利骑自行车去外婆家。外婆家在山东。为此我兴奋了好几天，终于有了一个可以在两省交界处伫立的机会。之前总是父亲背我，从不在我向往已久的界牌下停车，我也从未把想法和父亲说明。那一次我拼命地赶路，把父亲抛下老远，然后把车子停在界牌下的桥上，严肃认真地站好，对自己说，天哪，我终于来了。我努力把这次停留弄得意味深长，似乎看到了一条清晰的边界线从我双脚之间穿过。我双手下垂，同时站在两个大省的领土上。像一个庄严的仪式，我站满了五分钟，激动得浑身冒汗。

如果说生活中还有无法实现的儿时梦想，就是有朝一日找到一个地方，当我站在那里，左边风狂雨骤，右边艳阳高照。我不愿从科学的角度去判断此类的阴阳地是否存在，只是顽固地相信，一定有，只是我还没找到。出远门的车上，我念念不忘的一句话是“十里不同天”，它对我的诱惑至今无法消除。大学毕业前的一次返校途中，是我印象里最为接近梦想的一次偶遇。车过沭阳，后面是狂泻的大雨，车上是星星点点的雨滴，前头的太阳高悬，柏油路面的蒸汽缥缈上升。我下意识地从座位上站起，把脑袋伸出窗外，种种迹象表明，这是一个不可多得的好机会。雨吹到一侧的脸上，另一侧是太阳的光照。地面上的水迹在衰退和减弱，但雨一直都在飘，看那架势能跟汽车飘到路断时为止。司机发现了我，责令我立即把脑袋缩进车里，否则后果自负。整个车厢的旅客都转过脸看我，我犹豫了一下收回了脑袋。应该就在这一瞬间，汽车走过了一个伟大的时刻，我再看窗外，天上已经不再落雨，汽车前面是不断涌来的干白路面。我又错过了。尽管后来我和别人提起，他们都认为世上根本就不存在如此果断分明的荒唐事，怎么可能从哪条线开始就不再落一滴雨呢？也许是吧，我不说话，心里还想，是我错过了。

到了现在，对诸多事物的看法有了改变，我已不再像过去那样计较纯粹的形式上的实现和胜利，孩子式的成就感对我已经没有多少意义，转而关注并不懈追寻情感的体验和领会。从童年一路走来，时时纠缠我的愿望历经淘洗，就剩下这类东西了。多年前我向往能在铁轨上走来走去，一脚踩上一根，张开双臂，一直沿着寂静的原野走到铁路的尽头，最好是隐隐能够听到火车的吼叫在身后追赶，当然，想象中的火车必然追不上我，只能在身后永远吼叫。我觉得天地苍茫的时候，一个人去铁轨的方向是一个壮举。二十多年来，这个念头伴随了我的火车旅程的始终。我想找一个无人的地方独自走上铁轨，背对着将尽的夕阳，缓慢地步入黄昏和深夜。很遗憾，急匆匆的旅程和嘈杂的车站不给我机会。

去年春节刚过我终于如愿以偿。我陪母亲去舅舅家。这是我第一次去，没想到舅舅的新居前赫然就有一条单程铁路。舅舅家是一个可观的四合院，出了门是一条终年污水不断的小河，窄窄的，一抬脚就可以跨过去。然后就是高高的石子和枕木上睡着的两根寒光明亮的铁轨。这里是郊区，沿铁路向东是一片枯黄泛青的田野。枯的是泥土与草木，青的是寒气下无边的麦苗。我曾经站在高处观看过平畴沃野，它的宽大自不待言，而现在当我沿着铁路向前张望，大约是因为这条闪亮的道路，田野越发显得幽深辽广，阳光下的铁路像两条飘忽的银线被看不见的花针牵扯着，稍一抖动，整个大地似乎都跟着波动起来。我不得不说我喜欢这种感觉。

晚饭过后的黄昏，我和舅舅家的妹妹到铁路上散步。妹妹说这是单程运煤的铁轨，一天只经过一次火车，常常是在半夜时分轰隆隆地驶过，动静巨大，摇撼周围的居民和他们的梦。我建议沿着铁路向前走，一直走下去。妹妹直摇头，说走一会儿就不见人了，那边是野外，小孩到了那里会被狼吃掉的。当然是大人唬小孩的把戏。我说没事，有我呢。妹妹答应了，走在我前面。落日已尽，夜幕垂帘，又一个仪式即将开始。和想象中的一样，叉开双腿，举起两臂，但是两步过后我就发现这种走法是怎样的折磨和痛苦。一个人没有能力同时踩着两条铁轨不停地走下去。妹妹还小，不明白我的想法，只是按照习惯踩着同一条铁轨，张开两条胳膊，在寒风里缩着脑袋向前跑，嘴里嘟嘟地叫着开道，像只臃肿的小蜻蜓左右摇摆。我坚持了一会儿，还是从铁轨上下来，踩着枕木跟在她后面。

天很冷，风像水一样漫过头顶，我不得不把棉衣的领子竖起来，双手插在口袋里。前面就是在我的想象中存活了很多年的黄昏，铁路遵照我的想象通往迷茫渐深的夜。妹妹走得很熟练，尽管歪歪扭扭，但不会从铁轨上掉下来。走得也很开心，因为她不关心铁轨通向哪里，不知道它需不需要一个尽头。远处有树木影影绰绰，显出旷野的空洞和萧瑟，我们已经远离灯火和民房里的炊烟，远处的灯光闪烁变幻，充满了不确定性。我们向寒冷深处走着，路边没有任何东西能够把我从暗淡和凄冷中解救出来。前面是活蹦乱跳的小妹妹，有着天真的前途和活泼的现在，我突然感到一阵突如其来的茫然和恐慌，我觉得我在那一瞬间老了，这就是我二十三年来不懈幻想的沿铁路向前走？二十三年的幻想中，我从来没有对具体而微的细节考虑过，比如是否会碰上点意外，从来没有，只是想着向前走，走进混沌的远处，为什么要走似乎也已不重要了。就像现在这样，从一个无所谓起点的地方出发，向一个不知尽头的目的深人。生命如此漫长，保持着两根铁轨间的恒定的宽度向前进发，去一个谁也不明白的地方，铁路上没有纯粹形式上的实现和胜利，只剩下甩开臂膀向前冲的动作。妹妹走得依然很高兴，不时回头催我快点，她倒是不害怕旷野里有狼等着她了。无数的念头纷至沓来，冲撞着我的大脑，我直想哭。妹妹回头又催我，天黑得已经看不清她的脸了，我站住说，该回去了，舅舅他们会担心的。然后我转过身，找到遥远处微弱的灯光，一下子泪满双眼。

国 庆 照

小时候在乡村，生活粗疏，凡事大而化之，一年里大大小小的节日基本都无感，只盯着三个节，因为有好吃的。春节不必说，可以从除夕一直吃到十五，那是一年里吃肉最畅快的时候。端午节有粽子吃，也很好，去河边打包粽子的芦苇叶是我的事，劳者有其食，吃的时候还有成就感。然后就是中秋，西瓜月饼敬老天，月饼是自家做的，有点土，但回头想，还是比当下各种繁复精美昂贵的艺术品一般的月饼好吃。

后来对另一个节有了概念，十一国庆，因为拍了一张照。小学一二年级吧，反正小到只知道吃。那天应该没上课，我在河边的老柳树下玩，老远听到母亲喊我名字。乡村孩子，不到三顿饭时间，没特殊情况大人是随便我们野的。我赶紧爬上河堤，母亲拿着我的衣服风风火火朝河边走来。一条裤子，一件长袖衬衫。那时候我不知道衬衫这个词，带袖子的单衣服我们统称褂子。母亲拿着洗干净的裤子褂子来找我。照相。

照相的来了。三十多年前只有镇上有家照相馆，要跑十里路。谁会大老远去照张相呢。生活像潭死水，每天都一样，你要隆重地去趟照相馆，自己都会觉得难为情。在村庄里，我只知道两件事需要照相，一是结婚登记，一是一年一度的五年级学生的毕业照。可能因为上门的业务少，照相的会隔三岔五下乡来。跟小商小贩似的走街串巷吆喝，把大家的胃口都吊起来，然后找个敞亮的地方挂一块布景，想照的排着队，就可以开工了。我们不会特意去照相馆，但照相的到了村里，那是另一回事。爱臭美的姑娘小伙子憋不住了，把自己收拾利索了等候在布景边。姑娘要戴一条纱巾，小伙子穿包紧屁股的喇叭裤，为掩饰隆重与迫切，等候的时候他们装作漫不经心地聊天，聊着聊着声音就忘情地大起来。

我难得照相，高中之前所有照片加起来可能不超过二十张。那天母亲让我照相，因为布景好。我穿着短裤背心和凉鞋，跟母亲来到摄影师挂在树枝上的布景前。布做的景，一块宽大的布上画着金光灿灿的天安门。北京在哪里我不知道，但我天天唱着《我爱北京天安门》，美术课上我也画天安门，因为“天安门上太阳升”，所以我把刚升起的太阳画在天安门城楼的正上方。也因此，很多年里我都认为天安门是坐东朝西的。照相的带下乡的布景我看过一些，但没有一幅比这个天安门壮观。为什么会带来这幅布景呢？

“国庆节啊。”照相的是个嘴上抹油的小伙子，梳大分头，“往这布景前一站，你等于到首都了。车费都省了。”

这个广告打动了很多人。我们都没去过北京，但往这块布景前一站，咔嚓，就到了。照相的人拍成长队。母亲显然也是被说服了，她回家拿了衣服，把我揪到天安门前。

搬了几次家，那张照片辗转之后不知去向，但我还记得那个画面。布景上的天安门画得并不标准，很多地方比例失调，细节上也多有草率，不过无妨，一眼看上去，它只能是天安门，这就够了。我双脚并拢，两个掌心贴紧不存在的裤缝，裤脚无一例外短了一截；衬衫一直扣到脖子底下，当时觉得呼吸有点不畅，但我把这种状况理解为拍照时的兴奋和紧张。站在天安门前了嘛。听从摄影师、母亲和街坊邻居们的指挥，我笑起来。

咔嚓，在那个国庆节，我第一次到了北京。

祖父的早晨

一大早，他坐在秋风里。门前有两棵白杨，左边一棵，右边一棵。他倚着左边那棵的树干，坐在一只拴着藤条的小马扎上。杨树叶跟着秋风在地上转圈子，转来转去都堆到他面前，把他的两只脚埋了进去。吱呀一声门响，他心头一亮，转过脸看从门后伸出来的那个头。孙子扶着门连打了三个哈欠，问他：“爷爷，你坐在这里干什么？”他说：“没干什么。年纪大了睡不着，过来坐坐。”他和儿子一家分开住，两个院子，有什么事要转过一个街角才能来到儿子的门前。孙子把门打开，让他进屋坐，外头风凉，要吹出毛病的。他说没有什么，在风里都活了七八十年了，就想坐坐，贴着门坐坐。孙子在门前站了一会儿，说：“爷爷，那我回去收拾了。”

他安静地坐在门前，他也不知道自己想干什么。鸡叫头遍的时候他就醒了，怎么也睡不着。他就睁着眼听黑暗里的风声，风像一面面旗子从窗户外快速地飘过。之前他做了一夜的梦，一辈子也没做过这么多梦。他梦见孙子一下一下地长大，一个梦里长大一次，连孙子刚生下来的模样都梦到了。这梦真是好，他清醒的时候曾花了整整半天时间都没能想起光溜溜的小生命是如何哭出第一声的。梦太多了，断断续续地像竹子似的一节一节地从睡眠里长出来。竹梢让他难过，他梦见孙子被火车带跑了。火车跑得太快，他来不及喊一声，铁轨又太长，遥遥的看不见尽头，他梦见孙子被火车载向了没有尽头的远方。然后就醒了，翻来覆去地想那辆无限奔跑下去的火车。

从鸡叫第二遍起，他在门前一直坐到现在，老想着自己是不是丢了什么东西，摊开树叶仔细找找，什么都没找到。来来回回找了好几次，后来不再找了。什么东西都一样，找了三次都找不到，就不要再找了。就这样坐坐吧，也蛮好。儿子和媳妇从屋子里出来，让爹到里面坐，外头凉，担心冻坏了爹。他把手插在袖笼里，哑着嗓子说："我就坐坐。你们忙，多给带几件衣服，还有吃的。"

秋天的早晨总是阴惨惨的，所有的早晨都像要下雨。树叶还在堆积，一片两片地往他脚上爬。他坐在小马扎上慢慢地安下心来，坐得很稳，风吹不动他。就是脸和手有些干，摸上去沙沙响，像白杨树上剥落的皮。孙子端着热腾腾的饭碗走到他跟前，说："爷爷，吃饭了。"他看看孙子，心里也热腾腾地煮起了面。"不饿，"他说，"我就坐坐，快点儿吃，别误了火车。"孙子没办法，只好自己吃，吃饭的时候他伸头看祖父，他还端端正正地坐在那里，像个小学生，袖着的双手平放在并拢的膝盖上。

孙子收拾好了，提着行李从屋子里走出来，身后跟着爹妈。"爷，我走了，你在意身体呀，天凉了。"孙子说。他扶着白杨树站起来，怎么站都站不直，只好弓着腰双手背在身后，右手拎着马扎。他说：“走吧。走吧。”跟在他们后面一起往前走。巷子窄窄的，雨天留下的车辙把路面切成了条条块块，沟沟坎坎里积满了碎草和干结的牛粪渣。一路都有树叶贴着地走，一直走到巷子尽头。儿子和媳妇喋喋不休地叮嘱他们的儿子，两个人争着说。他听不清他们在说什么，他们说得实在太多了。他跟在他们后面慢慢走，小马扎一下一下拍打身体。他低头看地上孙子留下的脚印，把自己的也放上去，发现小多了，这个发现让他安妥了很多。他听到孙子在说话，孙子说：“别送了，回吧。”

他没说话，四处看看，找了一块平整的地方把马扎放好，撑着膝盖坐下。孙子又说：“爷，回吧。”他说：“你走你的，我就坐坐。坐坐。”他的目光跟着落叶继续往前走，走上眼前的大道，这条路宽敞漫长，通往村外遥远的看不见的地方。他眯起眼努力往前看，心想这路是要通向火车的，当然越远越好。他又听到自己重复了一遍刚才的话：“坐坐，我就坐坐。”

半月亮爬上来

狗又叫了起来，无数的狗，零散地从大平原上发出声音，不是遍地是贼的狂咬，而是缓慢的、梦幻般的遥远的吠叫，更像是叫声的影子。这是我在夜晚听见最多的声音，也几乎是唯一的声音。夜幕垂帘，好像黑暗把村庄从大地上一把抹掉，只剩下这些孤零零的狗叫，和清白的台灯下半个明亮的我的房间，一张书桌，一叠纸，一支握在手里的笔。

白天有那么一会儿，我的情绪是明快的。太阳很温暖，漫无边际地把金黄色的光洒遍村庄。光线清澈，把我的房屋顶上的天空抬得很高。一片明净，白杨树光秃高拔的树梢伸向蓝天。漆黑的夜和沉沉的睡梦终于过去了，我一觉醒来已是上午九点，头一歪看见金色的窗户。母亲在院子里说，快起来，多好的天，冬天里的大太阳。

难得的好天气。我出了门就看到高远的青天，兔子在院子里追逐跳跃，我得把棉袄的另一个袖子穿上。草草地洗漱，吃了点早饭，我没有按照原定的想法去读书写作，而是决定好好地在阳光里走一走看一看。昨天晚上村庄给我的是一个冷清的黑脸，沉寂的冬夜让我难过。现在好了，把那些黑的、冷的东西翻出来，就像晒被子一样拿到太阳下照一照。

我只在房前屋后走了走，没有越过岸边堆满了枯枝败叶的后河。后河水将要干涸，亮出了泛白的河底，河对岸是田野和庄稼地，铺展着平坦的麦苗，麦苗之上挺立着瘦硬的枯树。好多年了，我只在寒暑假时节匆匆地在家小住，用母亲的说法，屁股还没把板凳焐热就走了。短短的时间里，我很少走过颓废的后河桥去到对岸。再向北走就是我家的菜园子，我也很少去，尤其在冬天。我知道这时候的菜园子形同虚设，一畦畦田垅了无生气，只有几株瘦小的菠菜和蒜苗，因为寒冷而抱紧了大地。无数年来菜园子们都是这么度过它的冬天，可是此刻，我总是能发现它们的陌生。而阳光是多么的好。

祖母坐在院子中的藤椅里，半眯着眼，阳光落满一身。多好的天，祖母说，照得人想睡觉。然后自顾说起话来。祖母也许知道我会坐下来认真听。我喜欢听她讲述那些陈年旧事，尤其从写小说之后，特别注意搜集那些遥远的故事。对我来说，祖母那一代人的时光已经十分陌生了，对于今天的世界，那是些失踪了的生活，如果祖母不在太阳下讲述出来，它们就永远不会回来了。祖母讲的多是这个村庄里多年前琐碎的恩怨情仇、奇闻怪事。每一位祖母都是讲故事的好手，这绝非作家们为了炫耀师承而矫情编造的谎话。祖母们从她们的时光深处走过来，口袋里的故事我们闻所未闻，更具魅力的是她们讲故事的方式，有一搭没一搭的，想到哪说到哪，自由散漫，间以咳嗽和吐痰的声音，不时拍打老棉袄上的阳光，然后就忘了刚刚讲到的是谁家的事，提醒也无济于事，她又开了另一家人的故事的头，从老人的死说起，从小孩的出生说起，或者从那一家迎亲时的牛车和一个大饼说起。那些已经有了霉味的故事被抖落在太阳底下，也像被子那样被重新晾晒。

祖母年迈之后，讲述往事成了她最为专注的一件事。听父亲说，祖母睡眠很少，夜里一觉醒来就要把祖父叫醒，向他不厌其烦地讲过去的事。那些事祖父要么经历过，要么已经听过无数次，反正他已是耳熟能详。但祖父还是不厌其烦地听，不时凭着自己的记忆认真地修正。他们在回首过去时得到了乐趣。人老了，就不再往前走了，而是往后退，蹒跚地走回年轻时代，想把那些值得一提的事、那些没来得及做和想的事情重新做一遍想一次。他们想看清楚这辈子如何走了这么远的路。祖母显然常常沉醉在过去的时光里，或者真是太阳很好让人想睡，她讲着讲着就闭上了眼，语速慢了下来，仿佛有着沉重的时光拖曳的艰难，讲述开始像梦呓一样飘飘忽忽。

午饭之后我又听了半个下午。三点钟的时候太阳依然很好，我也挺不住了，不得不回到房间把推迟的午觉捡起来。

一觉混沌。醒来时已经五点多，天色暗淡，夜晚迫在眉睫。阳光消失不见了，我大梦觉醒的不知今夕何夕的满足感陡然败落，心情也跟着坏了下来。真想闭上眼接着睡过去，以便在一片大好的阳光里重新醒来。但是此刻睡意全无，母亲正张罗着晚饭，让我起床，一会儿就该吃晚饭了。

看来夜晚无法避免。

风吹一生

天真的冷了，连风也受不了了，半夜三更敲打我的窗户，它们想进来。这种节奏的敲打声我熟悉，这些风一定是从我家乡来的。所有的风都来自北方的野地和村庄，我家在城市的北面。我掀开窗帘，看到风在闪烁不定的霓虹灯里东躲西藏，它们对此十分陌生。风的认识里只有光秃秃的树，野火烧光的草，路边的草堆，孩子们头上的乱发和整个村庄老人的一生。风不认识城市的路，一定是谁告诉了它们我在这里，才会爬到五楼上来找我。

城市里没有风声，没有歪脖子树和草堆供它们存活下去。它们远道而来是为了唤一个人回去，是唤我吧，我已经很长时间没回家了。我从床上起来，打开北向的窗户，黑暗阔大的北风滚滚而来，像旗帜和黄沙一样悬在城市的半空，只等着我从钢筋水泥的一块堡垒里伸出头来，与我面对面，告诉我一些风中的人的消息。

我家乡的人生活在风里。离家的那天，一大早我就看见祖父坐在门口的小马扎上。天色灰沉清冷，秋天的早上永远是一副将要下雨的模样。风很大，地上的杨树叶子转着圈堆到祖父的鞋子上。我对祖父说，进屋吧，外面冷。祖父说没事，不冷，都在风里活了一辈子了。然后问我坐火车还是汽车。我说火车，这个问题他已经问了好几遍了。祖父自语地把火车重复了一遍，说他夜里也梦见我坐的火车了，跑得太快，怎么叫都停不下来，他就是过来看看，我是不是已经被火车带走了。我让祖父进屋吃早饭，他也不肯，只想坐坐，守在门口的风里。那个早上我离开了家，到了一个远离家乡的城市。祖父拎着小马扎跟在我后面穿过巷子，风卷起的尘土擦着裤脚。我说巷子里风大，回去吧，祖父说你走你的，他想在巷子头坐坐。然后就放下小马扎坐在了路边上。村庄坐落在野地里，村前村后都是麦地，麦地上的风毫无阻碍地从村南刮到村北，沿村庄中心宽阔的土路，一次次宽阔地刮过。我走了很远回过头，还看见祖父坐在风里，面对着我的背影，被风刮得有点抖。

祖父老了。风吹进了他的身体。当风吹进了一个人的身体里时，他就老了。二十多年来，我目睹了来来去去的风如何改变了一个人。我记事时起，祖父一直骑着自行车带我去镇上赶集，五天一次，先在集市边上的小吃摊坐下，吃逐渐涨价的油煎包子，然后到菜市旁边的空地上看小画书，风送过来青菜和肉的味道。那时候祖父骑车很稳健，再大的风也吹不倒。有风的时候我躲在祖父身后，贴着他的脊背，只能感到风像一场大水流过我抓着祖父衣服的手。长大了，自己也能骑车了，少年心性，车子骑得飞快，在去姑妈家的路上远远地甩下了祖父。我停在桥头上，看见祖父顶着风吃力地蹬车。祖父骑车的速度从此慢了下去。有一天祖父从外面回来，向我们抱怨村边的路太差、除了石子就是车辙和牛蹄印，祖父说，风怎么突然就大了呢，车头都抓不稳了。但是谁都没有在意。

从菜地回家的路上，我遇到祖父从镇上回来，第一次看见祖父骑着车子在风里摇摇晃晃。祖父不经意间被风吹歪了。其实野地上的所有东西都被风吹歪过。有的会歪上一辈子，像房后的那棵桑树，一场风之后再也没能直起腰来。有的歪过一段时间慢慢又把自己扶直了。只有人是被风渐渐吹歪的，人歪了以后就会一直歪下去，别指望能重新站直。风只会在人无法再站直的时候把你吹歪。祖父不再骑自行车了，我们担心他出事，不让他骑。他被风彻底地从车上吹了下来。不能骑车之后，祖父走到哪儿都拎着一个小马扎，他终于意识到很难再在风中站直了，风也不会让他长久地站在一个地方。风强迫他坐上了马扎。

一个人就这样被风吹老了。风逐渐穿过人的身体，吹走了黑发留下白头，吹干了皮肤留下皱纹，最后吹松了血肉，留下一把老骨头。这时候风又为人指明了另一个去处。

我相信最终是风把人给打发掉的。多少年来，我的村庄一直有个奇怪的现象，老人们去世总是一批一批走，很少有哪个人是独自上路的。在第一个人离开的时候，村里人就知道又一场死亡之风降临了，从年老体弱的开始盘算，每个人对村庄都有一笔小账。果然是一个接着一个，三五个老人相互陪伴着上路。一段时间内，村庄里哭声不绝，锣鼓声悲，野地里飘满了纸钱。他们出生在同一场风里，活在同一场风里，又被同一场风刮到了另一个世界。

我说过，城市里没有风，所有的风都来自野地和村庄。因为没有谁像野地里的孩子那样依赖风才能生长，尽管，也许同样是几十年前的那场风又回过头，把他送到了另外一个地方。风是我们见过最多的东西。我一直跟着一阵风向前走，走着走着就长大了。那阵风始于十几年前，我一个人从家里出来，很小，走远了就找不到回来的路。我追过无数个旋风，那些旋风像底朝下的斗笠那样大，像陀螺一样不停地往前跑。太阳落到了村庄西面的白杨树后头，我出了门就遇上了它。旋风不紧不慢地穿过巷子，然后左拐上了中心路，一路上旋起了泥土、稻草叶子和干松的牛粪渣子。这是我见过的最为优雅的旋风，不张扬也不会让你忽略。我一直跟在它后面，我想看看它到底有多大的耐心。很多旋风都是走了几步就找不到了。它沿着中心路一直向南。我很奇怪一路上竟没遇上一个人，甚至连狗叫和小孩的哭声都没听到。我们经过了药房、供销社大商店和南湖桥边的两棵老柳树。刚上了南湖桥旋风突然不见了，我以为桥面上布满石子，它过不去了，没想到几秒钟之后它出现在桥的南边，已经过了桥。过了桥是南湖的麦地。天色暗淡，我要费力才能盯紧它。我们在镶嵌干枯坚硬的车辙的田间路上继续向前。我记不得走了多长时间，它突然拐进一块麦地不见了，没有任何先兆。我想它会出来的，就站在路边等，但是眼前只是一片绿得发黑的麦苗。

夜晚的另一场风来了，因为冷我才发现自己站在田野里。周围一个人都没有，连条狗都没有。我觉得像在做梦，记不起是如何一步一步走到这里来的。恐惧和黑暗一起围在我身边，我哭了，找不到回家的路了。现在当我一点一点地接近十几年前，我逐渐看清了一个站在麦地边上哭泣的男孩，他的身边是巨大的黑暗和风声。然后看到供销社大商店的售货员，后来我一直叫他“消炎丁”的邻村人锁上了大门，骑一辆老式“永久”牌自行车上了南湖桥。是“消炎丁”把我送回了家。我被旋风带上的那条路是他回家的必经之路。

回家以后母亲告诉我，每一个旋风都是一个死去的人的灵魂，它们常常来到村里拐带不听话的小孩。以后要听话，不能睬它们，也不能跟着它们到处乱跑。我不是很相信，因为没有一个旋风曾经把我拐跑过。我常常会想起那些大大小小的追旋风的经历，尤其忘不了那一次。此后的日子里我知道了，一个人走路时要用心，记住回家的路，到了黑暗的旷野中不要站在原地，更不应该哭泣。读书之后我就不再追旋风了，但隐隐觉得其实还是在跟着一场更持久的旋风向前走，从村庄走到了城市。这场旋风的形态我难以描述，也不清楚它是否已经拐到了另一个地方。我只知道，我在城市看不到风。城市里填满了高楼大厦和霓虹灯，缺少空旷的土地供它们生息。孩子们不需要旋风，有仿真的电动玩具引领他们成长；长大之后坐在了空调房间，没有风也能活下去；至于老人，使他们衰老的，是岁月和他们自己。

四个词

尘土飞扬

有一天我去写我的故乡，不知道该如何落笔，我找不到一条通往故乡的路。但是一想到路，我立刻知道该怎么写了，很多年前，的确有一条土路从野地里伸向我的村庄，厚厚的黄土堆积，一辆车或者一阵风过去，都要卷起漫天黄土，那是什么？“尘土飞扬”！是的，尘土飞扬。我从一条尘土飞扬的土路顺利抵达故乡。

多么美好和动听的四个字：尘，土，飞，扬。即使拆开了看都赏心悦目，而且有质感，抓一把前两个字能捏出细碎的声音来，好啊，朴素得像一首诗。我真要感谢那造词的人了。这种混沌、坚硬而又纯美苍凉的乡村氛围，让我想起了福克纳和马尔克斯。我以为，还没有谁能把这四个字用得比他们俩更好。

可以想象一下美国南方的乡村，那片黑人备受歧视和压迫的土地，那个在故事中名叫约克纳帕塔法县的地方，充满了焦躁、野蛮和暴力，但谁又能说那不是一个至情至性的地方？至情至性，还有至情至性的泥土，多少年来一层层堆积在四通八达的乡村土路上，一辆马车来了，你能在它身后看到尘土像阔大的旗帜一样从大地上飘扬起来，久久不去。一个年迈的黑奴走来，赤裸的脚板之下，也会掀起面粉一样细腻的泥土，如果一直走下去，泥土将追随他一生。在那条土路上，一个人就是一个人类，一辆马车就是古往今来数不清的所有军队。泥土中的人类的生活就是这个样子，离远了看让人想哭。

还可以想象一下加勒比海沿岸刚刚进化的土地。烈日当空，空气像胶水一样黏稠，古老的拉美土著从神话般的吊床上下来，双脚踏入滚烫的泥土中。一个文静的小伙子来到陌生的小镇，见到了名叫安托尼奥·伊萨贝尔的神父，他相信有神父的地方一定有旅店。显而易见，他们要经过一段以乡村为背景的土路。在他们生活的世界上，一个女孩抓着床单飞上天，一个功名显赫的将军退休在家做起了小金鱼，一个男人为了爱情到八十岁还独身，一个族长式的君主让无数的母牛在他的宫殿里乱跑。显而易见，他们也要经过一段以乡村为背景的土路。而这条太阳炙烤下的土路，一只火鸡跑过去，也要溅起长久不息的尘土。他们在神奇的土地上站定，转过身，嘴唇干裂，目光懵懂，身后的尘土把他们包围，自成一个魔幻的现实世界。

我把这四个字用毛笔写好，压在书桌的玻璃板下，低头就能看到。看到了就神往不已，这其中，包含了多少对苍生的爱啊。我分明看到了尘土从遥远的地方升起，甚至闻到了太阳下焦煳的泥土味。这种感觉如此强烈，我忍不住一遍遍地重写，写飞扬的尘土，写尘土里生活的人们：

“巷子里照例是经年的黄土在堆积，陷着去年的深深的车辙和牛蹄印。旱久了便尘土飞扬，有大群大群赤脚的男人、女人和小孩从中间走过……在没有月亮的夜晚到田里收割庄稼。”（小说《一个侏儒的死》）

泪流满面

一直认为这个词夸张矫情，很少用它，直到有一天我因某件事哭得不可遏抑，我才相信，一个人是可以泪流满面的。我也把它写在玻璃板下，时时盯着它看，看久了，竟逐渐确信，没有比它更真诚和感人的词了。

一个人悲痛的时候当然可以泪流满面，但是当你用“泪流满面”去形容他的无比悲痛时，你会发现，这个词放在这地方总是有些不踏实，因为除去悲痛之外，似乎它还另有深广的意韵。我常常会想象一个长须飘飘的老和尚走进民间，他看到了太多的民间疾苦，为之叹息，为之泪满双眼，但他没有泪流满面。直到有一天遇到一个和阿猫阿狗在一起玩耍的痴呆老人，或是看到了一个对着太阳傻笑的健康粉嫩的婴儿，他止不住泪流满面了。我在想，为什么偏偏是一个老和尚呢？为什么偏偏遇到的是不知生与死的老人和纯净的孩子呢？

因为他满怀既出世又入世的大悲悯和大感动。对切切实实的苦难，我们无能为力，能做的只是哀民生之多艰。而滑稽以至可笑的生之现状才真正让我们痛心，他们完全可以摆脱尴尬无奈的局面很好地生活下去，可是他们对此无动于衷，老和尚悲而又悯，他们为什么不能活得自然从容些呢？天地有大悲，悲而可悯，我们哀其不幸又怒其不争，既然当局者迷，只好轮到旁观的人心沉到最深处，泪流满面了。还有那降生之初的婴孩，有什么会比他更纯净和美好的呢？他拥有高昂的生的起点和悠远平坦的活着的前途，他的小手会一天天长大、培植出绿叶和花果，他会用汗水滋润大地，会在夜晚与麦子交谈。他像初升的太阳一样是人间的大美，大美无言，我们的感动只有一条出路：真诚善良的人们，泪流满面吧。

如果我们真诚善良并学会了悲悯和感动，我们就是那还俗的僧人，不需要那部飘飘洒洒的胡子，只需要一双平视大地的眼睛。有一天，读到雷平阳的散文《我的身体在旅行·山岗》中的一段文字，为之感动不已：

“有一回，雪白的燕麦收割之前，我曾看到一群人在燕麦地里捉奸，被捉的人泪流满面，我也泪流满面。”

是啊，泪流满面。多动人的一个词。

春暖花开

因为海子，我才喜欢上这个词的。知道海子的人都会记得他的那首名叫《面朝大海，春暖花开》的诗，它一直被论断为海子最优秀的诗歌之一。而我认为，这是他最好的诗。听一听，海子在诗中说：“——面朝大海，春暖花开。”

我常常把它和海子的另一首诗《日记》相比较。在《日记》中，海子写道：“姐姐，今夜我不关心人类，我只想你。”这是一首悲伤的诗，从头到尾飘荡着沉静的忧伤。我们想象，在一辆途经德令哈的火车上坐着一个少年，长发蓬乱，浓眉和眼睛纠缠不清，新生的胡须疲惫不堪。从他的眼睛里我们不难看出，他想尽情地哭。这是孤独的异乡旅途，世界在火车之外，人类的忧患在火车之外，他在别人的目光之外漂泊，火车将带他去一个没有尽头的地方。茫然而又恐惧，只能在心里呼唤一个远在天边的亲人，那个像母亲一样疼爱自己的姐姐。我想，诗中寻求精神救援的少年是个真正的人，只有这样纯洁无瑕的人，才会在横穿茫茫戈壁时要为姐姐而抛弃人类。一次次地诵读“姐姐，今夜我不关心人类，我只想你”，我竟把自己也置身于同一种天涯孤旅，以致泪满双眼。

如果说《日记》体现的是一种人性的力量，那么我说，《面朝大海，春暖花开》体现了一种神性的力量。这神不是无所不能的神，而是人性极端平和完美之后具备了神一样的禀赋：让世界太平美好，祥和与善良成了人类自立的手段，多好——“从明天起，做一个幸福的人 / 喂马、劈柴，周游世界 / 从明天起，关心粮食和蔬菜”“陌生人，我也为你祝福 / 愿你有一个灿烂的前程 / 愿你有情人终成眷属 / 愿你在尘世获得幸福”。把眼睛拿在手里，把穷人放在心上。“我只愿面朝大海，春暖花开”。诗中的海子变成了一个快乐的人，在他的眼里，世界充满清澈的阳光。他不打算拯救人类，因为人类已经被丰沛的爱所提升；他也不再发出戈壁滩上的呼喊，因为人人都将成为勤劳的农夫，喂马、劈柴，然后周游世界，给每一条河每一座山取一个温暖的名字，为所有人祝福，并告诉他们我们的幸福。在无比和谐的生活中，人不像神还会像什么？

面朝大海，春暖花开。美好温暖的人世间像辽阔的天空向远处展开，天地间一片灿灿阳光。叶也绿了，花也开了，生活喜气洋洋。我因此而喜欢这个词。

有一天午觉起来，总觉得和往常有些异样，但一时半会儿又找不到原因，就穿着拖鞋来到阳台上。楼下的网球场上有学生在打网球，穿着运动短裤和背心，一边挥动拍子一边用胳臂擦汗。他们竟然是这身装束！我终于发现是哪个地方不对劲了，原来春天已经来到了。阳光很好，风也暖和，从楼下走过的人也在高声议论，他们的笑声告诉我，他们对春天的到来十分满意。我伏在阳台上看着这些人，我相信自己一直在微笑，因为我感到了从未有过的快乐与平和。我想到了“春暖花开”这个词，然后想起了海子的诗。喂马、劈柴，周游世界，春天来了，花也要开了。

暮色四合

我想，我骨子里头是悲观的，这影响我对词汇的感受和选择。比如现在，我从燕园回万柳，到人大西门时，陡然觉得心沉下来，沉得不堪重负，似乎感到整个人置放在自行车上的重量。我一下子想到一个词：暮色四合。

就是这个词，接着我看到了它。天色将晚，这是四月初北京的黄昏，天灰灰的，风也是灰的，暮色从四面升起来。四合。暮色如浪，卷起来，像饺皮开始兜住馅，把世界包起来。车在走，人也在走，我却觉得周围静下来，只有黄昏的声音，暮色四合的声音，精致琐细地响起来，声音是沙哑的。这让我莫名地难过。我总是这样，在黄昏时，太阳落尽的时候会难过，像丢了东西，心里空荡荡的。好像有所希望，有所留恋，也有所茫然和恐惧。

多少年了，我在黄昏时分离开一个地方，或者是到达一个地方，总高兴不起来，只是忧伤，莫名其妙地忧伤，常常会生出想回家的念头。我从一个城市到另一个城市，从城市到家，每一个假期开始的黄昏，和每一个离家的黄昏，我都看到了暮色四合。整个人沉重地静下来，仿佛看不到路，没地方可去；仿佛身边的人都走光了，只剩下了我一个。这种时候我就会想起野地，看不到人影听不到狗咬的一大片土，上面有草、有庄稼、有芦苇和河流，还有孤零零的我一个人。

少年的时候我在乡村，黄昏时多半还在野地里。摸鱼，偷瓜，割草，放牛，收庄稼，到田里找正在插秧的母亲，为躲避父亲的巴掌而逃窜，或者是没来由地游荡，就在野地里遇到了黄昏。暮色从喧嚣的芦苇荡里浮上来，雾一样，后来知道掺了水的墨在宣纸上洇开来就是那样。风拉弯所有芦苇的腰，庄稼和大地也在风里起伏，越来越暗，越来越黑，野地里动荡起来。不知怎么的，所有人都被灰暗的风吹跑了，就剩下了我。我开始害怕，开始想哭，开始拎着篮子赤脚追前面看不见的人，开始往母亲干活的田头跑，开始抽着牛背往家跑。不知是怕把家丢了，还是怕把自己丢了。就觉得身体敞开了，风吹进来，沙哑地响，有点安详，也有点凉。

暮色，四合，迟早是要把一个人包起来，包住后保藏起来，或者包扎好扔掉。一天将尽，都将逝去和失去，好的光景，坏的光景，喜的忧的，哭的笑的，都没有了。留下来只是一个越来越小越低的天，心可能会宽敞，也会悲凉地沉下去，可你不能看得远，也不能听得清，那些花花绿绿的灯光和你没关系，你就是一个人，站在哪里就在哪里，一下子从地球上突出出来，孤立出来，像一根草，瘦瘦地站着。当年沈从文大约就是这样站着，在北京的那些暮色四合的黄昏里，他从故宫博物院出来，一个人站在午门的城楼上。他看到了暮色四合，夜晚来到了北京城。然后他开始往家走。不知道他跑没跑过。

我跑，我不喜欢站着不动。就像现在，我骑着自行车拼命跑，朝万柳跑。感觉怪怪的，暮色四合，要么想家，要么无家可归。

滚滚红尘的烟火

又一个儿童的节日要到了，我倚老卖小的检点让我发现，一个人不是一下子长大的，都有着漫长的年少时光。当然，如果其间的阅读是快乐的，年少的时光就不会太漫长，它会变短，像青蛙的三级跳，从一本快乐的书跳到另一本好玩的书，跳到又一本美好的书，三跳两跳就到了现在。

——《纸上少年》

对我来说，李老师因为《卖火柴的小女孩》，和安徒生一样不朽。

——《纸上少年》

纸上少年

书多了未必是件好玩的事，现在我常常要对着满架的书发愁。不仅架子满了，桌子上也满了，头从书桌上抬起来，才看见一个人的脑袋。高高堆起来的书摇摇欲坠，让我在抬头的那一瞬间发晕。什么时候买了这么多书？什么时候我又能看得了这么多书？没书的日子里眼巴巴地想书，想到了的都来了，两眼开始发直了。什么时候开始，读书开始丧失了快乐？那些书籍短缺的岁月，我的阅读不是这样，那时候还小，快乐得一塌糊涂。

我的文学启蒙很迟，小时候家里的书少，除了学校发的课本，平常阅读最多的主要是《半月谈》和《中国老年》，都是我祖父订阅的。现在想来，这对一个孩子是多么不合适，但是当时我还是得到了莫大的快乐。开始像点样的必要的儿童阅读，只能是课本。那些课文大多忘记了，剩下的，因为各种原因才记住。比如安徒生的童话《卖火柴的小女孩》。

事实上我是用耳朵阅读了这个童话。小学时开学校的联欢会，个恒定不变的节目就是朗诵《卖火柴的小女孩》。朗诵的是一个姓李的男老师，大家都说他的普通话好。那时候身边没人说普通话，上课老师用的也是方言，听到有人当面说普通话，我的脸有时会莫名其妙地变红。同学们说，李老师要朗诵了，我们就把腰杆挺直了，心里有点慌。李老师果然是普通话，现在我想不起他是否字正腔圆，但他用的是普通话是没问题的，和平常说话完全不一样。李老师情深不能自持，朗诵时转过身，他被卖火柴的小女孩感动了，满眼的泪光。老师都感动了，我们当然不在话下，一个个钻进故事里出不来，都眼泪汪汪的，脆弱的女生哭出了声。李老师的朗诵把校长也感动得直鼓掌，校长说，李老师的朗诵要作为联欢会的保留节目，每年都上，让大家接受教育。的确如此，每年我都听到这个朗诵，每年都眼泪汪汪，它让我第一次感受到了文学的力量。对我来说，李老师因为《卖火柴的小女孩》，和安徒生一样不朽。

我的小学时代有点混沌，对童话这种文体十分不明白，只是觉得好玩。五年级时，班上风传一本丢了封面的书，讲的是一个名叫小灵通的怪小孩，在2000年到处都遇到好玩的事。看了都说好，抢着看。拥有这本书的同学因此很跩，脸仰起来看我们。要看此书者，必须不遗余力地巴结他。本来我是不喜欢巴结别人的，对传来传去的小书也不以为然，不就一本书么，又不是天书。没想到比天书还好看。我在课间顺便瞅了邻桌几眼，他在看，就是这个，一看就上了瘾。小灵通竟然能开着飞机似的东西到处跑，又跑到海边看轮船。这些都是我做梦想看到的东西。我歪着头一直看到上课。一节课心不安宁，想看，想得身上发痒。我得巴结那个同学了。放学了我很不好意思地说，我们一起回家吧。事实上我和他根本不是一条路。但我陪着他，实际上就是把他送到家。他要进家门了，我红着脸提出了借书的要求。他的脸立马仰起来，俯视我，当然，最后总算借给我了。现在小书里具体内容我已经不记得了，就记得好看，一路看到家，我的勤奋让母亲狠狠地吃了一惊，走路都看书，这孩子变了。我看了两遍，从没看过这么好玩的书。因为这本书，我觉得那个同学的凉鞋看着都顺眼，也想母亲给我买。这个心愿一年以后才实现，穿到脚上发现，不过尔尔，不过是一双凉鞋。那本书就是《小灵通漫游未来》，叶永烈先生著。我跟很多小孩推荐过，看看小灵通吧，推荐的时候，完全忘了现在已经过了书中所说的 2000 年；而在现在，我们还不能像小灵通那样驾驶飞艇到处跑，再多也不会相撞。

《快乐王子》是王尔德的，前些时候买了他的全集，又翻到了这个小童话。多年后再读，终于看到了快乐王子眼中的贫穷、苦难和爱。多年前还小，只是浮想联翩，要是能成为一只燕子，应该是一件不错的事。这里看看那里看看，虽然鸟的眼小，看的却比人宽广，世界的一角被一只燕子掀起来，露出了真相。快乐王子也不错，站得高看得远，披金挂银，眼睛都是宝石玛瑙，阳光一照，除了光，还是光。可惜最后倒塌了，燕子也死了，伤心。现在的伤心完全不同了，不再是一个东西消失的伤心，是王尔德的伤心。

《少年文艺》是初中时接触到的，在学校难得开一次门的阅览室里。整个初中三年我只进去过两次，进去了就看到这本杂志，上海的。南京的大开本《少年文艺》是高中见到的，也是在阅览室里，那时候阅览室开放的频率高了，连着上海的《少年文艺》一起看。难得的两次阅读使我对这本杂志念念不忘，莫名其妙地喜欢。念了高中后，我把能找到的《少年文艺》都看了，不管南京的还是上海的。然后开始想写东西，一点小诗，还有散文什么的，尤其小说。高二时写第一个小说前，我把阅览室里的《少年文艺》里的小说又找出来看了一遍，以便找到榜样和信心。做了好几年《少年文艺》的读者，念大学时的一篇文章终于在南京的《少年文艺》上发表，总觉得算是了了心愿，至于什么时候萌生的这心愿，完全不记得了。而与《少年文艺》的关系，也逐渐疏远了。

很多人问过我，现在写小说是不是因为小时候启蒙工作做得好？完全不是，正儿八经的儿童读物我多半是后来弥补上的。比如郑渊洁童话，我高二才开始读。真是疯狂地喜欢。家里给的生活费省下来，每期必买，同时逐期往前买，把过期的《童话大王》一本本收集起来。高二高三两年，积累了一摞。不包括被数学老师收缴的那些。我偏科很严重，从高中就开始不喜欢数学，上课就走神，看了《童话大王》以后更走神。高二的数学老师是个年轻的女教师，喜欢点学号末尾是 6 的学生回答问题。我是 36 号，几乎每节课都要遭殃，她喜欢提问，我喜欢在数学课上看《童话大王》，她提问我总是听不见，完全被童话迷住了。她就生气，一气就收我的《童话大王》。收了我也不敢要，如果她老人家现在还常常想当年，一定会在记忆的某处发现《童话大王》，这些杂志是一个不听话的学生上课走神的罪证。

去年的六一儿童节临近，我在书店里瞎逛，先后碰到了两个孩子问售货员同一本书，曹文轩先生的《草房子》。都是小学生。我觉得他们很幸福，这么小就能看到《草房子》这样优秀的儿童小说。这个小说的好，在中国当代文学里已是不争的事实，它的纯净和美，越来越让变质的成人世界汗颜。“感动孩子们的，应是道义的力量、情感的力量、智慧的力量和美的力量，而这一切是永在的”。（曹文轩先生语）事实上，感动的不仅是孩子。我在二十多岁的时候读了这本小说，它让我对过去的很多认识产生了怀疑。我看到了过去所坚持的、所欣赏的，竟有那么多的问题，它们不同程度地远离了质朴、纯美、清静和安宁；我以为那些有力量的，其实是虚弱的，我以为的所得，其实是错过和失去。古人说“澡雪精神”，大约就是这样。

又一个儿童的节日要到了，我倚老卖小的检点让我发现，一个人不是一下子长大的，都有着漫长的年少时光。当然，如果其间的阅读是快乐的，年少的时光就不会太漫长，它会变短，像青蛙的三级跳，从一本快乐的书跳到另一本好玩的书，跳到又一本美好的书，三跳两跳就到了现在。

看《围城》的那些年

那些年我看《围城》，蜷在一把旧藤椅里，像只猫。我整个少年时代的阅读，几乎都和这把藤椅有关，我不喜欢书桌那种僵硬的阅读姿势，曲折流畅的藤椅更适合我的懒散。藤椅是旧的，《围城》也是旧的，从念高一的一个朋友那里借来的，书皮上印着斑斓的水渍，中间破了一个洞，每一页的边都在翻卷起毛。我小心地翻动，怕更多的毛起来，但是后来，那个高一的朋友说，算了，那书就送你了。他还有两本。这个收藏《围城》的爱好传染给了我，我一度拥有四本《围城》，也曾像他那样，把一本看旧了的《围城》慷慨地送了人。我天昏地暗地读这本书，头很少抬。那开始读的时候，我上初一，这是我第一次完整地接触一本“纯文学”长篇小说。

之前我的阅读相当杂乱，什么都看，除了文学书籍。那时候还不知道什么叫文学，只看好看的、好玩的和能找到的。后者对我更为重要。乡村的条件比较差，可看的书少得可怜。现在想来，在《围城》之前，除了课文，我完整地读完的一篇纯文学作品就是《小二黑结婚》。是从挂在梁头的我父亲的杂物里翻出来的，是他当年的课本。二诸葛，三仙姑，看得我咯咯地笑。觉得好玩。其他的就是祖父订阅的《中国老年》和《半月谈》。祖父平反之后，一直锲而不舍地订阅这两种杂志，他对我们国家是那么热爱。这几年，祖父八十多岁了，我每次回家他老人家都要对我进行国情和政策教育，态度严肃、真诚。我读这些杂志只是找故事，现在还记得其中的一些文章，比如有一篇是写侵华日军头目阿部规秀之死的。

然后是武侠小说。我从五年级开始看，看的第一部武侠小说是《金弓神掌日月刀》，作者忘了。那时候看书从不记作者，都忘了书是人写出来的这回事。邻居的一个男孩传给我的。他比我大，和我同班，因为个头高、年龄大，而且有着丰富的武侠小说来源，有点瞧不起我。我成绩很好，但是除了他我找不到武侠小说，只好低头领受他的俯视。武侠小说真是好啊，我都看懵了，人怎么能成为这样呢？看《西游记》小画书，我也觉得奇妙，但知道孙悟空、猪八戒他们跟人是没关系的；但是武侠小说就不一样了，他们是人，不过是身上有刀，手中有剑，袖子里有飞镖，他们指哪打哪。那种日子过起来真像做梦。我一头扎进去，也是在那把旧藤椅里，一口气看到点灯，家里都吃完了饭我还蜷在里面，腿脚都麻了。看完了两脚落到地上，两眼开始迷离，觉得世界一下子变了，整天看着家里人的几张脸，吃相同的饭菜，都绝望了，恨不能提气抬腿钻进武侠小说里。其后又看了很多,《三侠剑》《胜英保镖》《青城十九侠》《边城刀声》,等等,拿到手就看。记住了胜英的师兄大头剑客夏侯商元的外号:震三山、挟五岳、赶浪无丝鬼见愁。

这其中还看过半本《艳阳天》。当时不知道书名,找到的时候就没有封皮,也不关心,拿过来就看,觉得也很好玩,然后就没了。这个半截子小说让我好长时间都不舒服,总惦记着下面的故事。后来不再耿耿于怀了,知道原来是浩然的《艳阳天》。

这些大部头的书一本一本地翻,就到了初一。那时候我住在镇上医院的职工宿舍里,同舍的一个念高一,他和后来借书给我的那个哥们儿同班。我曲线救国,二转手搞到了不少书。那时候觉得那哥们儿书可真多,而且都是名著。那可是名著。进了初一,我才知道名著的厉害,老师强调得那么严重,都让我胆战心惊,我什么名著都没看过。看过的都被视为垃圾,不入流。原来阅读是有等级的。所以我一心向上,想方设法积极进取。听舍友说他同学那里有名著,整天巴巴地跟着他,让他借。终于得手了。搞到了一本《围城》。正好学校放暑假了,我把《围城》带回到藤椅里,一个假期看了两遍。

看得结实、长久,都舍不得看了。有种高山仰止之感,名著呢,而且借书的朋友再三向我鼓吹小说有多么精妙,他当时把《围城》看作《圣经》,在很长的一段时间里,《围城》对我来说也是《圣经》。所以我想我总得看出点什么,要不就太没水平了,要不我一定会看不起自己的。我窝在藤椅里,刚开始还记着要看出东西,看着看着就忘了,就只顾着笑了,笑得藤椅咯吱咯吱响。我从午饭过后就把藤椅搬到门前的树底下，一直看到黄昏，看到睁着眼也看不清字。一个小说竟然让人如此笑个不停，我翻来覆去地看，看一会儿就回头再看，走三步退两步。我小姑当时在外地工作，回到家见我如此用功，大为赞赏，发现我看的是《围城》，更加赞赏，跟我父母说，让我看书，别让我干活。她可能以为我会成为徐家的文曲星。

《围城》大概是我从武侠小说和其他乱七八糟的读物进入正经的文学的第一本书，它满足了我当时的两个需要：一个是阅读名著的虚荣；另一个是它继续延续了我在其他书中得到的阅读的乐趣。名著也可以很好玩。好玩是我那时候评价一本书的唯一标准。《围城》给我打开了一个通道，从通俗读物顺利地进入了文学。《围城》之后，我从朋友那里就只借名著了。即使外国的，也逐渐能深入进去，对那些拖得老长的洋名字也有了兴趣，接着看出了越来越多的东西。

初一的暑假我把《围城》看了两遍，其实不止。看完了就抄，好玩的句子和比喻全抄下来，规规矩矩地抄满了一个大本子。然后学《围城》的腔调说话，刻意地去找比喻。在以后的好多年里，我几乎每个假期都看一遍这本书，尽管已经很熟了，有的句子还是忍不住再抄下来。高中时，我向同学吹嘘，《围城》里所有的比喻我都会背。这是事实，那时候记忆力也好，何况看了这么多遍。钱锺书的比喻和说话方式在相当长的时间里影响了我，刚写小说的那几年，小说里充斥着大量的钱式句。后来因为不太喜欢那种文字表达方式，才逐渐在小说里改变了面目。但《围城》的影响实在难以消除，差不多已经浸到骨子里了，一直到现在，熟悉的朋友都觉得我说话有时很刻薄，不厚道。我总是辩驳说，现在人是越来越不爱听真话了。说这话的时候，我总不免有几分得意，然后想起钱先生和《围城》，以及蜷在藤椅里的那些年。

高考后遗症

前些天又被数学试卷吓醒了。梦见考数学，前所未有的简单，我在梦里想，总算把数学给补上来了，然后头一回在数学考场上放松下来，睡着了。等醒来，已经快交卷，我做最后一遍检查，突然发现试卷还有反面：空空荡荡，白得恐怖，我只做了一半！还有不知道从哪里冒出来的答题卡。做题目根本不可能，巨无霸全在反面，每一题都可能耗掉我一辈子的时间。能得一分算一分，我决定涂答题卡，但是那答题卡的排兵布阵空前的深奥，我总是找不对顺序，涂一个错一个。和之前的无数次一样，我的身体在梦里发生了地震，我慌得胳膊不是胳膊手不是手，2B 铅笔总也拿不稳，笔尖落不到纸上。世界乱了，我绝望地醒了。我发现自己在床上，夜色蓝黑，没有试卷、答题卡和监考老师，中关村大街上彻夜不息的车声提醒我现在已经是十五年后。我再次有了得救和再生之感，对时间充满感激，然后睁着眼扳手指头算，哦，再过几天要高考了。

我的高考在十五年前，此后再没摸过数学试卷，但是每年，我都会在梦里走进考场，从来都是考数学，从来都是答不完题，从来都是在惊恐里醒过来。搞不清楚为什么。我数学的确不好，念书时我就将此科视为灾难，但这世上可怕的事情数不胜数，而且历时已久，我逃不过的为什么偏偏就是这张纸呢。有一回见了个心理医生朋友，聊我们畸形的教育，我顺嘴说到这个持之以恒的噩梦。该朋友说，可怜的孩子，看被高考坑的，要不给你疏导一下？我回绝了。不仅仅因为我有点讳疾忌医；也不仅仅因为这么一说，让我觉得自己很不健康；还因为，我想留着这噩梦，让它每年提醒我那么一两次：自由的必要与来之不易。

这么说好像很矫情。如果几年前我遇到那心理医生，我会迫不及待地被疏导，但现在我不愿意。高考之后的很多年里，我依然在不停地考试，念大学和研究生，取得各种需要的资格和证书。在中国，如果你没有天赋异禀和歪门邪道，这是唯一算得上公平的实现自我的方式；但在实现的同时，你也在一步步地被某种东西所框范，比如所谓的体制、主流和走在康庄大道上的滚滚人流，你进入得越深，受制于它就越重——不仅是生活上，更重要的是思想上和精神上：你会发现，靠不着一个庞然大物你就会失重；离开了大队人马你就惊慌失措；在无人之境你开始不会思考；没有路的地方你不敢随便迈步。你怕错，怕脱离和出局，怕被最先灭掉，怕别人都有的你最终不能得到；你得亦步亦趋，跟上体制、主流和潮水般的行人，然后变成了他们，直到我们看不见你在哪里。我不知道当一个人消失的时候他是否会恐惧，反正我恐惧，尤其在我决定认真吃好文学这碗饭以后，我害怕自己消失，我希望自己能够和所有人区别开来，有可供腾挪与创造的自由，能够背离所有人和事独立思考，往任何需要的地方伸出脚，向前走。

也因此，我更加厌烦考试，尽最大能力拒绝可能的考试，一旦不能拒绝，试前试后我都在忍不住厌恶和痛恨自己。它让我想到一枚钉子不得不飞向巨大的磁铁，从此，钉子没了，只剩下铁。高考之后至少有十年，先是七月，再是六月，举世瞩目的那几天，我都会和考生一起紧张。尽管八竿子打不着，还是不由人。时光消磨，那几天我不再紧张，但每年总是梦见答不完的数学卷。《周公解梦》上说：日有所思，夜有所梦。我的理解是，继续梦见进考场，说明我仍有巨大的“钉子成铁”的焦虑，磁铁的阴影还在潜伏；如果哪一天我真能无视了磁铁，钉子就是钉子，我的梦里就不会再出现一张答不完的数学试卷了。所以现在，我还需要那张试卷，需要它反面空白得让我握笔的手发抖。

就这样进了大学

高一时我就给自己设计了前途：学文科，当律师。看过很多香港连续剧，戴假发穿法袍的大律师让我无限神往，在法庭上闲庭信步，侃侃而谈，能把死人说活，能把稻草说成金条，我想我要有这种能力就好了。其实我是一个胆小的乡下少年，念高中之前，四十里外的县城都没去过几次，见到陌生人第一反应是躲起来；可能正是因为我的僻远和羞怯，让我向往自信和挥洒，暗暗祈求一夜之间神灵附体，有了应付复杂世界的本领和口才，在我看来，律师就是神灵附体的典范。高三时填高考志愿，一溜到底几乎都是法律，到最末了，我最要好的朋友说，若是真到这一步才被录取，那我看法不法律意思也不大了，就念中文吧，继续一块儿玩。朋友前一年考进了那所大学的中文系。我说好，趾高气扬地填了中文，我想不至于就堕落到那个境界。然后，一头钻进了中文系。

大二的一个早上，我在学校门口的小饭馆里吃早餐，遇到系里一位精研《易经》的老师。该老师脑门光洁敞亮，据说算命测字看相皆擅，一说一个准。聊及怎么进了这个大学的中文系，该老师歪头看了看我，说："你幸亏来了，要复读一年你连这个学校也考不上。"

"我有那么笨吗？"

该老师说："要笨你早走第一志愿了。你的问题是，想得太多了。"

第一志愿我报的是南京大学的法律系。我听不出他是不是在夸我，那顿早饭我没有抢着替老师付钱。不管头脑出了什么问题，我确定无疑进了中文系。父亲对我进中文系没任何不满，父亲说，挺好，

去吧。可是，我去中文系干什么呢？

我真不知道去中文系干吗，也不知道去了中文系能干吗。从没想过法律之外的事，虽然我在高二时就开始写小说，高三在一个书法作业本的背面写了整整一本诗。我只是写小说和诗歌，写小说和诗跟中文系有什么关系呢？父母已经开始帮我收拾行李了，姑妈送了我一个行李箱，祖父给我生活费时，嘱咐我千万别在嘴头上克扣自己，还有，要舍得买书。

大学在两百多里外的隔壁城市，不通火车，只有长途汽车。我不记得当年是如何坐上长途汽车的。车站在县城，去县城要先到镇上，这中间的折腾可能就得换两种不同的交通工具。我记得的是，坐在哐啷哐啷的破旧长途汽车里，汽油味让我犯晕。那时候高速公路还没有通，或者已经通了但长途车不愿走，它要穿过一个个村镇和小城沿途带客，多挣一点。上下车的乘客拎着头朝下的鸡鸭鹅，也有的抱着兔子和其他小畜，我坐在窗边，把车窗开到最大，让八月蓬勃的草木气

息涌进车里，以便抵御汽油之外更加浓郁的乡村集市的气息。

半个车里都是午后火热的阳光，我有点晕车。父亲让我盯着窗外看，看得越远越好。我最终是往高处看，头一次发现异乡的白杨树如此之高，清峻细瘦地直往天上钻。我的故乡也到处是杨树，为什么它们都粗壮低矮？还是我忙得没来得及抬起头来看？我把路边的每一棵白杨树都从根儿看到梢儿，然后就在阳光里昏昏然睡着了。醒来出了一身汗，胃里舒服多了，晕车的感觉没了。这是我十八年来最长的一次长途车经历，及时地找到了治疗晕车的良方，就是上了车先睡一觉，醒来百无禁忌。

以后的很多年里，听很多同学和朋友讲述了他们去大学之路，不管路长路短，他们通常浮想联翩，对即将到来的大学生活作了无数种设想。我也看过很多此类文章，看过后就惭愧，我好像在那个午后的长途汽车上，对此行的终点无动于衷，我对我的大学没有好奇。对我来说，就是高中生活结束了，我得到另外一个地方继续待几年。如此而已。而我根本不知道我要干什么。对中文系，我一点心理准备都没有。

我觉得坐了很久，起码一个下午。后来寒暑假往返，同一班车，我发现其实就是三四个小时。反正那天到了终点站，天已然傍晚。高我一级的朋友在车站接我，他让我也早点到，在家闲着也是闲着。我就成了那一届中文系第一个报到的新生。那天晚上，朋友把我和父亲安排在他们宿舍里住，我记不得说了些什么，第二天一早，醒来就看见父亲已经收拾好了，他得赶早班车回家。一天也只有那一班车去我故乡。

因为早了好几天报到，我整天跟在朋友屁股后头，他去哪我去哪。他在中文系学生会任职，负责宣传，那两天正在为迎接新生做各种准备，我帮忙打下手。因为从小学书法，字拿得出手，写写画画的事一天之后就全堆我头上了，我写了标语写牌子，写了宣言又写了祝福。我在学生会写字的时候，系领导去视察迎新工作，很奇怪他竟然不知道中文系还有字写得这么好的学生。领导问，你是学生会哪个部门的？我根本就不知道学生会有哪些部门。旁边秘书处的秘书长说，咱们秘书处的。开学一周后，我果然就进了学生会秘书处。

报到那两天，我像老生一样跟着忙活，接了一个新生又一个新生。第一天晚上回到我自己的宿舍，累得躺下来就不想起。快熄灯时，室友问："学长，你怎么还不走？"

"走不动了，"我说，"跟你一样，我的大学也刚刚开始。"

背沙子的男孩

一楼住的是一个年轻的小家庭，他们有一个刚上小学的男孩，这一家人我都没见过，只是偶尔听到年轻的母亲喊小孩的名字：大鹏，记住了准时回家；大鹏，都什么时候了还不回家。母亲的声音多是在黄昏或午饭时间响起，这个时候我正在阳台上看书，或者已经躺到了午睡的床上。母亲的声音似乎并不好听，我从没想起过要探出头看一看，母子俩长的什么模样。听她的口气，总是又爱又气，大概儿子是个淘气包。

上完课我回宿舍，走到一楼的楼梯口时，遇到一张被风吹起的纸，捡起来看，上面是几个歪歪扭扭的铅笔字：妈妈，我回来了，又去玩了。那是一张田字格作业纸，有迫不及待的撕裂的痕迹。反面有双面胶。我想一定是那个叫大鹏的小孩写的，贴到门上没粘牢靠，掉了下来，他在向母亲报到。我顺手把纸条又贴了上去。那天黄昏我没听到母亲喊他的名字。

之后每次走到楼梯口我都要朝墙上看一眼，我想那男孩还会再留下纸条的。果然，他大概是尝到了这种报到的甜头，接二连三的留言在黄昏时分上了墙。内容来来回回都是那一两句话，偶尔会加上一句：妈妈，你怎么还不回家，我要饿死了，所以我出去玩了；或者我要渴死了。有的字不会写，就用拼音代替，字母总是写得大大的。有一天我去教工食堂吃晚饭，经过校内的一个建筑工地，几个小孩在那里玩沙子。小家伙们在沙丘上躺着、坐着，把胳膊腿埋进沙子里，或者学工人的样子建造他们心中的宫殿。一个满头大汗的男孩背着大书包在沙丘上走，一副不堪重负的样子。我立刻就抱怨起“减负”了，书包竟把他累成这个样子，像个小老头似的弓腰驼背。我问他累不累，男孩抹了一下泥沙俱下的小脸，很神气地说，不累，一点都不累，我在横穿沙漠。看看我，眨巴几下眼，又凑过来神秘地补充一句：叔叔你看，是沙子。他自豪地打开书包盖子，向我展示他的囊中之物。沙子，满满的一书包沙子。我看了看周围，发现黄杨树下的一块石头上，乱七八糟地堆了一摊书本和文具。我觉得这孩子很有意思，就问他叫什么名字，他嘴巴一噘，说不告诉你，背着书包又继续他的沙漠之旅了。

从食堂回来，我又看了一下一楼的墙壁，没看到纸条，却在石灰粉刷过的墙上看到几行大鹏写的字，不是铅笔字，而是红砖头写的，他说：妈妈我回来了，铅笔和本子丢了，口也丢了，我进不了家，所以我又出去玩了。钥匙两个字不会写，开始用的是拼音，又担心拼错了，干脆画了一把钥匙在墙上，然后用一个大方框框起来。大鹏的钥匙像一把用坏了的铁锨，张牙舞爪地插在白墙上。这孩子的确很可爱，我决定不上楼，就在楼底下散散步，我一定要见一见这个叫大鹏的男孩。我转身往外走，听到脚底下发出沙沙声，低头一看，地上散落不少细密的沙子，还能辨出沙子中间的小脚印。我明白了，那个叫大鹏的男孩其实我已经见过了。

神经衰弱的拖鞋

十一点二十分，楼上的拖鞋准时走动，嚓，嚓，从房间的东边走到西边，又从西边走回东边，来来回回。他一天的工作已经结束，以头痛收了场。几乎每天都是这样，就在我刚躺下时，拖鞋的声音响起。碰巧的是，六楼上的这位老师的卧室和我的直上直下，也许他的床摆的位置都和我一样。我的头顶不足两尺是天花板，也是他的地板，地板之上是他的运动的棉拖鞋，嚓，嚓，他的每一步都像走在我的脑门上、眼皮上、脸上，当我闭上眼后，他的大棉拖鞋似乎就慢悠悠地一下下拉扯过我的梦境。

刚搬进这里时，觉得环境很不错，楼上楼下都很安静，尤其是楼上，好长时间都听不到一点动静，我想这下可好了，我在夜晚喜欢安静，楼上的邻居竟也像猫似的走路。突然，初秋的某一天，我在上床时听到了嚓嚓声，我就奇怪，六楼怎么突然改变走路风格了。第一天响过了。第二天又响了。第三天同样响了。然后是第四天、第五天，一直下去，保持着同一种脚步声。我明白了，前些日子我感谢的只是一套空房子，现在他的主人回来了，发出了他的声音。除了这个脚步声之外，我从没有听到其他的脚步声。就像指纹一样，没有哪个人能够发出和别人相同的脚步声。也就是说，六楼上我只有一个邻居。

他早早地就穿上了棉拖鞋，在秋天刚刚来到这个城市的时候。这告诉我，他应该是一个老人，因为这时候我还穿一双皮凉鞋给学生上课。老人总是最先迎接到季节，然后又被它们拖着跑。从六楼归来后，我就没停止过对他的猜想。我见不到他，只有当拖鞋开始走动时我才意识到，他已经回来了。他的拖鞋常常是漫无目的地游荡，也许是在思考某个关乎人类命运的大命题，但我分明能听出它们消解不尽的哀怨的烦躁，尤其是在夜晚十一点二十分后。那是一个工作的人疲劳的时刻。某个晚上我躺在床上，想起了过去得过的神经衰弱，我头疼、烦躁、易怒，像条狗似的在房间里转来转去。楼上人此刻也在转来转去，他是否也是神经衰弱？这几乎像感冒一样存在于知识分子身上。他不像我那么烦躁，只是因为多年来，神经衰弱已经彻底征服了一个人，好像吃过晚饭要散步一样，他已习惯了头疼，头疼让他不得不在十一点二十走来走去，因为年老和习惯，消磨了戾气，他不需要激愤汹汹，只要这么嚓嚓地走下去。

读高三的时候，我有一个外号叫老狼的同学，患有严重的神经衰弱，每天早上几乎都要跪在床上对着窗外大喊，喊着喊着就喊出了一脸的泪。那时候大家都要高考，压力很大，晚上睡得迟，大清早又爬起来去背书。累了一天了，别人头一沾枕头就打起了呼噜，他睡不着，折腾了大半夜，刚刚进入状态，别人又起床了，叮叮当当的洗漱声把他吵醒了。眼睛困乏，头痛欲裂，异常的烦闷无处发泄，只好对着天狂叫。我们习惯了他的狂叫，直到有一天我放脸盆时看到他满脸的泪水，我才真正知道神经衰弱者的痛苦，和他相比，我的神经衰弱完全可以忽略不计。也就是从那个早上，我不再轻易向别人兜售我的神经衰弱病史，而是在内心里深重地尊重他们。

我和几个同事朋友提起过六楼的拖鞋声，他们建议我上去和他说清楚，让他走路时脚抬得高一点，否则我将永远活在一双拖鞋之下。我笑笑，至今没有上去，对一个神经衰弱者来说，发出一点声音也许心里要舒服一些。

前些天在食堂吃饭，看到一个穿着臃肿的老头，厚厚的棉衣，毛线帽，大头棉鞋。我问别人那是谁，美术系的一位老师说，是他们系聘的老师，姓金，苏州人，一年只上半年的课，其余时间回苏州和家人团聚，有点乖僻，据说患有严重的神经衰弱。我问金老师住哪里，那位老师说，好像是 28 栋，具体哪个房间记不清楚了。28 栋，就是我住的那栋。

脸　谱

暑假与一个同学通电话，同学说他孤身去了一趟北京刚回来。诸多的收获之一是平白地被骗去三百块钱。他说在车站遇到一个老头带着一个少妇，老头自称带女儿上京查病，无奈病不待人，所带的钱财尽数用光，没有了回家的盘缠。同学为人厚道缺少心机，见老头和蔼慈祥，少妇端庄秀雅，便舍弃了防人之心，与他们攀谈。

老头后来得知我同学是东海人，张口就是不绝的东海话，味道颇为纯正，让我同学有他乡遇故知的喜悦。悲剧就这样诞生了。老头向他借了钱，并留下了地址。同学借出钱后终于有些不放心，按照地址上的号码拨了一串数字，哪里还有老头的姓名！

我在电话里嘲弄了他一番，我说这样的事我是不会经历的，没有人能够如此简单地骗得了我。几天后偏就遇上了。

开学返校，刚出了车站大门，遇上两个如我一般年纪的女孩。其中一个走近我说，她是山东某大学的学生，又指着旁边的女孩说，那是她的同学,她们是来南京游玩的,不幸与同学走失了,真是急死人了。她说,同学,帮帮忙吧。她对我称“同学”,颇让我有些感动,我们是一条道上的,四海之内皆兄弟也。我问,你们需要多少?她说,你有多少?我很少出远门,于上当受骗的事知道不多,不过她竟说出这样的话,我有点不适应。这成了什么事,哪里还是求助?她大约也觉察到了,赶紧说,我们只需要五块钱。态度诚挚而且还有谦卑之态。学费和生活费都在包里,我于是在口袋里找钱,只剩下五块钱的零钱。我说对不起不能给你们那么多,我还要坐公交车。她问,转不转车?我说转。那么你给两块吧,她说,从我手中抓去两块的那一张,余下的给你坐公交车了。然后与她的同伴走远了。

我拎着包到站台下等公交车。过来两个年轻的女人,因为妆化得很浓,我分辨不出是姑娘还是少妇,其中一个还抱着半大的孩子。抱孩子的女人来到我面前,聚了一脸的微笑对我说,同学,帮帮忙吧。你刚从火车上下来吧,我们也是。我们是来找我爸爸的,他在南京工作。可是下火车太急躁,包丢在车上了,钱什么的都在里面。另一个也说,你看看孩子挺可怜的,同学。我看了,那孩子吮着右手的大拇指,笑眯眯的挺可爱。我说零钱刚刚给了两个女生,怕不够你们的,就指着其他的等车人说,你们向他们求助吧,我只能给你们一块钱。她们接了我的钱后并没有再向别人求助,而是转身走了。我有些不解,她们就这么走了?不是缺好多钱吗?

正搞不明白,卖报的师傅推着车子从我旁边经过,对我嚷嚷,同学,让开点儿。我侧过身子,突然明白了,原来我是“同学”!我记起那两个所谓的女生就是这样称呼我的,两个浓艳的女人也是这么称呼我的。我明白了，我一定是受骗了。我在站台边不锈钢的扶手上看见了我自己，虽然整张脸被拉长，依旧显出痴木的憨相，任何人都看得清楚，这是一张“同学”的脸。

我气愤了这张脸，决定篡改“同学”的脸谱。我找出了遮阳的墨镜戴上，又从包里搜出一个朋友遗落的半盒香烟，点燃了叼在嘴上。再去看扶手，映照出的已然是社会气十足的面孔。我得意了，拿眼睛去看四周，又不时有三双两双的目光在搜寻，但终究没落到我的身上。然而我又悲哀了，记起鲁迅先生在《求乞者》中说：“我不布施，我无布施心，我但居布施者之上，给与烦腻、疑心、憎恶。”

幸福的高度

具体哪一天记不得了，是三月里某一个黄昏，好像还是一个什么传统的节日，因为整个下午我都在和室友争论晚上吃什么。争论得很辛苦，最后解决却很简单，还是到食堂去了，吃了和过去同样的饭菜。吃完了悔恨地从食堂出来，觉得一下午白干了，然后一起去散步。

外面已经是春天了，气温却很低，衣领还要竖起来，手也要插进口袋里。出了宿舍区大门我们还在说晚饭的事，觉得应该吃好一点，好歹也是节嘛。关于吃的议论，在万柳大概很少能不提到离我们很近的海洋餐厅“今日阳光”，听说里面主营粤菜。不知真假，我从没进去过，我们也从没进去过。出入“今日阳光”的听说都是些大款什么的，住在和我们一路之隔的光大花园、锋尚国际公寓或者其他什么地方，懂行的人称之为北京的新贵。他们有钱我是相信的，看看“阳光”门前停放的那些小车就知道了，牌子一个比一个响。同学之间曾经开玩笑，什么时候也到“阳光”里坐坐，享受一下站在门前迎宾的漂亮小姐的问候。但是一直没去，不是被里面的价格吓住了，而是担心口袋里的钱不足以偿还吃进肚子里的好东西，那可就难看了。“今日阳光”装潢并不是太豪华，但是和学生公寓放在一起就显出富贵来了。我们每次经过餐厅都要向里面张望，有时是羡慕，有时为了好玩。餐厅的一面墙都是透明的玻璃做的，可以清楚地看到一楼和二楼的内容，大餐桌，小餐桌，十余人的宴饮，三两人的对酌，一只手背在身后走来走去的服务生。

那天黄昏我们就看到了一对年轻的男女坐在二楼的玻璃墙边，因为是节日，餐厅里几乎客满，有很多人头，所以他们俩就比较显眼。

那女孩支着下巴，半个身子歪在紫红的灯芯绒餐桌上，一脸的愁苦，满桌都是菜。室友说，幸福啊，看着一桌的菜发愁，什么时候我们也能过上这种日子。我们站在路边，盯着那个发愁的女孩看了好一阵子，希望她能对着那些精心烹调出来的菜肴有所反应。让我们很失望，她高踞二楼，对饭菜一直没有表示。我和室友只好离开了，室友说，里面应该比较暖和。

向前走是一个正在建设中的花园，乱石堆了一地。马路对面是建了一半的新的区政府，一身灰尘的民工正从各个角落里出来，肩上搭着一条毛巾，手里端着一份还没打开的盒饭。在花园的墙基前两个四十来岁的民工正在吃盒饭，盘坐在地上，安全帽歪戴在头上，脚前是一个装满凉开水的雪碧瓶子。他们坐在那里吃，大概是为了避避风，那个黄昏风大，而且冷。事实上却避不了多少，冷风还是卷起尘土从他们面前经过。他们吃得很用力，那种吃法让人觉得十分畅快，我们经过花园时能听到两张嘴响亮的咀嚼声。

室友说，很浪漫嘛，临风餐饮，这样的吃法也不错，感觉那饭吃得很爽啊。我说你愿意哪一种吃法？我指了指两个民工，又指了指二楼“阳光”里的那对男女。真是巧，他们相距不远，而且在一条线上，不过是一对在高处，一对在地上。那个女孩还是摊着半个身子，手中的筷子无路可走。看起来都应该很幸福，室友说，当然，如果是坐在“今日阳光”里像民工那样吃，那就更幸福了。这个恐怕比较困难，我说，你看这个距离，上下的，有多高？室友说，四米？要么五米。我说，我觉得是一顿饭的高度。室友说，要这么修辞，我觉得应该是一个幸福的高度。一个幸福的高度。

他说得很好，一个幸福的高度。这个修辞真是不错。

中关村的麻辣烫

在北京待久了，多半头脑里都有一幅美食地图：川菜的有哪些好馆子，湘菜的该去哪几个地方，淮扬菜的谁家味道更好，海鲜、西餐要往哪边走；用北京的话说，门儿清。我清不了。其实把菜如此大大咧咧地以川、湘和淮扬等作风格论，已经说明我是个外行。见过年轻的小白领说西餐，那都是具体到意大利通心粉、法式鹅肝、英国的薯烩羊排、美式牛扒、俄式的鱼子酱和德国的啤酒和自助餐的。功力深浅要看细节的落实能力。我落实不了。每一回朋友聚会，委托我在中关村找个像样的馆子，我就得赶紧百度；懒了或者上不了网，那就直接往我住的小区门口带，那一溜的馆子轮着吃。吃到熟悉的朋友都烦了，一落座就提醒我，这已经是第三轮了，事不过三啊。我心想，别随便威胁，除非下一次你站门口不进来。

中关村的人很多，你能想象出来的基本上都有。从国家领导人到大学教授，富商巨贾，中产阶级，IT 精英，普通学生，平头百姓，打工、卖艺和乞讨的，国内的国外的，黑人和白人，各阶级、各阶层、各色人等，在中关村大街上走两圈你就全能碰到。我喜欢把这地方比作研究中国当代的一个标本，它就是一个微缩版的中国社会，你很难找到另外一个地方能够如此完备地与中国的当下社会同构。无数的人从五湖四海来，声音可以迅速地被改造成普通话，但被方言和母语养育出来的胃一时半会儿改不掉，所以，在中关村，你能想象出来的菜和味道基本上都有。

美食很多，绝大部分我都不知道，没吃过，也没什么兴趣。这话听起来有点儿酸——有些的确想吃但吃不着；不过绝大部分我真的不想吃。我特别不喜欢正经八百坐在大饭店里，每道菜都贵得要死，一桌子吃下来什么味儿都没留下，像开会，一群人装模作样轮着发言，其实啥都没说，说的也没几句人话。我宁可找个小馆子，点一两个喜欢的菜，每一口都吃出它们的味儿来；这相当于三两朋友间贴心的私聊，每句话都说到点子上。所以，有朋自远方来，我常说：带你去个好玩的小馆子。大而无当的空心排场咱们不搞。

这不是钱的问题，倾家荡产吃一顿大餐的胆量我有。我要的是家常，是内心与味蕾的妥帖。当然，你可以指斥此为世俗，是小门小脸的生活，我一点儿都不想反对。因为，如果连朋友都不在时，忙起来我会比这还世俗，馆子都不进，就在路边的小摊上站着解决一顿饭，完全是小鼻子小眼的日子。比如吃麻辣烫。

在北京，我还没在哪个地方发现卖麻辣烫的有比中关村多的，也没发现哪个地方的麻辣烫卖得有中关村这么热闹火爆的。小区的后门，住宅楼底下，转过一个街角，大学的宿舍区门外，美食街的入口、中端和终点，一抬头，热气腾腾、人头往一块扎的地方准在卖麻辣烫。消费群体主要是穷人、学生、年轻人、女孩子、小白领，单身者居多。中关村这类人极多。懒得一个人回家起火的，一手烧饼，手啤酒，荤素搭配来几串麻辣烫一顿饭就算对付了。如果不赶饭点那就是为解馋，麻辣是上瘾的；几个小姑娘嬉笑结伴过来，即使只吟一两串也要吃——吃多了上火，脸上不太平。我是对麻辣有瘾，几天不吃心里就空落落的，丢了钱似的。我经常在傍晚或者夜半时分，看见麻辣烫的摊子前围着一堆年轻人，咝咝啦啦地吃，鼻涕眼泪都往下掉，一只手捏着麻辣串，一只手给伸出来的舌头扇风。

最早培养出来对麻辣烫的兴趣是 2005 年。刚从北大毕业，在学校西门外与人合租了间房子，一个月只拿一千五百块钱的工资，如果不是隔三岔五还有点儿稿费，付完房租我每个月必须有一半时间靠喝西北风才能活下去。那时候不仅日子紧巴巴的，裤带也紧巴巴的，小馆子都不敢乱进。一周里经常半数以上的晚饭都是两个韭菜馅饼外加一碗粥，咸菜是免费的。假如每天都吃鱼翅燕窝也会腻，请发挥一下想象力，把鱼翅燕窝换成馅饼、稀粥和咸菜会是什么结果。离我吃馅饼喝粥的地方隔一座桥，是两个卖麻辣烫的摊子，成年累月在半下午的时候出现在桥的另一端，那地方是北大承泽园的门口。

承泽园里外住了数不清的穷学生、复习考研者和打工仔，加上附近疗养院的年轻职工，太阳还没落到园子的另一边，一茬茬的人就像蝗虫一样围住了麻辣烫的摊子，大冬天远看过去，像一堆人头碰头在练邪门武功，因为人头攒动之上，麻辣烫热气腾腾。因为既烫又辣，走近了你就看见每个人都在歪着嘴吃得舌头直蹦。到夏天，一个人单待着都热，吃货们就不再把头往一起扎，端着浇过芝麻酱的盘子，挑好了麻辣串就到一边吃。零零散散，三三两两，倚墙站着，就地蹲着，找块石头坐着，在暮色里，在麻辣烫滚沸的汤料升腾起的热气和重口味里，五湖四海的年轻人因为麻辣烫团结在一起，仿佛这既麻又辣、且麻且辣的各种煮熟的素菜和荤菜就是他们此刻生活唯一的目的。这烟火繁盛的日常景观让我感动。那时候我刚从校门里走出来，深陷不曾预料的复杂社会，也因为写作沉溺于不可名状的悲伤里，再没有比最平常的人间烟火能让我感动的了。每天看见他们兴致盎然地吃着麻辣烫，我都觉得他们是世界上最幸福的人，由此认定麻辣烫也必是世上最好的美食。

我开始把晚饭桌往桥那边移。买几个烧饼，荤素搭配挑几串麻辣烫，一顿晚饭就会吃得相当舒服。如果遇着开心事，再从旁边的超市买一罐啤酒，汤汤水水地下了肚，待酒劲儿上来，晕晕乎乎去逛公园旁边的两个旧书店，这是我当时能想象出来的最好的生活。

吃了两年的麻辣烫，搬家到了中关村大街的边上。那地方人多车更多，车和人都到齐了就开始交通拥堵，摆不下一个麻辣烫的摊子。也不会让你摆，繁华的大街上冒出来个卖麻辣烫的，成何体统。但我还是在散步时有意无意地往街边和巷口处瞅，希望看见哪里冷不丁地就升腾起一片重口味的热气。终于在人大东门斜对面的一条小街上找到了。那条街小店林立，卖什么的都有，街头和巷尾果然各摆了两个摊，麻辣烫爱好者们像赌徒一样围了一个圈又一个圈，我很不客气地挤进去，说；老板，来个盘子。挑最进味的串串堆满了一盘子。

还是那么够味。但从住处走到那条街实在有点远，我的日子也开始好过了一点儿，不必顿顿都要为晚饭精打细算，人也就跟着懒了，麻辣烫越吃越少。吃得少不代表把它给忘了，偶尔从那条街边经过，我会找个借口拐进去，多少吃上几串。如果谁问我是否为解馋，我可能会告诉他：纯属怀旧；那是因为长久不跟一群更年轻的年轻人挤在一起抢麻辣串，乍一抢有点儿不好意思——麻辣烫爱好者的队伍正在年轻化，老同志得有点儿老同志的样子。不过如果碰巧你也有此俗好，那咱们大哥不笑二哥，我会跟你说：走，来几串；可解馋，可怀旧，也可以放开肚皮当晚饭吃；我请客。

墙外看北大

在北大念了几年书，便被目为北大人，走到哪都要被问，你们北大如何如何。经常弄得我有点蒙，得理一下头绪才敢挺身接招。不是我不想跟母校扯上关系，而是，我思路通常不在“我们北大”这个理直气壮的频道上，我要调频确认之后，才能回到一个北大人的语境里。去年，某出版人想出一本北大历年先贤和后进的文章合集，邀我写序；确知来意，我赶紧三级跳往后撤，如此序文，小子安敢。该出版商强以为意：北大的书念了，北大的课听了，北大的食堂轮流吃了个遍，在小说里也把北大写了一回又一回，那肯定是知根知底了；有一说一即可，就从了吧。我不得不告诉他，北大之大，岂是任谁提笔都能写的？再者，我真不敢说就弄明白了北大，这十年，我都在北大的外围转圈子。

此事确切：十年我都在北大外面转。

念书时住在北京西郊的万柳研究生公寓，距离北大十里路。去燕园的班车少，等起来烦，我习惯骑一辆破自行车咣当咣当独自去来。去要二十分钟，来也要二十分钟，去来之间总得做点准备活动，去完来后再平心静气，花掉的时间一个钟头也不止，所以没课我不往学校跑，总在课前课后进图书馆，借上一大堆书，抱了回宿舍读。研究生的课程也没那么多，集体活动我能躲就躲，在宿舍待久了，竟觉得校园里是个例行公事的陌生地方。北大的念书生涯差不多就这么若即若离地结束了。入学前我也曾有宏大抱负，立志在读书期间将北大看个底朝天，犄角旮旯都不放过，未名湖每天绕上一圈走。毕业后检点了一下，发现只在入学之初走了几趟未名湖，其后的缘湖漫步都是做陪客；亲戚朋友来北大，湖光塔影是必看的景观，只好硬着头皮当主人，一通瞎摆活儿。不管你说得如何不靠谱，亲朋好友都信以为真，你是北大人嘛。他们哪里知道，我过的基本是北大的墙外生活。

前些天有个德国记者采访，问题之一是：在北京，我最喜欢去哪个地方休闲和散步。该记者显然希望我说出京城某个振聋发聩的名胜，那些地方才有他们喜闻乐见的“中国式景观”。很遗憾，我说，我最喜欢去的是北大。这答案让我自己都吃了一惊：毕业后我去北大的频率更高了。很多时候好像的确如此：饭后出门，头脑里想着正在写作的小说，沿中关村大街乱走，走着走着一抬头，迎面是北大的校门。

说顺嘴是个问题，走顺腿也是个问题。我不得不上了心。回头一看，哦，照空间距离算，毕业后我倒是离北大更近了。这些年贫困得像蚂蚁一样不断搬家，从一个小房子换租到另一个小房子，直到现在有了属于自己的书房；几次搬迁，最远处离北大步行也就二十分钟。

念书时自行车二十分钟，现在晃晃悠悠走到北大，也二十分钟。几个住处，以北大为圆心在兜圈子。由此我推断，母校的影响大约就在于此：要么规约你平生的志业，要么是让你一辈子都在努力缩短和她的距离，哪怕仅仅是空间距离。很可能双管齐下。

以我从事的文学论，与所学专业实在再对口不过了。写作是个罕有的排他性职业。据我所知，写作日久年深后，绝大多数作家都会逐渐丧失舍此之外的诸般谋生能力，离了写作真的会饿死。若无意外，这辈子大概我也只能干这个了。不管这个说法是否矫情，我都必须承认，我的写作背后站着一个“北大”。事实上毕业有年，我一直在频繁地出入北大，每周一次到五院中文系的当代文学教研室，参与一个研究课题的讨论；这课题本身也在时刻提醒我，你与北大和文学脱不了关系。很可能正是因为多年来的写作和专业研究，培养了我两条腿的惯性，抬脚就往北大走。所以，它们要缩短与北大的距离，哪怕仅仅是空间距离。

但我依然感觉是在北大的墙外转圈子。一度我以为是源于“半路出家”，缺少充分的认同感。刚进北大时就听闻一个“出身论”：只有本科即就读北大的学生才算根正苗红的“北大人”。这天赋的资格，我等半路出家的研究生只能靠边站，我们血统不纯，顶多就是个半主半宾。假如说北大的本科生称北大为“母校”，我们只能称她为“继母校”。你都没有资格全身心地爱这个母亲。也因此，我的很多“继子”同学在本科出身北大的同学面前，很少说“我们北大”，而是“你们北大”。你们北大如何如何。这跟别人看我时有点像。可是我认真想了一下，还是觉得我与北大实在没有“继”式的生分，我也不认为自己就是个寄人篱下的二等公民——那么，究竟是什么让我在对北大敬重和景仰之余，墙外之感多年来徘徊不去？

因为北大之大。北大很大，不唯面积广大，也因其历史悠久，还因其大师林立。清华大学前校长梅贻琦先生说："所谓大学者，非谓有大楼之谓也，有大师之谓也。"当你想到百年来群贤毕至、典范云集，一个多世纪的大师们奔走或悠游于湖畔、塔前和红楼内外，当你念及那些堪称思想、学问和变革的创造者与发动机的前辈，那真是要生出博大的敬畏。不知道别人如何想，反正我刚进北大时，想当然地以为老先生们就该身材健硕伟岸，须仰视才见，要么就是仙风道骨，超拔脱俗，但拜见了诸先生，真是大跌眼镜：严家炎、谢冕、洪子诚三位先生，都是矮个子的小老头；钱理群先生也不高，还是个弥勒佛一样笑眯眯的胖子。头一次看见几位老先生在五院的松树底下聊天，任别人怎么言之凿凿地指认，我都不信，怎么能长成这样，没理由啊。后来我好像还跟洪老师和钱老师说过这事，他们就笑。这还仅是中文系现当代文学专业的老先生，要是放眼整个北大的先生们，不知道该敬畏到哪个地步了。

鉴于他们的皇皇学问，鉴于对他们为人与为学的敬畏，我总为自己的简陋惭愧和胆怯，觉得立于门外的姿态更适合我。我的确做过几次颇具象征意味的梦，梦见自己站在五院的门楼外抬不起脚，五院的门槛很高，院子里师友们在侃侃辩难。如果门外的姿态于我适宜，那墙外之感也就水到渠成了。

还因为北大不仅是个学术问题，更是一个社会问题。在中国，大概没有任何一所大学像北大这样，毁誉参半，被寄予厚望的同时又饱受指摘，动辄要划入社会问题的范畴来讨论。哪是纯粹的学术动静，出了北大的围墙就成了社会问题。当然，这是北大的传统之一，也是北大的荣光。五四以降，北大就与天下和世道人心缠绕在一起。不管她在今天被如何责难和矮化，她的民主、自由之精神依然在所有关心北大的人口舌之间相传——这恰恰说明北大秉承的民主、自由以及北大本身之于当代中国的不可或缺。人们对一个更美好的社会、对一种更美好的品质、对一个更美好的大学的向往，一百多年来从未断绝。

生活在楼上

工作一年，我搬了两次家。从二楼搬到三楼，又从三楼搬到五楼。在别人，这屡屡的乔迁满可以尝尝步步高升的喜悦，对我却生出了层层积累的悲哀。不是住宿条件每搬愈下，而是觉得自己总是住不逢地，找到了个好地方后，脑袋里又出毛病了，享不了这福。

先前住的是老三楼的二楼，刚进去时就窃喜，全学校就我住的地方最妙。北向的大窗户正对着师陶园，要景有景，要人有人，伸伸脑袋就可以看到年迈的夫妇和年少的情侣在园中漫步。尤其是春暖花开时，花柳满园，绿荫成廊，其闲适，其温情，让我临园羡慕不已。可是好景不长，这个背阴的小房间就显示了它的地理特性。长风浩荡，透过永远也关不严实的大窗户长驱直入。房间里立刻冷了下来。我想这寒风是从西伯利亚来的，越过低矮平旷的师院操场和师陶园上空，旗帜一样夜夜入户。我成了那个冬天第一个感冒的人，然后开始咳嗽，一直咳了三个月，直到冬天结束。整个冬天房间里冷得像地狱，想看看阳光是什么样子都得到别人房间里去。我挂了两层厚厚的窗帘，周围用图钉钉死，直到来年四月才把窗帘拉开。这时春天已经来到好长时间了。因为这间房子，我尽可以大言不惭地说，我是第一个迎来冬天，又是最后一个看到春天的人。冬前与春后，我的日历总是与这个世界有着一个奇怪的时差。

天暖起来，我要搬家了，搬到老三楼另一头的三楼。谢天谢地，是个向阳的房间，我要把错过的阳光给赚回来。为了让早晨的阳光一丝不落地全照进来，晚上睡前我都不拉窗帘。大概是因为什么厄尔尼诺现象，天气变得不正常，春天越来越短，打个哈欠就过去了。然后夏天到了。我买不起空调，所以我对这个夏天印象极为深刻。老三楼的确是老，三楼是最高处，楼顶的防晒层早被晒没了，我理所当然地成了直接受害人。夏天跑到我的小房间里来了。里面空气黏稠，闷热无比，像一个方方正正的高压锅，电扇也热，扇出的风火气十足。我轻易不回宿舍，回去了立刻关上门，脱到不能见人的程度，还是热。我开始深刻地怀念先前的二楼，在这样的天气里，我宁愿患一场凉凉爽爽的感冒。

夏天刚刚进行到一半，接上面的通知，我又要搬家了。搬到28栋的五楼。说实话，我对这第二个向阳的房间很满意。六楼在上头顶着，有两个太阳我也不怕。门窗都打开，高高的穿堂风吹过，很适合在清晨时分睡一个高质量的回笼觉。蚊子也不多，连蚊帐都不要挂。好的环境就该好好利用，我及时地坐到了书桌前。看了一会儿书累了，伸出脑袋往楼下看，糟了，问题来了。

从读大学时起，我就克服不掉一往高处站就深沉的毛病。那时候常在四楼上课，我总是挑一个靠窗的位子坐下，有事没事往楼下瞟。很多人在楼下走动，从动作你看不出他们在想什么。也许什么都没想，我自作多情又悲天悯人地认为，如果什么都不想那该多可怕，像个机器甩动被称作零部件的胳膊和腿。而偏偏有那么多人都是这样走路，都是无法表现他们思想地一蹦一跳地向前挪动。顺着这条思路往下走，想到了贾平凹引用方言对人的命名：走虫。人就是一条走虫。人只是一条虫子。悲哀立刻漫上心头。小时候喜欢看蚂蚁上树，觉得好玩。后来看到一堆蚂蚁聚集在一个苹果上不停地跑动，做着自以为伟大无比的事业。用一根小树枝轻轻一拨，无数的小东西跌落下来，晕头转向地折腾一阵又原路爬上去，再拨一下，又下来了，再折腾再上去，如此反复。我开始敬佩这些小西绪弗斯们的顽强，也开始痛恨自己的残忍和无聊，但更深切的是体会到了一种无助的悲哀。地球也不过是一个苹果，承载了亿万计的人类，而这些人如何不是一只只蚂蚁？如果也有一根小树枝类的东西横扫一下地球这个苹果，我们大约连做一回西绪弗斯的机会都没有了。蚂蚁掉下来还可以落到地上，人掉下来落到哪里？蚂蚁从苹果上的消失只是暂时的消失，而人一旦消失，将是永远不会再现了。人是走虫，却是连走虫都不如。

我喜欢登高望远，却怯于登高看人。站在马路上空的天桥上我不敢朝下看，看了让人难过。来来往往的行人和车辆在奔赴各自的生活，我知道所有的行程都有他们的目的，可是我无法克服为他们节外生枝地想一想。我想在川流不息的人群中是否会突然倒下一个，如果倒下了将会怎样？一个人在无以计数的人群里像一堆蚂蚁里的一个，消失了，不会有人知道，也不会产生什么惊动天地的影响。即使是在某一瞬间出了轰轰烈烈的车祸，他也会迅速被车辆载走，或死或生，三分钟之后没人知道。因为三分钟之后又是新的一群在奔走，没有人知道刚刚的车祸和一条生命的消失，路上的血迹也被无数双脚踩淡踩稀以至不见。我时常这么想，把个体孤离于人群，抽象出来，感觉他是这地球上唯一的活物，孤独寂寞地立于地球之上，身体和生命都悬在半空，周围是死一样的静和无边的荒凉。那是怎样一种痛彻肌髓的孤寂。然而我站在高处盯住的那个人并没有出任何问题，她横穿马路没有遭遇车祸，她从一辆车里优雅地出来，又优雅地用裙裾将自己渡到马路的另一边，优雅地伸手招呼出租，优雅地上车，在进入小车之前对半空优雅地挥了挥手，她一定不是在对我打招呼，然后汽车优雅地离去，融入无数辆相同的小车里。

庸人自扰。我很清楚，但不得不扮演着庸人的角色，继续自扰下去。这就是毛病，站在五楼的窗前我再一次浮想联翩。一个人在楼下走动，他是否察觉到自己的无助和寂寞？是否意识到有一双冰冷的热眼在高处注视着他？注视他不带丝毫感情色彩的物质化运动。也许他志得意满，刚从丰盛的宴会上回来，因为肚子里的酒肉太多而不得不安步当车以助消化。或者是思考某个大命题累了，出来散散心。可是我不知道，我只知道他是一个走虫，这种缓慢的位移只是一次偶然性存在的结果之一。他在走，走得我心里长满了荒草。

朋友曾戏说我的神经衰弱完全是咎由自取，谁让你操那么多的心？别人一天三餐哪顿吃你喝你的了？想想也是，如果吃我喝我的不但我要饿死，他们势必也要饿死。我只能说，都是这楼住的，高度产生心理问题，以后攒足了钱买房子，只买一楼的，我就贴着地面生活，见人也只见一米八以上的，可以仰着脸跟他说话。

夕阳将尽，我还在喋喋不休我的楼上生活。同事喊我下去打篮球，就差我凑个数。经他提醒，我才发觉头痛得厉害，看来真得运动运动调节我衰弱的神经了。下楼的时候我突然想，如果有人在楼上向下看，一定会看到我在奔跑，与其他人争夺一个圆圆的东西，比苹果大不少，比地球小很多，重不足一斤。

望断西山

住惯了向阳的房子，我总以为现在的宿舍也是朝南的，两年了也不能在感觉里把它扭转过来。事实上宿舍是朝西的。我几乎要对每一个来宿舍玩的同学和朋友介绍，我有个西向的窗户，你看，下午的太阳完整地照进来，还有西山，北京人挂在嘴上的西山就在我们眼前。要在一年前，我手指的方向他们就能看见西山，现在不行了，我指完了，他们总要问：在哪里？

我说，还在原来的地方，就是看不见了。

被一天天长高的楼房挡住了。过去我站在窗户前，抬眼就看见西山，晴日里青黛，微微有些透明，觉得西山真是个好东西，像座精致的建筑；阴天就暗灰，苍茫沉重，连绵地伏在大地上，只能是座山了。我生长在平原，开门见山的日子从没经历过，所以在万柳这地方，开窗就能见到山让我高兴。刚来的时候，万柳还很荒凉，偏于北京的西北角，到处是破烂的平房、废墟、尘土飞扬的道路和建筑工地。我打车过来，司机师傅转了半天都没找到，还是在警察的指点下才摸到这里。警察说，直往前走，没路的地方就是。车子一直把路走断，果然见到了，当时的万柳，完全是一个巨大的尘土加工厂。

我住五楼，不高不低，谈不上有什么好感，气愤倒是有的。正值九月，热得要死，发现下午的太阳从窗户直射进来，真是莫名其妙，北京的太阳也热晕了，它怎么从南向的窗户进来？舍友说，我们的房间是向西的。我转向了。一下子转了两年，没能改过来，可能还会继续转下去。以后我知道窗户朝西，但还是觉得朝南，早上起来若不清醒，还会把头伸出窗外，到南边去找初升的太阳。所以我气愤，这么个兔子不拉屎的地方，离学校足有十里路，上一次课要骑半个小时的自行车。然后就看见了远处的山，都不知道那山叫什么名字，一个北京的同学说，大名鼎鼎的西山。

我的床位于窗下，电脑和书桌也在窗下，扭头就看见西山，真好。它把我的气全消了，多少年来它都在那里呢，被我一转脸就瞧见了。看西山成了我在万柳生活的重要内容，没事看看山，猜测与它的距离，用望远镜看山上的树，石头，半山腰上的一团雾，看山和山怎样辗转和过渡，怎样从一座山变成另一座山，看山连山和山外之山，望远镜质量不错的时候，还能看见一两个小人在大石头上走路，穿红衣服。

荒凉的万柳和周边地方开始改变，越来越多的平房和废墟被抹平，建筑材料和脚手架运过来，工人们爬到架子上，把运来的一块块砖头垒在一起。尘土也落下去，上面覆盖了一层坚固的混凝土。不管白天黑夜，万柳的耳朵里都有搅拌机在喘息。所有的砖头都垒完了，砖头就消失了，它们穿上了瓷砖和马赛克的华丽外衣，一幢楼出现了，一个小区出现了。路灯也在夜里亮起来，沿着路灯的走向，更多的楼房被建造出来。就一年多的工夫，万柳像栽树一样突然楼房林立。一夜之间就现代化了。我的五楼一下子变矮了，我的窗户不动，它们的楼在长，一不小心就更上一层。它们在你眼前长，一点点地切割西山，今天看到三个山头，明天就只能看见两个，那个矮一点的山头没了。再过一天，只剩下了一个。我每天都在窗前看，原来是看西山，现在是看楼房，然后在楼房之间找西山。西山被裁得越来越小，能见度不太好的时候，西山看起来就像一团边角僵硬、形状不规则的乌云。

西山还在小，直到被一个庞然大物完全遮蔽。现在我从电脑前转过脸，看到的就是这个庞大固埃。据说是亚洲，也有人说是整个世界，最大的超市，一个超超级的大卖场。这个巨大的死东西还在完善，工人们在它身上贴瓷砖，花花绿绿地七色杂陈，远看就是一个巨型魔方。除了上帝，只有人能把它玩转。我在痛恨这个魔方的时候，更高的楼在它身后起来了，比毒蘑菇长得还快。西山是彻底看不见了，踮起脚尖也看不见。

不知道那些高楼为什么要长这么高，也不知道那些住在高楼里的人，是否也常常转身向西，看多少年不再长高的西山。有时候我也羡慕那些居高的人，他们像我过去一样，抬眼就能看见西山。我也会想那些低于五楼的人，我的五楼也曾挡住了他们的西山。如果他们也有看西山的爱好，他们是否会搬到那些高楼里，以便转脸就是西山。也许所有人都爱看西山，所以他们不断地往高处搬，所以楼不得不越长越高，最后，我们就看到了一个脖子越伸越长的北京。

冬天、雪和伟大的北京城

现在冬天，昨天傍晚北京开始飘小雪，不知道一夜是否马不停蹄，早上起来但见天地皆白。这是我喜欢的景象，雪天里北京让我觉得安静，少了喧嚣和戾气；若是雪再大点，似乎能听见雪地里隐隐升起歌声，飘流着喜气却又苍凉的调子。四时的北京，雪天是我最喜欢的时候。早饭后去现代文学馆，我去站牌下等公交车。大大小小的车经过马路，雪变成黑水被挤到马路边，漆黑的路面腾起缥缈的蒸汽。我喜欢雪，但不喜欢化雪，当它成了水，世界看上去更脏。车在脏和不脏之间向前走，路两边建筑、树木上积压着白雪，路面是黑的，油亮亮的黑，车上四环时，我陡然觉得我在经由黑进入白，世界有了层次。或者说，北京突然有了巨大的层次，由黑和白建立出来，隔着雾气遮蔽的车窗我前所未有地看见一个立体的北京。

无数的人都在说北京的辽阔和幽深，说它楼宇之间的陷阱和峡谷，我只感到了它的大。迂阔的大，平面的大，即使夜幕垂帘华灯尽上，我也觉得错综复杂的霓虹色只是涂在表面，是水上的油花子。夏秋里的北京还有点看头，绿也能绿得起来，黄倒很纯正，银杏叶落简直如黄金铺地；但天冷了只有僵硬和干白，上下里外一个色，楼是竖起来的马路，路是躺下来的高楼，目光上下移动的频率快了你都可能转向。那叫一个平，平面的平。平的东西总让人觉得轻，如果轻，那就沉不下来，还谈什么伟大。所以，我不明白那么多人缩着脖子转过几条马路就宣称：哦，伟大的北京城。

但在这个化雪的早上，北京的大地陡然黑起来，黑夜和石头一般的沉稳凝重；白雪覆盖的一排排高楼竖起来，像仪仗队那样都站直了。白和黑因为单纯而有了气势和力量，北京的浮泛、浅薄和轻佻不见了，我觉得仿佛穿行在彼得堡、耶路撒冷或者伊斯坦布尔。在故宫、长安街和颐和园这些标志性的符号之外，我在一段平淡无奇的大街上头一次感到了这个城市的伟大——不涉及历史和象征，只用目光去感受和判断。

如此判定一个城市是否伟大显得很没有思想，你要这么认为我也很赞同。不过我还是想把这个来之不易的判断说出来——从我第一次听说这个城市，已经过了三十年，我在此寄身也有八年；多少教科书和道听途说都不能让我在猛一抬头时认定这是个伟大的城市，我的个人意义上的伟大城市，它必须适合于用黑白画的方式表现出来；不过这个冬天的早上，因为一场雪，在944路公交车上，在驶抵芍药居那一站之前，我觉得我看见了一个伟大的北京城。既简单又复杂，所以我决定把它说出来。

王小王原名王瑨

小王当编辑比我晚几个月。2005年某一天我翻《作家》杂志，在文末看到责编署名王小王。搞文艺的多半兼擅搞怪，这名字肯定是“艺名”，但必须承认，这个怪搞得怪好。我能想象一个二十出头的小伙子在这三个字背后一脸聪明地坏笑。忘了哪一天，也忘了是哪件事，跟小王通了电话，电话那头是个女声，吓我一跳。也是，你可以称呼王姓女生为小王，为什么王小王就不可以是女生呢？我问取这个名的缘由，小王说，图简单，原名你们要不认识，见面多尴尬。王瑨。这要是冒冒失失见面，张口结舌只说出一个“王”字，是够难看的。搞文艺的人认识的字的确越来越少了。当时音我是读对了，但真没想起字是什么意思。挂了电话赶紧查字典：瑨，如玉之美石。既有玉之华美温润，又有石之硬净坚实。

人到中年，没见过千万人，千万人名肯定是见过了，对人名越发怀有了敬重。过去总以为人名不过是代号，阿猫阿狗地叫可以，花草虫鱼地叫也行，但写作经年，每一个小说人物我都忍不住要为他们姓甚名谁煞费苦心，不由人地就隆重和谨慎起来。越来越相信名字之于人的重大与切要，它对人的心理潜移默化的暗示，于人生空穴来风般的预设，对人生格局和境界分分寸寸的扩张与抬升。这可能纯属无稽之谈，相当无厘头，但出于对小说人物的慎重，我还是把"文学姓名学"迷信般地坚守下来了。文学源于生活，文学也可能反哺生活，我的文学后遗症之一，就是一不小心把"姓名学"也带进了日常生活，常常偏狭地要将名字看作一个人毕生的关键词。打脸的时候肯定比比皆是。但在小王这里，作为屈指可数可以相互兜底征询人生重大意见和建议的朋友，如果我对小王的了解不算太离谱，我以为这门偏僻的学问基本是行得通的。

一个女孩子，"如玉"的一面自不必说。娇小，长发，瘦得我都担心她如何顶得住东北一年年怒吼的白毛风。当然，"如玉"还是小王心思缜密，善解人意，十几年的朋友，她从没在任何一件事上让你疙疙瘩瘩。就算发火，她也发得天朗气清、坦坦荡荡。尤其是用她的东北普通话来表达愤怒，多凌厉的事都带三分喜感，倒有了小品那样安慰人的效果。

小王的性格里有硬邦邦的石头，拿得起放得下，豪侠仗义，很爷们儿，有股江湖气。这性格在女孩子里不多。还是在论坛时代，一晃有十年了，在左岸文化网玩的一群朋友天南海北地来北京，在牡丹园聚会。小王那会儿还是左岸的编外人员，碰巧来北京出差，带着约稿任务列席了我们的聚会。那可能是我和小王头一次吃饭。我酒量可怜，酒胆更小，如同别人恐高，我从小怕酒，所以就特别仰望那些海量且酒胆过人者。看见别人一大杯仰天而尽，我总疑心在他端起来的刹那，那一杯水状的火焰变作了奶与蜜，要不怎么能喝得如此畅快。小王喝酒跟我第一次听见她的女声一样，让我震惊。东北人形容吃瓜和切菜，常用拟声词咔哧咔哧，小王那晚上喝酒，给我的感觉就是这个词。她喝酒的动作一点都不夸张，绝无引颈求一快般的壮烈，也没有猛然仰脖、一倾而尽、酒杯咣地蹾到桌面上这套摆拍的三部曲，就是端起杯平易地送到嘴边，喝下去。跟喝水没什么区别。但我总觉得她喝下去时，有壮阔的咔哧咔哧之声。一个瘦弱的女孩子，一杯端起来，喝多少你说，半杯就半杯，满杯就满杯，喝完了需要再满上，她就再满上。就这股气势，也得手动点十八个赞。

我说你很能喝啊。

小王说，不能喝。

不能喝还这么喝？小王说，那还能咋地？

她的意思有两个：一个是，人家让喝，不喝那怎么办？另一个是，喝就喝了，不就杯酒嘛，又不是毒药。那豪情，让我头皮发麻，惭愧不已。我对酒没概念，但据我不科学的观察，小王的酒量也就那么回事。朋友们相聚多了，就经常能见到小王“高了”。推杯换盏，你来我往，酒至后半程，我这个惧酒又无量的闲人往往是整个饭桌上吃得最饱也最清醒的一个，我就一圈一圈巡视过去，及时地干苦力：该送水的送水，该扶到旁边椅子上休息的就扶将过去。看到小王的位置上，眼见她摇晃，眼见她头低下来，眼见她脑袋放到了饭桌上。饶是这样，她的脑袋也会小心轻放，绝不弄出山呼海啸的动静来。高了，就安安静静地高，坚决不摆拍。我清醒地替她算了算，喝得不多；也就是说，江湖上盛传的王小王老师，也就是赚了个酒品和酒旧一流的美名，跟量没什么关系。饭局继续，等到大家差不多要鸣金收兵，小王老师突然抬起头，目光还没聚好焦，先把袖子撸起来，然后说：

“酒呢?”

一个瘦弱的女孩子，酒桌上豪气干云固然让人刮目，但也让人心疼，所以大伙儿一聚会，我一直是小王酒量坚定的“唱衰派”。王老师酒量一般，你们就别跟她一般见识了。对此小王经常有意见，别听徐老师的，王老师能喝着呢。东北人性格里二二乎乎的那股傻直劲儿，她藏不住，也不去藏。这也是朋友们都喜欢小王的原因之一。

小王不推酒，也不劝酒，这是石头“如玉”的那一面。在酒桌上，我坚决跟着小王混，王老师会罩着我。别人劝我酒，她看不下去了就会拔刀相助，她帮我代。这让我很不好意思。在她看来，我那点酒量，都没资格不好意思。此处有典。某年帕慕克到北大演讲，小王、李浩和我去听，听完了我请他们吃饭。酒菜上桌，他们俩问，这么多酒，谁喝?我说你们喝啊。你呢?我转着手里的啤酒杯，我就这一杯，剩下的你们分，谁喝多少我就不管了。小王说，徐老师真谦虚，要不你那杯我也帮你代了吧。实话实说，我真希望那杯也帮我代了，但我还是坚持亲自喝了。请客得有请客的样子嘛。

小王做编辑，也一样敞亮，直来直去。每次战战兢兢地发过去一个稿子，过几天小王来电话或者短信：好还是不好，好在哪，不好在哪；改还是不改，用还是不用。干脆利索。《作家》是《收获》之外，我发表小说最多的杂志，因为意见来得直接，态度也明朗，我没心理负担。在我们同龄的这一代编辑中，小王绝对是最敬业的那几个。忙自不必说，一本杂志翻下来，“责任编辑王小王”出现的频率高得有点吓人。平常联系，第三句话还说不到业务上，那个天肯定聊不下去；就算喝大了，从饭桌上抬起头问完“酒呢”，接下来她通常也会补一句：答应的稿子别忘了啊。

为了不伤害我们这些没文化的尊严，王瑁给自己取了一个世界上最简单且对称的笔名，以便让我们翻过来调过去怎么看都不会认错。歌颂王老师善解人意的美德之后，我们也必须认识到，这个长春姑娘还有着巨大的娱乐精神。也正是基于这种伟大的娱乐精神，我们才能够水到渠成地理解她拿得起放得下的豪爽，理解她在生活中的自由和烂漫。

父母赐我们姓名，寄予的是某一种美好的希望；而我们给自己取的字、别号、笔名和艺名，才真切地泄露了我们的现在和将来。但不管父母之命还是自我伸张，都会慢慢地深入我们的发肤血肉和思维意识，由此我认为，作为符号的“王瑁”与“王小王”，一直在共同塑造一个日常生活中的王瑁和王小王。它们的影响究竟有哪些，如果你碰巧认识王瑁和王小王，你一定会在她的言谈举止中有所发现；如果你不认识这个人，那就请你去读她的诗歌和小说，即便天马行空的虚构高手，字里行间也难藏自身的生命信息。

小王不仅是编辑，还是个优秀的诗人和小说家。我作为小王的读者和粉丝，历史也远比成为她的朋友要悠久，甚至对她文字的熟悉程度也远超过对她这个人的理解，但这个印象记里此一块按下不表，要交给更专业的评论家来做。哪怕他们对我偏僻的“姓名学”白眼有加，我也相信，你一定会在他们的评论中看到，“王瑨”和“王小王”是如何成就一个优秀的编辑和作家的。

给儿子的信

巴顿：

现在你只有一岁零九个月，但你已经让我享受了三十个月的做父亲的幸福，你要接受我的感谢。从我知道你已经做好了来到这个世界的准备，从我第一次听见你在妈妈肚子里的胎心的震动，我就习惯了把自己称作一个“当爹的人”。我是如此珍守这个称谓，九百天里，一分钟都不曾忘记。我会抱你、亲你，在你睡着的时候把耳朵贴到你的小鼻子底下听你呼吸，以确认你和醒着的时候一样好好的；我会把你抱到镜子前，看你和我长得有多么的像，有生以来我从没有如此自豪自己的长相，世界上竟会有一个小东西长得和我一模一样，“像一个模子里刻出来的”——遗传的神奇让我深感作为父亲的荣耀。当然，当爹的幸福无原则地多：你哭，你笑，你闹，你发呆；你在梦里吧唧嘴，咯咯地笑出声来；你每天早上醒来第一声总是喊“爸爸”；

你喜欢坐在爸爸的肚皮上骑大马，说“up up down”；你会穿着泉不湿偷偷地靠近爸爸，一屁股坐到我的脸上，然后坏坏地大笑——所有这些，都在深切地提醒我，因为有你，无论如何我不会是一个孤独的人。我小心翼翼地守着这些依赖，记下你第一次开口说的每一个词，我出差尽量不超过一周，我担心在外时间久了，回到家你就不认识我了。

我对你有无尽的爱，跟每一个父亲对孩子的爱一样。我给你取小名叫巴顿，只是因为这个名字可爱、响亮，希望你硬实、快乐、磊落地成长，跟那个雄赳赳气昂昂的美国四星上将没关系。也许你必将经验波澜壮阔的人生，但是我最希望的事情却可能是，你做好一个健康快乐的普通人。让自己安于做一个普通人有多难，长大了你会知道。我没给你办满月，没搞周岁宴请，也没让你抓周。我担心过于仪式化，会让自己从此变得迷信，我不想在任何心理暗示的背景下，引导你沿别人的道路成长。我努力只在最朴素的意义上表达一个父亲对儿子的爱。我力求让自己、让你、让生活，顺其自然。

当然，如果说我还有什么隐秘的愿望，那就是希望你能喜欢上读书。不是为了让你成为一个“博学”的人，也不是为了让你当一个和爸爸一样的作家，而是要让你明白，世界上有无数种生活和人生，要从书本中获取足够的能力和平常心去做一个普通人。即使以后你有了天大的抱负，你也要以平常人的平常心去看待这抱负，不急功近利，不怨天尤人，不好高骛远，不志大才疏，你要为你的理想兢兢业业，踏踏实实地往前走。实现了固然可喜，失败了，也要坦然视之。就像爸爸现在这样，可以花好多年写一本书，仅仅因为我喜欢，多少年里努力去把它写好，至于能否写好，尽力之外的事情已经与你无关了。

儿子，爸爸本来是想写一封能让你笑出声来的信。虽然你有很多话还不会说，但我知道你都听得懂，你还不会走的时候，爸爸读诗、念故事、朗诵爸爸的小说给你听时，你躺在小床里一动不动，两眼瞪得溜圆，那时候你不说话爸爸就知道你都明白。可是这封信写着写着，我就让人厌烦地严肃起来，希望你不要烦，别转身就跑掉，看在我每次读书给你听都努力克服口音务求字正腔圆的费力劲儿上，你要理解：可能所有认真的爱，归根结底都不会是儿戏。

好，我们继续说读书的事。我把家里旮旮旯旯的东西都瞅了一遍，最后发现，能作为成长的营养给你的，只有我的六大橱书。你要知足。这些都是爸爸多年来精挑细选留下的最好的书。这些书里有你成长所需要的几乎一切东西，包括你不可能再有的乡村。这个爸爸小时候有。出门就是野地，就是自然，就是麦田、草木、河流和牛羊成群，但是爸爸找不到几本书。我在梁头、墙角、床底下和抽屉里搜到的几本掐头去尾的小说，很多年后才知道它们是《艳阳天》《金光大道》和《小二黑结婚》。但是爸爸有乡村，有端着饭碗可以吃遍半个村庄的街坊邻居，有家里养的一头水牛、两只小狗、三只花猫和一群鸡、一群鸽子和一群兔子。现在这些你都没有，你看不见草生长，看不见玉米和稻麦拔节，你也看不见猫和狗一起守护两只鸡在草垛边寻食，看不见小牛想妈妈时也会掉眼泪；你能看见的是这个城市里，对门和隔壁一年到头关门上锁，看见同龄的孩子被父母和祖父母、外祖父母抱在怀里，手举起碰到一片树叶也得用消毒湿纸巾擦干净，看见满街的人都藏在车里，中关村大街像一条流动的钢铁河流，你看见一个老人坐在路边小声说话，路人都要躲着走。

你看到的爸爸都看到了；爸爸看到的，你没看到。那个时代过去了，你无须经历，但我希望你能看到。我的书橱里有。我可以把那些故事讲给你听，你长大了也可以自己读；你能看到的和你看不到的加起来，才是一个完整的世界。你可以从容地读完的每一本书都会善始善终，生活不会随便在前后的章节里失踪。爸爸希望那些书能让你成为一个健全的、自然的，可以俯仰天地之大、品察万类之盛的人。普通人必须依靠这些最基本的事实和真理才能心安地活着。

道理讲大了你听着会累，你才二十一个月，儿子，话说多了听着你也会烦。说个高兴的，爸爸决定六月六号再给你理一个阿福头，只在头顶上留一小圈头发。四月份给你理过，你很喜欢，逢人就指着头发说“爸爸”。你在镜子里也指过爸爸的头发，又指指自己的，让我也理你那发型。不行，爸爸要顶着阿福头出门，全世界都会笑疯的。爸爸只给你理，这样我看见你时，就像在照镜子，就当爸爸也理了一个只有你能看见的阿福头。你和爸爸长得如此之像，你是爸爸的好儿子。

三天后，你的第二个儿童节就到了。爸爸给你准备了一个小礼物。祝你节日快乐。

几本书：

《草房子》，曹文轩著

《小王子》，圣·埃克苏佩里著

《瓦尔登湖》，梭罗著

《尼尔斯骑鹅历险记》，塞尔玛·拉格洛芙著

《爱的教育》，亚米契斯著

《夏洛的网》，E·B·怀特著

一张照片

儿子一岁多的暑假，我带他回老家，抱着他跟我的祖父、他的曾祖父合了一张影。照片拍得随意又日常，碰巧我们都站在院门口，祖父还拄着拐杖。他对手机拍照不是很习惯，表情有点疑惑；我儿子抱着我的脖子，因为光线比较强，也蹙着眉头；只有我站在中间，放松地傻乐。那一年祖父九十二岁，身体很好。他对照片很满意，一遍遍让我从手机里翻出这张，放大，他要看。他看着重孙子的皱着的小眉头，很开心地笑，他对着照片上的重孙子一遍遍幸福地说：小心肝啊。

祖父是个传统的文人，新中国成立前参加工作，做过小学校长，也见过一些世面。他会谈国家大事，看新闻、报纸和《半月谈》杂志，他也经常自省，跟我说，人老了，观念跟不上，说多了你别烦。他说他有一些老观念，改不了了，也不想改，比如四世同堂。祖父结婚不算早，我爸结婚也有点晚，到我，生孩子时已经三十三岁了。在我到了结婚年龄直至三十三岁之前，祖父跟我说得最多的一句话是：就盼着四世同堂。祖父说，半夜想起别人家有了重孙子，都流口水，睡不着。做梦都想抱重孙子。

四世同堂对祖父来说，是人生的圆满。

这观念拿到桌面上，免不了要被批判，的确是旧思想。但我理解祖父。活到八九十岁，一辈子没平安过几天，他要在能看见的时间里，看到一切都好好的。祖父早年被打成右派，整天戴着高帽子游街，被人往脸上吐唾沫和扔石头，然后发配回老家，给生产队养了很多年的猪。不堪折磨的时候，跳过楼；出过车祸；平反后过上了好日子，年逾八十又做了一场伤筋动骨的大手术。沟沟坎坎都经过了。在他看来，生命既值钱又不值钱，跌跌撞撞活到老，待在半亩小院里晒晒太阳，想不了那么多了。那就看好眼前事吧，该来的都来到，一辈子也算圆满。眼见我长成，工作，结婚，祖父开始一遍遍催我，说他晚年唯一的念想，就是抱上重孙子四世同堂。

祖父对“四世同堂”重复次数如此之多，以至“四世同堂”对我来说，既是内容，也是某种必要的形式。有了孩子，我努力每年带儿子回去，回到老家，我会随时随地提醒自己，给祖父和儿子拍照，拍太祖孙俩在一起的场景。拍照也的确方便，手机随身，打开来就行。从门槛边到饭桌旁，从理韭菜到捡豆子，晌午晨昏，各个时段的日常生活我都拍了个遍。那天伦之乐，每一张看着都喜庆。但独独忘了拍一张真正的“四世同堂”：有祖父，有父亲，有我和儿子。

不是没想过，但总是阴差阳错，真的就错过了。我爸是医生，到了七十岁才从岗位上退下来。有几次我想起来要拍一张“四世同堂”，恰好都是我爸上班时间。来得及，我相信一切都来得及。但偏偏就没来得及。祖父在九十七岁这一年，走了。尽管十天内我回老家三趟，尽管我紧赶慢赶，还是没能在最后时刻送他老人家西去。生活习惯于跟我们开过头的玩笑，你心心念念的最简单的事，它最终真就可能做不成。我没赶上拍一张名副其实的“四世同堂”，我没有及时地把父亲也拍进照片里。甚至我和儿子跟祖父的合影，也就那一张。

祖父九十七岁的夏天，故乡下了一场多年不遇的大雨，祖父在雨声里离开人世。雨过天晴，我翻检照片，看到了最接近“四世同堂”的那一张。祖父拄着拐杖，我抱着他的重孙子，身边空出一块，那本该是父亲的位置，而天缺一角，终是难以弥补的遗憾。

愿祖父在天上安息。

风景独好的远方

在众生的版图之外，他们登临一处处人迹罕至的荒凉所在，那里有冰山大川、江洋湖海，有荒野戈壁、修竹茂林，有稀奇古怪的瑞兽出没，北溟有鱼，其名为鲲，鲲之大，不知其几千里也，其翼若垂天之云；那里天高地迥，他们在大地上，在石头山，在汹涌的波涛上修习出旷世绝学。他们过着与我们完全不同的生活，他们生活在我们的生活之外。

——《南海行》

从黄昏进入夜晚的漫长三小时里，我待在甲板上，想认认真真地看一回海。

——《南海行》

恍惚文登是故乡

到一个陌生地方我常会问自己，来这里干吗？看风景、长知识、求舒心还是为了换个新环境打量一下生活？显然必居其一，太平世界去外地，目的也只能这么几种。但在文登，这个胶东半岛的海滨小城，我突然发现，其实这些年每去一个地方，潜意识里都在做个比较：这地方我喜欢还是不喜欢，怎么样，标准是不变的，参照即自己的故乡。也就是说，我在这地方总要有意无意地寻找与故乡相似或者相异的东西，环境、物产、风土人情、经济面貌、前景与可能，在这些指标下形成我对该地的基本判断。在国内，我总会在陌生的地方想起我的故乡，黄海边上的一座苏北的城市；或者缩小范围，我长大的那个产水晶的苏北县城。如果去国外，我会自然地以生活多年的北京作比，以在北京获取的所有城市知识作为背景，来评判我偶然寓居的城市。在此类比较中，我可以尽快地对一个地方产生亲和力并在宏观上有所把握——即使我很不喜欢它，反向的亲和力也是亲和力；即使我的把握南辕北辙，也总比茫然无知要好。

在文登，我把这个潜伏已久的认识发掘了出来。因为它实在很像我的故乡；当然也可能完全不像，我只是夸大了自己的感觉：我在文登的确找到了生活在故乡的感觉。

个人的习惯和趣味，我更喜欢小城市，安宁、宽敞、日常，生活保持着自行车和步行的节奏。北京的速度让我受不了，所有人都在向前冲，抢银行一样，地铁一开门，上去的和下去的人拥挤得像腹胀和呕吐，吗丁啉都解决不了问题。而且噪音巨大，马路上二十四小时汽车在叫嚣。你在马路边坐着，什么事都不干，半天下来都累得要死。庞大的城市机器在高速运转，看都让人烦躁、眼晕和气短。在文登，晚上散步，我跟一师友说，这晚上真是安静，空气也好，生活，写作，都让人安妥。师友不屑：虚伪，让你从北京搬出来，你愿意?我还真愿意，如果不是工作，我早换地方了，还少背一屁股房贷。去文登之后不久，我回了趟老家，那安宁妥帖的感觉立马回来了。午夜高远，天空重新恢复成圆形，星星在头顶上，每一颗都被擦得干干净净，城市又不会寂寞到杳无人声，你知道生活所需都在身边，触手可及，但这个世界的运行不会像漩涡一样把你卷进去，那浮躁和繁华，你可以进去，也可以随时抽身出来。

文登在黄海边，隶属威海，我故乡也在黄海边，海浪同时从远处涌上来，同一场海风吹进两座城市。街道宽敞、整洁，走在马路上，我可以把速度放到最慢，走走看看停停，生活可以不气喘吁吁，更可以不气急败坏；如果在北京，喇叭声催你快点，行人让你闪开，交通高峰时段，你会觉得你站在哪里都多余，这地方就不该有一个个体的位置。这城市的繁华和发展与一个个人是敌对的，它坚硬、庞大，刚愎自用，永远不会是你的。而文登和我故乡的城市，你行走、停下，一转身就会发现它的柔软和平常心，它已经在最日常的意义上容忍和接纳了你。这种地方才像家，可以散漫自由地生活；而在北京，你必须把生活搞得像另一种意义上的工作，每天坐到你的已经被提前规划好了的工作岗位上。这是我喜欢文登的理由之一。

在这里，让我想起故乡的，还有“文登”和温泉。

两千多年前，秦始皇东巡来此，“召文人登山”，遂名“文登”。有一说，始皇帝率众登的是文登山。不管登的是什么山，“登”应该是登过了。比秦始皇更早，孔子来到黄海之滨，在我故乡上了一处高地，从此成为古迹：孔子登临处。始皇帝和至圣先师应该都是好眼力，一定也都爱找好地方去，凭海临风，壮怀天下，这么推理，文登和我故乡显然都是好地方。坏地方各有各的坏，好地方的好却是相同的，到文登，我不能不想到自己的故乡。

温泉。我总认为有山有水是地方之幸，靠山可以吃山，靠水可以吃水，你有了就有了，没有就别再想了，除非下次地壳变动，上帝让世界重组，不过那会儿究竟有没有，谁也看不到了。整个山东有天然温泉十七处，文登就有五处，占了快三分之一，你只能把它理解为上天对文登青眼有加。五处者：汤村汤，呼雷汤，汤伯汤，大英汤，七里汤。汤者，沸水也。温泉咕嘟咕嘟往外冒，不像沸水像什么。温泉是个好东西，富含众多矿物质，每一种对人都大有裨益，科学上有一大堆数据可以铁证。泡温泉已然成了时尚，我也附庸风雅，去天沐温泉度假村

“汤”了一把。泡在大大小小的温泉池里，想象那些稀奇古怪的矿物质正以各自独特的方式潜入我的身体，那感觉很像当年在故乡的温泉，我和一帮外行朋友围池而坐，光着上半身讨论温泉究竟如何有益于我们身心。文登的温泉偏咸，我们那里是淡水，稀有的矿物质不管咸点淡点应该都是不会变味的。故乡的温泉在一个镇上，此镇以温泉为名，据说是华东第一温泉。天沐温泉的水温正好，让人昏昏欲睡，有那么一瞬间，我觉得自己是在故乡的温泉镇，只是水变咸了。

如果说最能得到熟悉的故乡式的日常感受，还是饮食。我的家乡和山东接壤，母亲是山东人，和其他地方的江苏人比，我们家的生活和饮食与山东更接近。我说的不是达官显贵出入的饭局上的饮食，不在豪华饭店和某某宴上的，那种饭菜和排场你从天南吃到海北，每桌都一样；我说的是民间，随便走进谁家，赶上饭点盘腿就可以放开来吃的那种饮食。材料简单、朴素，从泥土和水中刚刚脱身，原生态地就上了桌。大葱刚从菜园子里拔出来，剥皮、冲洗，湿漉漉地堆在你面前；面酱刚从坛子里舀出来，直接放在白瓷碗里，不需要精致的小碟子；海鲜是真的海鲜，从海水跳进锅里，只放了一点盐，甚至盐都不放；馒头刚刚出锅，比拳头还大，因为火大表面裂开来；野菜摘过、洗净，塞进嘴里的时候还往下滴水；有生辣椒和大蒜，有带壳的生花生；可以坐在炕头，也可以坐在院子里，想怎么吃就怎么吃；不必考虑精致和优雅，不必警惕生猛和粗陋，让吃重归吃本身，回到最基本的口腹之欲上，而不是表演成社交、身份、阶层、文明、素养、姿态等酒会、宴请上抽象的书面语。吃就是吃，畅快淋漓，无所顾忌，保持着事物与嘴巴的忠贞的唯一对应关系。

在文登，我在一户渔民家和山脚下的一家小馆子里吃到了这样的饭菜，实实在在的、纯粹为了吃而做的饭菜。所有的东西都从身边来，方圆二十公里以内，山上的，水里的，泥土中的，绿色，环保；不分阶级和名分，不讲营养和搭配，不考虑色、香、味的协调，不管菜系和帮派，洗干净了就端上桌，做熟了就能下肚；一桌人都吃大葱蘸酱，谁也别嫌弃谁说话有味，吃得肆无忌惮人仰马翻好不痛快。同行的一群人都常年文雅，终于有人惊呼，很多年没吃过这么爽的饭了！有人又给他递进一下：此饭之前，很多年里简直就没吃过饭！

我相信这是绝大多数出入大小饭局者的心声。甚至是我这个与局无甚关联的人的心声，的确，这样的饭菜很多年里都很难吃到了，它实在太家常，过于家常，家常到跟满汉全席一样，不是想吃就能吃到的。开始是客观上吃不到，后来，我们连主观上想吃的念头都没了——已经忘了还可以这样无所畏惧地、原生态地吃饭。也正是这一点让我更生乡愁。在老家，多少年我都是这样家常地吃饭，没有客人，来了客人也不会被当成客人。桌子前坐的就是吃饭的；凡能进嘴者，皆是饭菜。我故乡的饭菜，和文登的这家常的饭菜一样家常，很多根本就完全一样。故乡与山东接壤，我们在饮食上也是邻居。

所以在文登，有朋友问我，习惯吗？我当然习惯，太习惯了。他们要么拿北京的习惯看我，要么拿江苏的习惯看我，确切地说，拿苏南的习惯看我，岂知我在苏北，与山东既近邻又近亲，更主要的是，在文登，我常有恍惚，以为自己回到了故乡。

汤 阴 行

很多年前我坐在牛背上，手持长树枝对别的孩子大喊："汤阴武举岳飞，来也！"对方也在牛背上，要做惶恐招架状我才觉得有意思。他必须穷于应付才对，因为我是岳飞，他是小梁王。那时候我们还小，喜欢在放牛时打打闹闹。那时候整个村庄都没几台电视，一到晚上百十号人围住一台电视机，像看露天电影。我们最喜欢看的是电视里岳飞骑在马上，从汤阴来，手提一杆长枪，长枪挑了小梁王。我们都记住了，汤阴武举岳飞，伟大的英雄，来也。

这是我关于岳飞的最早记忆，因为岳飞我记住了汤阴。很多年里，我不知道汤阴隶属安阳，不知道安阳隶属河南。我以为汤阴就是汤阴，雄伟飘忽地存在于中国的大地上，只隶属岳飞，那里人人都像电视中的岳飞一样说普通话。多少年来，有无数的时间和机会可供我去了解和深入，但我拒绝那样干，我想当然地要保持其完整性，只是顽固地守着岳飞和汤阴，一遍遍在心里念叨，直到他们变成我记忆里一个抽象的结。

每个男孩都有他的英雄梦，他要顶天立地的楷模和偶像，来引领他的精神和体格向上成长。当我还赤脚赶牛走在野地里时，岳飞端坐马上，背负“精忠报国”，提枪，射箭，怒发冲冠凭栏处，朱仙镇交战锤对锤。强健的体格，深远的抱负，巨大的力量，广博的精神，曲折跌宕的命运，辽阔的悲剧结局，他符合一个少年对英雄的全部想象，所以，他只需要在电视连续剧有限的时间里就可以完成对我最初的“英雄启蒙”。“最初的”在某种程度上也意味着“唯一的”，这也是多年来我对这个九百年前的人物念念不忘的原因。我追着看《说岳全传》，看《岳飞传》，每天中午抱着收音机听刘兰芳的评书，我断断续续知道牛皋的脾气很暴躁，知道岳云先传使锤后证使枪，知道杨再兴误走小商河万箭穿身，知道“青山有幸埋忠骨，白铁无辜铸佞臣”。但是，我不知道河南有安阳，不知道安阳有汤阴，不知道实实在在的岳飞几百年前如何在汤阴的土地上走走停停、三度从军。

——这一次我知道了，2008 年 5 月 27 日，自北向南，一路无边的麦子等待收割，我来到河南安阳——岳飞的汤阴。

必须承认，贫乏的地理知识往往也能给我惊喜。比如汤阴，你现在让我在地图上指出它具体在哪里，我依然会手足无措，但是我可以告诉你，我所见者皆能让我欢喜和有所得。我在心里一次次高兴，对上号了，又对上号了，原来如此，原来如彼，原来一个萝卜一个坑。它们在我混乱的知识和记忆里逐一恢复了秩序。比如，到了汤阴县城北的羑里城，我恍然大悟，哦，文王拘而演周易，就是在这里。当年的周族领袖，后来的周文王姬昌，被殷纣王疑忌，困于羑里，八十二岁须发飘飘，坐卧土台之上把伏羲八卦演绎成六十四卦，三百八十四爻。传说中的老人家以天地为根源，断定世事非阴即阳，阴阳交感乃有万物生焉。这个我知道，可我不知道老人家就是在汤阴，在英雄岳飞出世前两千多年，已然完成了世间万物最伟大的换算。然后这里还有《诗经》，准确地说，这里是《诗经·邶风》的生发之地。很多年前我摇头晃脑地背诵“燕燕于飞，差池其羽。之子于归，远送于野。瞻望弗及，泣涕如雨”时，我哪里会想到这《燕燕》是从汤阴来，它和岳飞同在一个故乡。当然，我还可以从汤阴把眼光放开些，往安阳说，盘庚和殷墟，甲骨文和奴隶，药店、小屯村和王国维；往河南说，那就是浩浩荡荡的中原文化，源远流长；然后是说也说不尽的继续“往下说”。

从这里到那里，从一个点到整个世界，在我的逻辑里，一切都可以从岳飞出发。

但接下来我的问题是，真正走在汤阴的土地上时，我发现彼岳飞已非此岳飞了。我遥想多年的那个骑白马握长枪叱咤风云的战神只能是悬在半空里，他被我剥夺了可能有的烦琐的尘世背景，他纯粹、遗世独立、脚不染尘，他的身上没有汤河水的味道，他身后的九百年外，他的故里程岗村没有破旧的房屋，街巷里不落草梗和牛羊的粪便，杨树和柳树终年不会落叶，他的故居的门槛上不会坐着一群穿拖鞋、卷起裤腿的后代和乡邻。事实是，这个在北宋时候被称作汤阴永和乡孝悌里的地方，和我见过的很多中原的乡村一样，有泥土和瓦房，有灌木、草垛和一处处废墟，有炊烟、烧酒和一群群过日子的质朴的父老乡亲。它们和他们，一起把岳飞拉回了人间，给大英雄还原了烟火气，让他在大地上立住了脚跟，虽然他贵为王侯和统帅，像神和佛一样被供奉起来。

但供奉又各有区别。供奉一个作为神的神和供奉一个作为人的神，应该是不一样的，因为本质上后者是“在我们中间”的，他是“从群众中来”的，也应该再“回到群众中去”。所以他的神武、他的忠孝、他的民族大义和音容笑貌，就变得平易，变得鲜活和栩栩如生，变得可资师法和学以致用。我们可以接近、审视和融会贯通。他是在人间的。在这个意义上，我更喜欢一个在人间的岳飞。

的确，在岳飞的故里、在岳飞庙、在岳飞先茔，在史迹、文字传说和民间演绎以及乡邻们的讲述里，我看到了作为一个人的神的美好品质正在被宣扬和流布。他完美、战无不胜，几近无所不能，堪为万世师表。当所有的宣扬和流布者都扬起了向日葵般的脸，我觉得岳飞离我们还是有点远。是否还可以再降下一个调，是作为一个人的人，他的美好品质正在被我们所有人切实地奉为典范：忠直，勇决，仁孝，俭朴，民族大义。让人与人对话，让岳飞的精神得以更好地普及和转化。这么说一点也不矫情，当然也无关什么主旋律，仅仅是，作为一个人最基本的美好品质、一些正面的价值，大英雄岳飞身上所能焕发出来的精神光照，在此时在此地，得到坚定的确认，让它在人群里、在人间壮大，生成希望然后收获果实。当年我坐在牛背上仰望那个抽象的英雄梦时，大约不会想到若干年后，一趟实地的汤阴之行，它从悬浮开始降落，来到了烟火人世。

去额尔古纳的几种方式

从呼伦贝尔一路往东北走，出了城区同行的人就陆续睡着了。我努力醒着，为的是跟包师傅说说话。初秋的午后太阳很好，酒足饭饱，困倦之意忍不住升腾上来，包师傅免不了偶尔也恍惚。开车时包师傅不太喜欢说话，但那个下午我们聊得很好。我们去额尔古纳。一辆越野，五个人。大概七年前，我好像去过额尔古纳，记不清了，呼伦贝尔太大，草原上、白桦林里处处是美景，我就分不清哪里好看，哪里更好看了。那一次我们一个团，二十多号人，一辆中巴车，一路唱歌、讲笑话，路途的遥远和艰难完全不知道，怎么到的额尔古纳我也没有印象了。不过可以肯定的是，三五个人驾着一辆越野车在草原上奔驰，应该是去额尔古纳的最佳方式。车足够宽敞，怎么歪着坐着躺着都可以，有美景可以随时下车，累了就停下来抽烟，碰巧赶上个驿站服务区，买两听罐装咖啡，喝过后就像游戏中满血复活的大力神。的确也是，见羊群我们停，遇马群我们停，有一群奶牛经过我们也端着相机照。还有神山和圣湖，一个都不能少。

但是包师傅说，去额尔古纳最美的方式是骑马。一匹好马，一天能跑四百里，这差不多是我们此行距离的一半。我想象我们几个人策马扬鞭飞奔在国道上。包师傅就笑了，骑马怎么会在国道上跑？当然要横穿草原，取最近最直的路。再坚硬的马蹄和马蹄铁也受不了柏油路面，得在暄软蓬勃的草上跑。一个朋友迷迷糊糊插了一句："包师傅曾是牧马人。"说完又睡过去了。我更来了精神，追着包师傅听当年的牧马生涯。

一晃四十年了，那时候包师傅二十出头，到陈巴尔虎左旗当知　青。草原上知青最羡慕的工种就是放马，拉风，骑上去吆喝一声就下去几十里地。放羊的、种地的、养猪的下乡青年看着直流哈喇子。"姑娘们也喜欢。"包师傅嘿嘿一笑。他和另一个知青搭档，一千四百匹马，乌云一样在草原上涌动。"我们想去额尔古纳。"他和那个上海来的知青搭档。当然是骑马。坐火车很麻烦，得先到海拉尔，骑上一天的马，还不知道能否赶得上唯一的一班车，错过了就得在火车站待上一宿。上了车也不痛快，那火车慢，见站就停，"光吃光吃"，包师傅用的就是这个词，还得绕道，四百里地一天都未必跑得完。

"那会儿火车时速多少？"我问。

"谁知道。"

"你们没去？"

"没去。没去成。"

火车没去成，马也没去成。生产队不允许。赶不上探亲假，马得天天放。去额尔古纳来回得三四天，到了你总得看看吧。每人一匹马这么跑下来，受不了，哪舍得让你喜欢的马一口气跑那么远？得有备用的。有一回差点成了。大冬天，一场雪刚化，生产队空出来时间，两人在队长的默许下上路了。出发时天已经黑了，但月亮好，他们打算跑累了借个蒙古包睡一会儿，醒来继续走。

“那晚月亮真好，草原亮得像一片海子，”包师傅说，“你睡着没？我们看见狼了。”我一惊，清醒着呢。“狼呢？”我问。狼在野地里站着，看样子吃得不错，肚大腰圆，听见马蹄声就跑。包师傅和搭档打马就追。他们庆幸随身带着套马杆，防着这事儿呢。大白月亮下两匹马追一头狼，天高地迥，天清地泰，包师傅让我看着车外的草原想象那个壮观的夜晚。马跑得快，狼走得更疾，一路脚不点地。那狼肯定吃多了，身子越跑越沉，慢下来。套马杆都抓到手里了。那头狼奔到一处挤满碎石的高地上，一声长嗥，吐了。“这是它们惯用的伎俩，”包师傅解释，“轻装上阵速度又快了。”果然，肚子空了的狼重新提了速。

“结果呢？”

“结果我跑丢了。”

包师傅的马速度跟不上，被落下越来越远，只有上海搭档一直盯紧了跑。包师傅眼睁睁地看着同伴骑着他的大黑马和狼一起消失在夜半的地平线上。包师傅仰观天象，现在与额尔古纳南辕北辙，已经后半夜，人困马乏，可怜的枣红马鬃毛上的汗没滴下来就结成了冰。他决定找个地方歇一会儿，他记得这附近有个牧羊的蒙古包。找到后，倒头就睡。天快亮时，包师傅突然觉得被窝那头钻进来一个冰坨子，竟是上海知青。那家伙说，累死老子了。指了指蒙古包外，头一歪睡着了。

第二天一早，包师傅起身到了蒙古包外，赫然看见一张新鲜的狼皮挂在木栅栏上。上海的搭档昨夜终于套住了那头狼，拖得它断了气。他想把死狼捆到马鞍后面带着，大黑马不答应，它怵这东西。没办法，他只好在一处蒙古包的遗迹上找到一个遗弃的酒瓶子，敲碎，拿一块玻璃碴当刀，顺手剥了狼皮。卷起来放到鞍后，这下大黑马没意见了。“狼皮一定要留，”包师傅说，“那会儿供销社收，好皮毛能卖到八块钱。大数呢。”等上海知青醒来，两人再合计，路越走越远，额尔古纳是去不成了。于是上马原路返回。

“想来真是遗憾，放了三年半马，竟然就那么一次机会。”

包师傅再也没能骑马去额尔古纳。然后知青返城了。额尔古纳有最好吃的面包和灌肠，作为牧马人的包师傅没有吃到。

故事讲完，额尔古纳到了。我们的确吃到了美味的面包和灌肠。其实额尔古纳的美味还有很多。不过我想说的是另一件事。晚上我们在马路上散步，遇到一个借火的老兄。

九月夜晚的额尔古纳已经开始清冷，街道上零星的行人和车。借火的老兄把摩托车停在路边，夹着根香烟等着对面有人来。我用打火机帮他点上，他用山东和东北夹杂的口音谢我。一身摩托客装扮，头盔，防风服，登山鞋，武装到了牙齿，独独在半路上丢了火。他刚从根河骑过来，一定要在额尔古纳住宿。他喜欢这地方，每次骑行漫游到附近，只要车程不超过四小时，都要睡在额尔古纳。“听听，额尔古纳。不知啥意思你都会觉得这名字好听，是不？”他说。年轻时他在辽宁当了六年兵，就想着来额尔古纳玩。然后退伍了，然后在老家烟台工作了，然后退休了，终于可以来了。一个人骑着摩托车，满世界跑，额尔古纳却是每年都要来的。他拍拍胸脯，“咱这身板！”的确是条壮汉，说四十我也相信，就是风吹日晒脸膛黑了点。

“跟你说老弟，趁年轻要多跑，”他一副掏心窝子的眉眼，“摩托车是首选。肯定的。咱不看别人脸色，一切行动听自己。你是江苏人？好，啥时候还想来额尔古纳，给老哥言语一声，咱哥俩一起来。一定要记下我的电话啊。”

我记下了。抽完两根烟，精神头足了，他附在我耳边说：“额尔古纳你一定要再来。我今晚要住宿的那家旅馆，老板娘人是真叫一个好。”然后戴上头盔，跨上车走了。

我们从马路这头走到那头，返回来时经过一家旅馆，烟台大哥的摩托车停在门口。

看见普者黑

听见普者黑到看见普者黑，经历了漫长的二十年。二十年前，听见有人说“普者黑”，在当时转瞬即逝的语境里，我都没听懂这词是啥意思。不知道所指为何也不妨碍我记住这三个字。

这就是汉字与生俱来的魅力。普、者、黑放在一起，即使你对此一无所知，仅凭三个汉字的色、香、味和感觉，你也明白这是一个妙不可言的组合。妙在哪未必要尽数洞悉，意会到了即可。这也是汉语操持者必要的敏感，我们不能忽略与任何一个字词劈面相逢的第一次。我写过一部长篇小说《耶路撒冷》，写作的动机之一就是喜欢这个词。小时候头一次听见这个词，我同样不知道它是一个地名，更不知道它是一个音译外来词，也许知道了也不会关心。我只是顽固地喜欢耶、路、撒、冷这四个字的这种组合，有无比美好的音韵与平仄，它给我一种沉郁、黑暗、坚硬、高冷的感觉。若是这四个字换一种顺序组合，它就是一个平常乃至平庸的词，它也就不会像结石一样跟随我多年，让我放不下、排不出，念想起来即有难言的审美之疼痛，最终蚌病成珠，让我不得不为这个词写一部四十多万字的小说。当然，我后来知道了与它相关的该懂的一切知识——知识是后来，深入内心的，是它们作为一个个赤裸汉字的原初：它们无所指，它们又指出了所有。

耶路撒冷之后是普者黑。听见它时，只是三个汉字，古朴、沉静又暗暗地高拔，如同行走汨罗江边在内心念及《九歌》与《天问》的屈原，峨冠博带，一袭粗重的亚麻灰衣。注意，是灰色，不是黑色。这才是普者黑。那时候我根本不关心它是干什么的，从哪里来；它是彝族语言的音译，意为"盛满鱼虾的湖泊"，跟我有什么关系？我单纯地喜欢"普者黑"。

说没关系肯定也不现实，喜欢了你就会去打听了解，你根本遏制不住好奇。于是我知道它是地名，在云南、文山、丘北，是小一号的山水桂林，一处旅游胜地。我从文字中、图片上、音像资料里一点点为这三个抽象的汉字寻找发肤血肉，直到它由三个字真正还原为一片土地，有山有水，有风物人情，有翻山越岭行路难，有舟行水上荷叶田田，有彝族壮族苗族兄弟姐妹的哀喜荣辱和一日三餐。普者黑变成了日常生活本身，"普者黑"在我心里才真正活起来。

从普者黑活起来到真正看见普者黑，又是十年。这个夏天，终于去了普者黑。几年前去过的朋友说，交通不便，从昆明开车过去六个小时，一路颠得七荤八素。这也是普者黑多年里旅游不能大火的原因。我运气好，起大早去首都机场，落地昆明后转高铁，再七十五分钟到普者黑。我跟朋友说，你那是短信时代，我已到微信时代。朋友问，感觉如何？我答，一见钟情。

终于看见普者黑。车往酒店走，满目青山。那是正儿八经的青山，漫山遍野的苍翠和浓绿，植被丰肥，草木给一座座山穿上了蓬勃苍绿的羽绒服。同车云南的朋友对我的惊讶表示惊讶，山不该是这样吗？他无法理解一个久居北方的人对丰沃的十万大山的感激。世界对朋友来说生来如此，彩云之南从不缺山少水，也就断不会缺山中草木水里游鱼：草木一生都不凋零，流水永世不会断绝。而这些对一双一年有大半时间只能看见寒山枯木瘦水的眼睛来说，连绵涌动的绿是多么奢侈。我把脑袋伸到外面，深呼吸，每一口都像这辈子能吸到的最后一口气，清朗、甘甜，我几乎能看见挨挨挤挤的负氧离子欢快地流入我的肺部。下起小雨，绿变得更加浓酽，几成固态，可以一勺一勺地挖起来装进瓶瓶罐罐里带回到北京。

好吗？朋友问。

好！我说，可堪清心明目洗肺醒脑，兼及澡雪精神。

我把蹦到脑子里的词全用上了。然后就习惯性地想，能在这地方待下去该多好。过三十五岁，见了好地方就流口水，开始没出息地胡思乱想，若是在这等良辰美景中日出而作日落而息，岂非人生大美。阴雨普者黑的天也高远，坐在车里人也有种正直慷慨地行走天地之间的壮阔感觉。水到渠成，我问起朋友普者黑的房价。好像我真能安居此地。朋友一笑，这才是在通往普者黑的路上。

我着急了。默默地惭愧两分钟，数着山头往前走，等着水出现。既如桂林，当山水相济；果然，一大片荷塘在右前方展开，看不见水，拥挤的荷叶把大地抬升到一个绿色的新高度。普者黑有万亩荷塘。一方方一块块，接下来的几天里部分地见识了：水生处即生荷。而普者黑几乎处处生水，山不转水转，一个山角拐过来，一条路折道弯、世界豁然开朗，又一片飘飘举举的莲叶。万亩荷塘实在是太谦虚了，十万亩应该也算不上大话，五十六个大大小小的湖泊，各拿出十分之一的水面任莲藕自然生长，整个普者黑定然是触目皆荷。

对荷我不陌生。小时候屋后有条河，叫后河，夏天半条水里都是荷。绿的叶，粉红和白的花。到秋天，一个猛子扎到水底，从淤泥里挖出一节节胖胖的藕。后来水落下，荷枯死，再后来，河也被填平种了庄稼。不知怎么水就从我北方的故乡一点点隐退，大大小小的河一条条消亡。干涸的水道与河床如同蟒蛇蜕掉的皮，经年风吹日晒、尘沙掩埋，竟夷为了平地，仿佛那些河从不曾存在过。由此我对水、对荷别有一番情结。我盯住普者黑的荷看。看见了荷花中的大洒锦和小洒锦。

这两个品种我故乡没有。事实上普者黑之外的地方都没有。普者黑的“彩荷”，据说是荷花家族中的活化石，有两百五十万年的历史。尤以大洒锦和小洒锦最为著名。一半白一半红的荷花叫大洒锦；白花瓣边上镶有粉红边的，叫小洒锦。两种荷花看过去都有某种诡异的别致，这基因得有多严苛的警醒与分工，才能在荷花生长出来的时候让它遵守钢铁一般的着色规矩。我不免拿小人之心去揣度，若是造物打个瞌睡，大小洒锦趁机神经错乱那么一下，会如何呢？还有那并蒂莲，两朵红色或白色的花背靠背开放在一枝藕秆上；如果一不小心，大洒锦和小洒锦开成了并蒂莲，又将如何？若非天行有常，真想在荷塘边上一坐数年，就等着它哪一天基因突变，恶作剧一回，倒也是挺有意思的事。

荷生长在水里。“盛满鱼虾的湖泊”，那么普者黑就是名副其实的高原鱼米之乡。问题是，普者黑是喀斯特地貌，处处皆漏斗形的普者黑之底，竟然能蓄住如此众多的水，也是奇观了。有奇水必有奇山。我喜欢普者黑的山，不拉帮结派，不迂阔懈怠，也不刻意标新立异，把自己弄得佶屈聱牙、剑走偏锋；普者黑的山以孤峰为多，一座座安静敦厚地坐落在自己的地盘上，不张牙舞爪，不歇斯底里，却自有其大自然的鬼斧神工，它们从容地自尊与自美。普者黑的山共三百一十二座，从数目上你也可以判断出，它们是如何相敬如宾。

普者黑不大，而山水如此之多，可以想见山水要怎样才能相洽相谐。我的感觉是，抬头见山，但山不会成为你越不过去的坎儿，没有一座山愿意把这个世界截然切分成音问隔绝的两半，只要你使劲儿多走几步，多转一个弯，你就能与山那边的人握手言和；也没有一块水浩大到极目苍茫，让你只能望湖兴叹——不仅是因为水上有桥，桥边有船，而是那些水都含蓄节制，知道如何更好地自渡和渡人。山映入水，水环抱山，山脚水湄，散落的是普者黑悠闲的人家。在这个资讯高度发达、世界已经不再有旅游死角的时代，我能想象出的最后一个桃花源，大约也就这番模样了。再有鸡犬相闻，黄发垂髫并怡然自乐的天伦美景，一个现代的武陵人来，可能也不愿走了。

但这个世界已经不会再有桃花源。普者黑也不行。这个时代任何一处山水大美之地，都逃不过这一悖论。

资讯如此发达，没有哪个角落的消息不会走漏到世界上，一方美地，如普者黑这般，绝不可能偏安一隅。不说这里的天高地迥和美景、宜居的气候、创世般原初的清新空气、彝壮苗少数民族的别样风情、美食美酒美人，单冲普者黑这个可以打一百分的名字，外面的人也会如狼似虎地扑过来。加之高铁又通达，相关的旅游设施逐渐配套跟上，普者黑想还停留在过去的那个普者黑里，已经不再可能。普者黑不仅是普者黑的普者黑，还得是全中国乃至全世界的普者黑；也只能是。

但若改变站着说话不腰疼的旁观立场，以普者黑的角度，那我们将会发现，普者黑必须向整个世界敞开。世界在加速度地往前跑，不管我们是否赞成 GDP 作为现代社会发展的最重要指标之一，我们都没有任何理由将这片美丽的山水单独放置在一边。桃花源不是理由，环保也不是理由，因为有一个更过硬的指标必须得到足够的尊重：普者黑人是否跟这个世界上其他人一样，过上了好日子。房子宽敞舒服吗？腰包鼓起来了吗？高科技的成果享受到了吗？他们置身世代存身的大地之上，跟闯人的游人一样感受到了家园山水之美了吗？这些普者黑人必须有，不需要任何理由。

普者黑要发展，发展就要付出被侵入和篡改的代价。当普者黑把民族风情和生活细节拿出来公开表演时，我在欣赏享受的同时，同样感到了忧伤。我知道所有可以表演的东西都在逐渐远离它们的原初，表演得越好越像，离它们的“是其所是”就越远。但没有这样的表演，我又如何了解和体悟普者黑，如何真正地“看见”它？我参与了侵入，我也参与了篡改。一个游人如我，同样也陷入了悖论：我千里迢迢奔赴，究竟是干了一桩好事还是做了一回恶人？

当然，事情的真相可能是，普者黑的内与外、驻守和变迁根本不必要非此即彼剑拔弩张：世界在发展，普者黑也要发展；世界在变化，普者黑也必要跟着变化；安知改变就一定是坏事，就如画地为牢很可能也不是好事一样。所以，顺其自然也许就是正途。假若这顺其自然中也有不尽如人意处，那就当是正途上也会有的曲折。当然，把正途尽可能裁曲取直，这也该是普者黑和所有对普者黑存着一份心的人需要谨思慎行的。比如发展中的环保问题、节奏问题、宏观规划与细节落实等问题。不管如何变，山水是根本，普者黑人是根本，普者黑人的日常生活是根本，守住这些，才算真正守住了普者黑。

离开普者黑弹指月余，古人说，每日三省吾身，我是每天至少想到三次普者黑。每到饭点，我就如黛玉捧心般抚到肠胃的位置，肠胃的炎症尚未有大的好转，我必须斟酌每一餐的伙食。这是普者黑在提醒我。切莫贪杯，亦不可贪辣。普者黑的酒太过老辣，喝多不得；普者黑的辣椒牛气冲天，我一不小心吃多了；那一餐晚饭上，我大杯喝酒大口吃辣，的确是实实在在"嗨"了一把，半夜肠胃就揭竿而起。去医院，医生说，肠胃娇气，至少要养三个月。

也就是说，听见、看见普者黑之后，我还得再念叨普者黑三个月，每天至少三次。

古县牡丹记

为看牡丹，不舍昼夜。前一夜就没睡好，梦做得断断续续，早上起来去机场，从广州飞太原。出了太原机场发现天冷，大风把人吹歪了，这已经是四月底，出入机场的人中竟然有穿棉袄的。那感觉很怪，就像你兴冲冲地跑来见故友，撞上的却是个生面孔，有种猝不及防的恍惚和荒唐。我缩着身子赶紧钻进接机的车里。果然，接机的朋友说，天太冷，牡丹还没开。觉得那生面孔立马冷飕飕的——我为看牡丹而来。传说山西古县有天下第一的牡丹，自唐以来，一千三百余年矣，单株繁华，生生不息，去年的这个时候，已经一口气开了六百二十一朵大牡丹。我形容不出单株上六百多朵牡丹并举该是多大的盛景，已经在想象力之外了。传说总是不胜其大，我想亲眼看看。偏偏逢上时令倒错，该冷时不冷，该热时不热，到哪里都觉得衣服穿错了。整个人都别扭。更有别扭的在后头，车子往古县走，半路上太阳当头，风雪却扑面而来，密密麻麻的小雪花把车子和整个大地包在里头。我头一次遇到这种天气，见过太阳雨，没见过太阳雪，还是在四月底。

这雪落到牡丹身上，照它国色天香之尊贵，就算开放了也得像含羞草一样合上。同行的一位老师说，有某前辈作家写过一篇《牡丹的拒绝》，也讲某地牡丹该开时不开。不过那位前辈说的是某个必将清醒地载入史册的特殊年份，或为天灾或为人祸，反正那年该前辈看见的牡丹正拒绝开放。

如果说那年的牡丹抱闭枝头可以归为人祸，那我此次欲瞻仰牡丹而不得，可能得算作天灾。这两年整个地球都不消停，这里震完了那里震，比着把人类往死里整；还有火山爆发，还有全球变暖，还有我们西南的大旱以及北中国没完没了的冬天。就在我写这篇小文的五月下旬，南方旱完了转身就涝，大雨淹没了街道，车在马路上必须当船开。我不是气象学家，我也不相信玛雅人世界末日的宏大预言，但我没法无动于衷，这诡异的气候我就很不科学地称之为天垂异象。

这四个字让我觉得人的无力和渺小。但是，从道理上讲，似乎所有天灾就能归结到人祸，能把世界折腾成这样，你要说人无力和渺小又很没有道理。我在车上一路掂量着这个悖论，穿过风雪和太阳，一会儿又下起小雨，乱糟糟的天气里我第一次亲眼看见窑洞和黄土高坡。那满眼的黄土啊，我好像一眼看见了故乡的冬天。赤裸和荒凉是相同的，区别在于，我的在北方的故乡，冬天里黄土裸露，但瘦寒萧索，看了让人想哭，而这连绵不尽的黄土梁子，就是赤裸和荒凉也有一种饱满的喜气洋洋。但不管如何的饱满和喜气洋洋，赤裸就是赤裸，荒凉就是荒凉——如果能长出绿叶，开出花朵，那会是何种的效果？牡丹不见客的失落此刻重新鼓舞了我，我的确在那一刻想象，株牡丹枝叶团簇，枝繁叶茂，在望眼欲枯的黄土上猛然站立出来。没有花，那绿的叶子也能给你众多的希望。

这样的描述可能招致嘲讽。我得承认这是我第一次来山西，多年来对山西抱有偏狭的想象。我也知道，黄土只是在山西的脚下，黄土之下有煤，黄土之上有山有水有草木，有古城、大院、美酒和遥远的晋商，还有丰厚的历史，还有很多，我知道的和不知道的。事实证明我的想象错得离谱，古县的牡丹坐落高台，在牡丹园里，亭台楼阁，错落生姿，隔水相望的是山脚下一尊三十九米高的汉白玉牡丹仙子雕像。谁也没见过牡丹仙子，但谁都说这就该是牡丹仙子像，雍容饱满，富贵从容，她若走入凡间，必也是人中牡丹，裙裾带起的尘风也是香的。至为遗憾，我看牡丹时，只看见无数的花骨朵矜持地攥紧了。但她气象俱在，高两米多，枝干已经木质化，仿如一棵树，丛围十六米，冠幅达三十多平方米，专家考证，此花为国内目前发现的单株最大野生白牡丹，故被誉为“天下第一牡丹”。

我对牡丹知之甚少，有限的见识来自北京植物园和图画。某年去植物园游春，碰上一大片牡丹姹紫嫣红开遍。尽管花朵硕大丰肥，开得淋漓尽致，但我总觉得用“怒放”一词形容很不合适；不是因为这个词已经被用烂了用坏了，而是觉得牡丹之盛开有种宽厚雍容的气度，即使绚烂之极也不喧嚣，所以绝不会披头散发地“怒放”。这一点在图画上表现得更为精确，中国画中的牡丹图堪称一绝，质地纹理和精神都能完美地摹状出来。好的牡丹图不会枯和寒，也不会乱和闹，而是丰盈肉感与娴静清雅相与补济。她就那么站立，开放，游人围困万千重，我自岿然不动。古县的牡丹没有开，我只能到网上搜出她往年的盛况。在那些摄影师的特写里，六百多朵，每一朵既不枯寒，也不乱闹，每一朵都丰盈肉感都娴静清雅。

事入极致总要出神。这千年牡丹在古县俨然成了神，那一天我们进了园子，香火正旺，游客往鼎形的大香炉里插香，往牡丹的枝茎上系上祈福的红绸条，在尚未盛开的牡丹前虔诚祷告。古县的一个朋友说，牡丹灵呢，你看见这四株环绕护佑牡丹的芍药了吧，每年都会默无声息地变换位置，灵着呢。他的意思是，这四位使者每年都会在你看不见的时候悄悄地移动位置，今年这里，明年就到了那里，如同行星环绕地球。据说有人做过试验，头一年在每株芍药上留下记号，来年检视，果然。那朋友言之凿凿，不由我不信。那好吧，这世上的确有无数解不开的谜，既然牡丹可以千年不老，生长在古县的这片黄土梁子上，为什么护花的使者芍药就不能围着主人一年年地转圈呢？念桥边红药，年年知为谁生。

我等不及第一牡丹开放就得走，古县虽好也不能久居。就当是留个念想，待来年风调雨顺，天从物理，再来观瞻。此文小记，也算念想。

南海行

半夜醒来，从舷窗望出去，大海上有种奇怪的黑。为了看明白，我从船舱里出来，一个人跑到甲板上。这艘大轮船从海口出发，去三沙市的永兴岛，夕发朝至，正行驶在半道上。我没坐过长途轮船，听说海上惊涛骇浪，会吐得里外掉个个儿，吓得我上了船就在耳朵后头贴防晕贴；船开动，先在床上躺半天，平心静气，发现那种胃里长草的晕车感觉没上来，有的只是火车硬卧上铺硬邦邦的微小颠簸之感，放心了，才敢爬起来去看大海。大海坦荡，天热，海鸟飞得都低。

这是八月，南海是一个大汗淋漓的蒸笼。海风吹到脸上黏糊糊的，摸一把，汗双倍地咸。从黄昏进入夜晚的漫长三小时里，我待在甲板上，想认认真真地看一回海。我生长在黄海之滨，很惭愧，距离海岸线不足百里，但就是没机会去海边饱饱地看一次海；坐轮船浮游于苍茫大海上，那更是从小跟我一起长大的奢望。坐船上了南海，那新鲜感你不猜都明白。而且是南海，南海啊。在绝大多数中国人的认知里，南海都远得像个传说：在海之南，在中国版图的尽头，千百年来，涌动着一片我们祖先命名的辽阔海域。现在南海上是黑夜，我来到空荡荡的甲板上，来看南海上奇怪的黑。从未见过如此之黑，囫囵混沌，天地间简直就是无缝焊接。黑到一丝气都不透，这黑反倒不真实，我总算知道为什么奇怪了：没有灯光和浅一层颜色的参照。天黑，水黑，陆地在无穷远处，远得你都想不到这世上还有地方可以结结实实地落下一双脚。南海上只有单纯、绝对的黑，让人生出一种茫然和诗意的恐惧。

南海之行的第一夜，见识了黑。事实上，在接下来的五六天里——我真搞不清是五天还是六天，在苍茫、阔绰的大海上，时间是最没有意义的东西之一，山中无甲子，海上亦然，我只看见相同的日出日落、大雨奔袭，相同的蓝天白云和墨水一样蓝酽的海，相同的岛礁上守卫、耕作和建设的火热生活——我一直在一点一滴地积累、印证和实践我所欠缺的那部分僻远的海上生活。不管此行的初衷多么正大，我所收获的其实只能是一个人琐碎的南海行，就像认识了另一种私密的黑。

不知道久居内陆乡村的同龄人是否有同感，少年时代我们都有悲壮浩大的情结：去边地，到大海上，做一个军人。因为地处荒远，我们想到世界去；繁华处当然诱人，更具蛊惑的其实是更偏远的边地，天之涯，海之角，西北偏北，海南之南。

小时候喜欢看武侠小说，对侠客们天外飞仙般的绝世武功固然艳羡不已，心里向往的其实还是侠客才能到达的世界尽头。在众生的版图之外，他们登临一处处人迹罕至的荒凉所在，那里有冰山大川、江洋湖海，有荒野戈壁、修竹茂林，有稀奇古怪的瑞兽出没，北溟有鱼，其名为鲲，鲲之大，不知其几千里也，其翼若垂天之云；那里天高地迥，他们在大地上，在石头山，在汹涌的波涛上修习出旷世绝学。他们过着与我们完全不同的生活，他们生活在我们的生活之外。因此，他们的孤独、辛苦、贫瘠和荒僻就有了别具一格的悲壮、阔大之美。我真心觉得他们美好、飘逸、伟岸，只有他们才是真正生活在了一块神奇的土地上，只有他们才算过上了真正有意义的生活。这些疆域远居我所生活的世界的边缘，因为它们，我对这个世界的想象才有了着落，才源源不断地生出到世界去的愿望。

南海在海南之南，世界朝南的尽头。“中国幅员辽阔”，只有到了南海，我才能把这个抽象的判断具象化和具体化，明白中国之大究竟有多大。在国土的最南端，有碧波千顷万顷，沉雄浩荡地给大陆一个界限，然后“中国”豪放地挥手向南，直到曾母暗沙。船行海上，小时候的毛病又犯了，我想象着轮船巨大的涡轮是脚，一步步铿锵地踩在南海上，如大侠再赴征程，千里万里地远走，到曾母暗沙去。

内陆的久居者对大海多半怀有奇怪的想象，脚下坚实的大地置换成柔软的一片汪洋时，内心基本上都有一种恐惧的悬空感：动荡的水面上，我们的生活如何安放？恐惧却也是另一种诱惑，就像荒远、孤独和壮烈一样。多少年里我都在想象和认知一种叫作“海上生活”的生活。在船上，狭窄逼仄的空间里我们丰富复杂的日常生活如何有效地展开？当夜晚降临，我们躺下，是否做的也是晃晃悠悠的漂浮的梦？当风暴来临，我们如何稳住自己的身心？还有，像我半夜从船舱里出来，天地间一片绝对的黑，我们到哪里去找一线希望的光？必须承认，我对辽阔到不可知的海上生活缺少足够的想象力，在我看来，它几乎等同于一个哲学问题。你无所依傍，你只能独自面对苍天和大海，面对单调、单一、单纯的孤独和恐惧，面对生命和死亡，当然，也只能独自面对意义、价值和所有需要我们回答的终极问题。所以，生活在海上，甚至单单置身海上，都可能是个哲学问题。

由此，多年来我谨慎地想象过我的海上生活，先在近海走走，胆子大一点，众多问题慢慢能够勉强应付了，再逐渐往深水里去，我得看着陆地一点点撤退，但最好地平线一直都在，让我的安全感和思考有个可靠的支点。而事实是，上来就尖峰时刻，头一次人海就到了南海。一觉醒来只剩下天和水、船和人，风、潮湿的咸和撬不开一丝缝隙的黑暗——我已在深海，而南海广大。我的确惊出了一身的冷汗：此刻正置身于我曾有过的最深远的海洋想象里。一个苏北少年的梦想一步就变成了现实，几乎没有过渡。这就是大海。这几乎就是最大的海。我在这最大的大海上，漂游于它雄浑的心脏。那个时刻全然没有想象的复杂，轮船破浪前行，如履平地：天气预报说，天高云淡，风和日丽，近日宜远航。我在甲板上站着坐着，一直到平静的困意袭来。进船舱之前，我打开手机上的手电筒照亮一个小范围的南海，海水在灯柱里黑魆魆地涌动，像一座座微小的山从几万里的海底下沉默地挺身而出，一群山峰涌起，另一群平息，再一群起身，又一群降落，连绵而去，无休无止，无始无终。这就是大海的真相之一：安宁祥和，百无禁忌，而群山涌动？

英雄袭远，杀伐以济天下，这种风萧萧兮易水寒式的故事，只能在武侠小说和历史传奇里出现。在我的少年英雄梦里，侠客被现实地转换成军人，穿军装、戴军帽，走到哪都红星闪闪的解放军战士。村子里有人当兵，每年探亲回家，那身军绿都让一群男孩口水直流，我们涎着脸，硬着头皮往人家门口蹭，为的是摸一摸他们军帽上的五角星和宽得让我们绝望的八一皮带。谁有当兵的叔叔、哥哥和远房的姑丈、姨夫都让我们羡慕，好像他因此也有了超越常人的力量、正义和尊严，成了半个英雄。那个感觉很好。为此，我们挖空心思寻找自己的军属关系，就像后来很多人削尖脑袋攀附海外关系一样；有了海外关系意味着你有暴富和“到世界去”的可能，扯上军属关系意味着你因此也正大庄严，可以顶天立地、匡扶正义了。我对军人的英雄式想象也基本停留于此。不是思维偏狭，也不是见识简陋，而是少年时代根植的梦想过于深重。

岳飞、关羽、赵云、郭靖、杨过和金世遗，我们是做不成了，勉强可以当的是解放军叔叔，他们在我们英雄梦的边缘，似乎醒来伸出手就能抓住。我们收集五角星，三天两头磨叽父母给我们做军绿色的衣服，帽子也要买军绿色的，为的是能把五角星缝上去。我穿各种真军装假军装一直到上高中，直到彻底断了这个英雄梦。高考报名前，我参加了军检，检查通过就可以报考军校。医生看了我的脚，摆摆手，你就算了吧,一个平足凑啥热闹。据说平足的人脚力差,不宜长途跋涉,急行军跟不上还考什么军校。我很是难过了一阵子，那是经年的情结无从化解反倒被活生生断了念想的难过。我一厢情愿的想象里，军人必须是“造型”型的，举手投足都得是个伟岸的英雄，但在南海，我看到了完全不一样的、有着完整日常生活的军人。

三沙市有很多岛礁，能住人的都有守卫的战士。他们常年局限在方圆狭小的岛礁上，从一个岛礁看另外一个，远在天尽头。除了隔段时间供给船送来的食物和日用品，其他的都得自己解决，战士们于是琴棋书画、柴米油盐、耕种劳作样样在行。脱了军装，他们就是晒黑的年轻农民和渔民。他们可军可民，两只手也在钢枪和锄头之间自由转换。俯身劳作和辗转灶台时，无论如何与我想象中的英雄不相协调。但他们就是军人，最好的、真正的、吃得了辛苦耐得了寂寞的职业军人。苦能吃，寂寞能受，驻守边陲的大海之上，手握钢枪时慷慨激昂，放下枪，完全又是一个烟火繁盛的平常人，既兵又民，且兵且民。古时的将士如此，战时为兵，闲时为民；古时侠之大者也如此，衣袂飘飘行侠仗义，短装褐衣，又泯然众人矣，大隐于市。在这个意义上，南海岛礁上的战士，可能更接近军人的本义。不得不说，这些祖国南大门的卫士们，改变了我对英雄的看法，英雄不仅仅是个伟岸的造型，还可以弯下腰来，过出一段凡俗的、完满的烟火人生。

当我们谈论茶时，我们谈论的是什么

喝了很多年茶，喝了很多种茶，但凡茶入了口，基本上都能说出个一二三来，便以为自己懂茶，逢人恭维我也就默认，好像真就是个知茶善饮、饱学多情之士了。前些天去福建安溪，才发现自己的脸皮有点厚，就算只对着铁观音这一种茶，我要补的课也有一箩筐。安溪产铁观音，谁都知道，安溪为什么产铁观音，铁观音为什么叫铁观音，可能就不是每个人都知道的了。我就不知道。问题在于，作为一个每天都离不了茶的人，我从来没想过要去知道；我也从来没意识到“没想过要去知道”这本身就是个问题。当然，你可以说，知道了它就不是铁观音了？不知道它就变成龙井或者普洱的味儿了？喝你的茶，哪那么多事！

的确是，你有权利不知道。可是，啥啥都不知道，你在谈论茶时，你谈论的是什么呢？

到安溪看茶博会，绕了几圈绕累了，和小蕙老师从展场出来，打算结伴先回酒店。车打不到，步行又太远，在路边拦了辆顺风车。碰巧开车的是家茶店的老板，就聊起茶来。老板说，他做的是小买卖，要弄明白安溪的茶，得找大拿。头一回到安溪，路还没来得及摸清楚，哪知道谁是大拿。老板就调转车头，带我们去了一个大院子。院主人是铁观音的传人魏月德先生。

据传，铁观音的发明者即魏月德的祖上魏荫。魏荫老先生清康熙四十一年（1702 年）生，卒于清乾隆三十九年（1774 年），一生事茶。十八岁时于茶的种植、采摘和制作就已达相当的水平，清雍正元年（1723 年）春，南海观音腾云驾雾来到他梦中，命他次日去打石坑寻一株她赐的名茶，将其传播光大，造福苍生。魏荫醒来，照仙人的指示赶赴打石坑，果然在深潭的石崖上找到一株奇异的茶树。他把该茶树移至自家天井的旧铁锅里，精心照管，用传统的压条方法，繁育出三棵小苗。三年之后，采摘数片叶子制茶，敬了观音佛祖后，邀乡亲族人共饮。魏荫揉制的新茶冲泡后兰花香气清高，喝了都说好。既为观音所赐，又是植于铁鼎，且外形沉重如铁，于是取名“铁观音”。

这么一说，我立马觉得坐在大厅里喝的铁观音不一样，茶叶的形状，茶汤的色泽，热气的缥缈氤氲，一一有了来历，入口之后的回甘也变得格外丰厚绵长，有了历史的纵深感。喝茶如怀旧，真真是说来话长了。这在过去喝铁观音时是不曾有的。过去喝茶局限在“喝”和“茶”上，喝茶到现场为止；看不见一片片舒展的叶子的来龙去脉，看不见它们从康熙以降浩浩荡荡的前生今世。

魏月德是魏荫九世孙，带我们参观了“魏荫铁观音茶史馆”，讲解祖先时表情的丰富与自豪自不待言。原因简单，祖先有故事，铁观音有故事——说不完的家常事。有故事很重要。故事不仅仅是传奇，不仅仅是奇谈怪论，故事说到底是文化，是茶喝完了、故事讲完了之后，是茶的清气与香甜消失了之后，我们内心里久久不去的回甘。天下没有不散的筵席，所有的茶终究都会被喝尽，当茶不在手边时，茶文化在，那茶就永远在。

尽管铁观音鼎鼎大名，安溪人还是在为铁观音之光大和行销焦虑，酒香也怕巷子深。吆喝当然是必要的，但吆喝可以有多种，肯定有最体面、最好看、最省心省力、最事半功倍四两拨千斤的吆喝方法。孔夫子说："言之无文，行而不远。"茶之"文"，固然在它的色香味，也在它的故事与文化；而文化之"文"，在故事。茶之道也。

去过威尼斯圣马可广场的花神咖啡馆。完全是慕名前往，喝了咖啡，吃了甜点。实话实说，并未感觉到比对面的咖啡馆高出多少，但价钱上去了，不过我还是心甘情愿地打开钱夹，奔着海明威坐过的位置，一屁股坐下去。坐下去就觉得花多少冤枉钱都值了。这家门面陈旧、昏暗古老的咖啡馆的确是与众不同，创立于1720年，是威尼斯甚至整个意大利最早的咖啡馆之一，这地方曾经来过歌德、拜伦、卢梭、狄更斯、海明威，你坐下去，仿佛坐到了历史的某个环节上，仿佛坐在了某条气冲斗牛的文脉上。还真不是自恋，轮不着。你无法不感觉到漫长的历史与浩大的气场，你很清楚，你和大师们在一起。那么好吧，来一杯咖啡。再来一杯酒。再来一杯。

圣彼得堡涅瓦大街上，莫伊卡运河旁边，有个两层的文学咖啡馆，相信喜欢朝圣的文学爱好者都已经去过。一楼靠窗的座位上，安放着普希金的蜡像：普希金拿着鹅毛笔，坐在桌前若有所思，旁边放着他的黑色大礼帽。一百七十多年前，普希金就在这里简单地吃了点东西，喝了杯咖啡，走进了天寒地冻的俄罗斯雪野，在决斗中受伤，英年早逝。我要了一杯咖啡坐在普希金旁边喝。一杯咖啡的工夫，六七个人相继与他合影，合影前或合影后，他们也顺手点了咖啡。和我一样，他们只为在普希金身边坐一会儿。

我要说的当然不是花神咖啡馆和普希金文学咖啡馆，我要说的是咖啡。这两家馆子肯定不会四处张贴小广告，见人就说我们的咖啡如何如何好，不需要；我只需要告诉你，他、她、他们曾经来过，他、她和他们还会继续来，够了。你知道他、她和他们，你就会知道花神咖啡馆和普希金文学咖啡馆；我们的咖啡甚至都不需要有自己的故事，他们有的是故事，他们的故事就是我们的故事。咖啡二十块钱，但对不起，我得收你三十块钱，那十块钱是故事费。没道理么？当然有道理——此咖啡之道也。

咖啡之道者，亦茶之道也。其实我们的老祖宗明白得很，所谓酒文化，哪一种叫得响的酒瓶子后面不是跟着一大串故事？曹操说：何以解忧，唯有杜康。李白说：兰陵美酒郁金香，玉碗盛来琥珀光。杜牧说：借问酒家何处有，牧童遥指杏花村。不管杜牧的杏花村在山西汾阳还是安徽贵池，杏花村酒的名声是出来了。红军长征时遇上了贵州茅台；吕洞宾骑着白山羊带着仙禾穗赴八仙南海之约，路过洋河镇，酒喝多了，羊也醉倒了，仙禾穗也忘了，于是有了“洋河大曲”的美名。你喝的哪里是酒，分明是故事和文化。酒如此，咖啡如此，茶也如此。

再说这铁观音。我把魏荫版铁观音的故事说给朋友听，懂行的回道，此“魏说”也，还有一个“王说”。安溪人王士让，清乾隆元年（1736年）奉调入京，遂带家乡南岩乌龙茶馈赠给侍郎方苞，方苞品尝后觉得不错，就转进了内廷。乾隆喝了也觉得好，召见王士让问明所以。因该茶色泽乌润，形似观音脸重如铁，乾隆忍不住赐其名为“铁观音”。皇帝说啥是啥，就铁观音了。此“王说”也。若此事当真，乾隆取名字的才华倒是远在其诗歌和书法之上。

可惜事情过去了一两百年，铁观音之所从来怕是难以定论了。不过各执一端也好，铁观音的故事又多了一条脉络，任你说得多高多长多远，说的还是这同一种茶。好茶不厌故事多，好茶必然故事多，要不我们茶喝完了以后，该回甘点啥呢？

海德堡

时差倒得差不多了，早上七点多醒。也回到了国内的习惯，刷牙之前刮了胡子。欧洲生活慢慢进入正轨。

上午跟车去海德堡，下午三点多回到宾馆。法兰克福是德国第五大城市。海德堡在规模上，不比中国很多镇子大，尤其市中心区就那么短短的几条街，转个身就走到头了。但实在是漂亮。海德堡大学建校八百年，是德国非常著名的传统式的大学，文科为主。开放式，他们都在逛店购物时，我去匆匆瞻仰了一下，在市中心，只看到了局部，但根据海德堡市的规模，海德堡大学也不会太大。这座古老的城市沿河而筑，两岸的居民都依山而居，从山下往上去，并不巍峨，但层叠而上，颇为精美。街道窄小，小方块石或砖头铺就，符合我想象中的欧洲的老城市，这样的街道两边如果不出现咖啡店和艺术品古玩店是不合适的，海德堡显然最大限度地满足了我对一座优雅、古老、悠闲、精致的欧洲小城市的想象。街道和店铺有种雍容富丽的沧桑感和历史感，像黑色的石头上涂了一层奶油，不是很腻，适可而止。不会声嘶力竭地喊，不想让你惊心动魄，它只让你自然地惊一个小讶，嘴半张，哦，古老，好，这就够了。即使城市背后的著名的古堡，坍塌过，断裂过，残缺过，你也很难从中看到凄厉和悲惨。你不会像在中国看到的很多古迹一样，有种窒息的沉重，让你有撕心裂肺的痛。中国的很多古迹常会把我的情绪推到顶点，让你产生绝望的末日感；若残败，你甚至能感到生命无奈而决绝的消失感。海德堡的历史感和沧桑感是柔和的，中国式的历史感常是干硬的、枯涩的，像冰冷的刀穿过你身体。或者是，海德堡的沧桑和历史感更接近南中国，而中国的北方，沧桑和历史是要人命的。

街道窄，就显得两边的建筑高和阴郁，而德国人的确也热衷于哥特式建筑，拍街道时我从来都是竖起相机，让构图瘦长。镜头里的街道总是幽暗，但在图像的上方，狭长的锐角三角形的蓝天和白云突然亮起来，让你不由得惊喜和感激。我很喜欢拍这种窄窄的街道，到中国南方我也乐此不疲，寓动于静，幽明判然，很有成就感。

在国外我最喜欢的是看和拍建筑，我知道是舍本逐末。我应该多看看人，但一不小心眼光还是瞟到高楼和房屋上去了。聊可安慰的，铁打的营盘流水的兵，五湖四海的人来了又走了，留下来真正属于这个乡村、这个城市、这个国家的，只有这些建筑。然后喜欢的是散点在城市各处的小印迹，比如海报、广告、寻人启事，涂鸦族在墙壁、路面、垃圾桶和桥墩上的信手创作。这些图像给我松散、凌乱和从容、自然的感觉，非常好，城市最放松、最任性和最真实的一面都在这里：高雅靠着庸俗，规矩依赖冒犯，包容和平常心在这里成为一种美。法兰克福和海德堡的海报栏都是圆柱形，在街头和路边，内容、颜色和图案五花八门，凌乱大概只有在这种地方才会成就和谐。文字很小，图像很多，海报上的脸争奇斗艳。时间来得及，我都会停下来拍一张；如果方便，我会请别人帮我和这些圆柱形的海报栏合个影。这些海报栏不同于我们见到的扁平的墙壁和玻璃木板，它们站在街边成为建筑的一部分，看起来的确像一间别致的小房子。头几次见到，我围着转了好几圈，希望突然从柱体的某个地方裂开一条缝，一扇门打开，走出来一个人。在我看来，它也比一块站着的板子更像城市的一部分。

一路上风景甚好，大叶林小叶林和针叶林在深秋颜色各异，符合毛主席说的“层林尽染”，尤其阳光大好不是小好的时候，天是蓝天的蓝，云是白云的白，干净的天空和云朵，漂亮得让人心碎。

我为什么喜欢梵高

作为一个资深的油画门外汉，我喜欢梵高已经很久了。你让我专业地说说喜欢的原因，我说不明白，就是喜欢；那种焦灼、燃烧的动感让我心有戚戚，我觉得油画就该那样，不管隐忍还是蓬勃，生命的质感你得出来。所以，到荷兰，梵高博物馆是一定要看的。的确看了，那要另说，现在我要说的是荷兰的国立博物馆。

那一天和阿姆斯特丹往常一样，下了一阵雨天就晴了。其他楼在装修，国立博物馆只开放一栋楼，两层展室，不大，但对荷兰这样袖珍的国家来说，这样的规模可以理解。重要的是，馆里藏了不少好东西。除了梵高的一幅自画像，镇馆之宝是伦勃朗的那幅著名的《夜巡》。这是巨作，占了整整一面墙，十八个人在画上栩栩如生。这么大还是被裁剪之后的篇幅。当年该作进贡皇宫，不知道领导还是管家嫌大，一挥手，切掉了左边四十一厘米宽的画面。皇家总是财大气粗，反正好东西多一个不多，少一个不少，伦勃朗的也照样裁。旁边有幅原画的临摹之作，对比后你会发现，大师的东西果然不是俗人可以随便乱动的，我这个外行都看得出来，剪辑后的画面在平衡感和对称性上，跟原作差了一大截，重心不稳。两层楼上下仔细瞻仰了一遍，该馆的副馆长问我，喜欢《夜巡》吗？我说：更喜欢伦勃朗的另一幅，《犹太新娘》。他想知道原因，我的理由是：眼神好，还有一块油彩凸出来了。副馆长笑了。

可能馆长同志没见过这么不靠谱的观众。没办法，让我心动的的确就是画里一男一女的眼神，还有男人胳膊上贸然凸出来的凄厉的油彩。那眼神是一个人的心思在动，有活的东西在；而那一小堆油彩色块，纯属非法之举，在17世纪（乃至19世纪）及以前的油画里，很少人有如此泼辣的原生态，胆敢将油彩涂上去不收拾好——装修工人都知道涂料上了墙，要摊平、抹匀，打磨得像镜子一样光滑。前伦勃朗时代的油画好像都镜子般光滑。这正是我不喜欢的，那种看上去酷似印刷出来的平滑、安详的效果让我觉得是赝品。那些画很贵族，颜色和画面繁华富丽，百分之九十以上是肖像画和风景画，适合挂在豪华的客厅迎接贵客：衣物精致细腻，每一个细节都不放过，但人物就是眼大无神，表情就是无限接近空白，所有人长得像一家人，干什么都充满了仪式感，无比端庄（端得很好，装得很像）；就连风经过山野和树梢，也少了自然之气，如同统一从庙堂上吹来的，也很端庄。

过于端庄有虚伪之嫌，所以我不喜欢那些平滑安详的贵族式油画。副馆长说，馆藏的17世纪画中也不全都端庄、贵族，也有很民间和质感的，不过没展出。且说这《犹太新娘》，副馆长的小眼睛在圆形镜片后一笑，夸赞我跟梵高一样有眼光，梵高当年就激赏此画。

1885年，荷兰国立博物馆刚刚开馆，胡子拉碴的瘦梵高来了，盯着这幅画就不撒眼，恨不能吃下去。据传，梵高语录是这样的：能坐佳了在这里看此画两周，宁愿早死十年。作于1652年左右的《犹太新娘》对梵高意义重大，具体重大到啥样，我没去查资料，会不会就重大在画中身份模糊的男人胳膊上的那一小块凌乱堆积的油彩呢？如果重大在这里，我就赧颜与梵高一样有眼光一回。反正我们知道，梵高是个穷鬼，但在19世纪的画家中他出手又别样阔绰，差不多是全世界最大的油彩浪费者，画画跟蹩脚的泥瓦匠抹墙一样，一点都不懂得节制。他把一幅画弄得像航拍的地形图，每一块地方都凸凹不平。

对，我喜欢的恰恰就是这个凸凹不平，不贵族，不端庄，不安详，仿佛暴起来、扭开去的神经。它让我觉得画上的男人立马活了起来，跟着整幅画也有了生命和温度。它有了生命感。在所有人、所有画都完美到了失去生命感的时候，伦勃朗出其不意地放大了缺陷，画上的男人因此成了那个男人自己，伦勃朗因此和无数的画家区别了开来，梵高因此站在这幅画前流连不舍，说：早死十年也值。

很多年里我都在想，梵高为什么如此笔墨铺张，像用不要钱的泥巴一样用颜料，他使用条状和块状的笔墨语言，他胆敢如此！在《犹太新娘》跟前，我恍然大悟，谨慎的伦勃朗只是在胳膊上冒了一小下险，到了梵高那里，他让星星之火燎原。他有比伦勃朗更澎湃、粗粝和喧嚣的激情需要呈现出来，他要扭曲、愤怒，他要燃烧，让画布上一个变形的世界丘壑纵横，唯其，才逼近他这个人。事实上，正是从1885年起，梵高的画成了梵高之为梵高的见证。这叫修辞立其诚。

哥伦比亚的马尔克斯

除了好莱坞电影里的大毒枭和街头的黑帮火拼，我关于哥伦比亚的所有认识都来自加西亚·马尔克斯。包括波哥大，这个翻译成汉语总感觉莫名其妙的地名，如果不是马尔克斯曾在此读书、工作、生活，并在作品中屡屡提及，我肯定不会像现在这样喜欢。波哥大，事实上马尔克斯本人也不是很喜欢。我在波哥大最著名的一条街上和一个哥伦比亚年轻人聊天，他说，马尔克斯更喜欢墨西哥，你看，他常年住在墨西哥城。这也是很多哥伦比亚人对马尔克斯颇为纠结的原因之一，他们认为，除了文学，马尔克斯没有给哥伦比亚贡献更多：他没有帮助哥伦比亚人解决更多的政治和现实问题，他甚至都不住在自己国家的首都。而马尔克斯的故乡小镇上的人甚至说，当作家他赚了很多钱，本可以花些钱铺路或者建一些卫生所的。他们显然希望，这是一尊彻彻底底的他们自己的神；达则兼济天下，这个“天下”当然得是哥伦比亚。

到哥伦比亚之前，我把这个国家想象成一个大若干号的马孔多，因为马尔克斯就是这么写的。我还知道哥伦比亚盛产香蕉,《百年孤独》写到了香蕉种植园事件。哥伦比亚还有很多稀奇古怪的事发生，有人可以坐在毯子上飞上天，有人一出现就招来无数的黄蝴蝶。不过黄蝴蝶我见到最多的不是在哥伦比亚，而是在墨西哥。我们开车行驶在从梅里达到坎昆的高速路上，两边高大的灌木如同两堵墙，你根本看不到更远的地方有什么，一只只黄蝴蝶从灌木丛里神话般地飞出来，速度快的掠过我们的车，行动迟缓的，迎头撞上了车玻璃，留下一摊黄色的粉尘和液体。马尔克斯在作品中写到很多次咖啡，但没有强调哥伦比亚的咖啡究竟有多好，我就没当回事。欧美的咖啡嘛，相当于亚洲人顺嘴说到的茶，我照着平常的量来了一杯，几分钟后问题来了。

起反应了？当时刚坐到中央大学的演讲台上，觉得心跳的节奏突然变了，像老火车被迫提速，跑得有点上气不接下气。波哥大海拔两千六百四十米，友好的哥伦比亚朋友曾提醒我注意高原反应，我说谢谢，哥们儿身体好，如履地平线。我在演讲中如实说到了“气短”，他们就笑了，那是咖啡的反应，难道你不晓得哥伦比亚的咖啡很厉害吗？原来如此，马尔克斯没把事情说清楚。我只好回答，现在知道了，哥伦比亚的咖啡跟小说一样，劲儿大。

我是谈文学的。波哥大的教授和读者说，谈谈你如何写小说吧。自家产的，问题不大，但坐到台上，看见听众里一张张酷似马尔克斯的脸，我决定转换话题，主要说马尔克斯。在大师的故乡说自己的写作，我想还是别班门弄斧了。我是来朝圣的。我从大学一年级开始疯狂地阅读马尔克斯讲起，讲因为《百年孤独》，我打着手电在集体宿舍的被窝里写作平生第一部长篇小说，魔幻现实主义的，一个人在梦中穿过沼泽，醒来看见脚上还沾着泥巴，浑身上下浓重的淤泥味怎么洗都去不掉。这部小说当然没有写完，手稿至今还在我的柜子里。讲为了得到一本《马尔克斯中短篇小说集》，我以定价的十六倍赔给了图书馆，身上的钱不够，临时找同学去借。讲这些年马尔克斯对我、对整个中国上世纪 80 年代以来的当代文学的影响。讲马尔克斯去世的那天早上，我在外地出差，一大早打开手机，微博、微信上漫山遍野的消息，那天我躲在宾馆里，给报纸写了一篇两千多字的纪念文章。讲哥伦比亚驻华使馆在马尔克斯逝世一周年的纪念活动上，主持人摘引了我写的那篇《只有一个马尔克斯》：

“在当代，大概很难找到另一位作家像马尔克斯这样能够对全世界产生如此持久和显著的影响力。1982 年获诺奖以来，他就成为全球瞩目的焦点，此后，每一年诺奖揭晓，尽管新科状元走马灯似的换，你都会在这些闪光的名字背后看到另一个同样闪光的名字——加西亚·马尔克斯，因为你总会在潜意识里用他的成就和标准来比照新得主。就像我们提到 19 世纪以来任何一位别的作家时，都会让他们的身边站着一个托尔斯泰，我们不乏阴暗地想看一看他们和托尔斯泰的肩膀是否一样高。在这个意义上，别的作家可能只得了一次诺贝尔奖，而马尔克斯获得了自 1982 年以来的每一届诺贝尔奖。”

我来哥伦比亚是朝圣的。遗憾的是，因为行程所限，来不及去马尔克斯的故乡阿拉卡塔卡镇，只能在波哥大寻找大师的蛛丝马迹。但在这座城市，如果你不张嘴去问，很难在日常细节里看见马尔克斯的巨大荣光。而在智利，你在城市的街巷里游走，一不小心就可能在街头的涂鸦中看见聂鲁达。智利人熟练地画出聂鲁达宽阔的脑门和大鼻子，他们把以伟大的诗人为荣表达得直接坦荡。哥伦比亚人当然以马尔克斯为骄傲，当他们知道你是作家时，总要一遍遍问你，他们家的马尔克斯对你的影响到底有多大。但是马尔克斯尚未全面渗透进波哥大的日常生活。因为大师还不够古老？或者他们还没来得及消化一位超级大作家？

走在波哥大的街巷里，因为缺少行迹指南，我只能想象大师在我落脚的每一个地方都走过。半个多世纪前，那个落魄又充满激情的年轻人在这座城市里寻寻觅觅。他第一天在首都大学的宿舍里醒来，大叫谁往他床上泼了水：波哥大太潮湿了。可能是我来波哥大的季节不对，晚上我把酒店里的空调关了，第二天早上起来，摸一把被褥，还是干的。对此波哥大人一笑，小说家言而已。

走街串巷，朝圣依然落不到实处，我想起通常的好办法，买纪念品。所有纪念品中，我最喜欢的是作家的雕像，但凡去过的国家，我都会想办法找到喜欢的作家的雕像。问了很多人，哪里有卖马尔克斯的小雕像。众说纷纭，皆含混犹疑，只说哪里哪里可能有吧。事实上哪里都没有，该逛的地方都逛了，该问处也都问了，一无所获。

从黄金博物馆出来，还是不死心，去旁边卖各种纪念品的市场问，几个摊主都摇头。有个娇小的女老板让我等等，去问一个女伴，那女伴也不清楚。旁边一个挺着大肚子的男人听见了，说他知道，五条街外有个马尔克斯文化中心。那中年男人穿一套肥大的西装，打领带，皮鞋最近几天没擦油，有点谢顶，看样子是市场里的领导。我们一路往前走，经过一家报社、一个立着传教士雕像的小广场，穿过一排排殖民地时期的楼房，靠街的底层铺面里在卖各种真真假假的金银首饰。

五个街区，左拐，国家图书馆附近的一家书店。谢了顶的好心人找到一个在书店外卖书的售货员，用西班牙语说话。他们应该很熟。售货员是个戴眼镜的瘦子，带我进到书店，书店很大，峰峦叠嶂地摆满了各种书。纪念品在收银处。女收银员心情肯定不好，绝大多数时间都低着头，只用凉飕飕的眼睛余光看人。没有雕像，只有这个，她把印有马尔克斯头像的冰箱贴和贴着老马头像的便条夹及木头镇纸拿给我看。做工都挺简陋。这就是马尔克斯文化中心？我有点怀疑是不是把意思翻译错了。既然没有，只能聊胜于无；相对于纪念品的质量，价钱贵得稍显离谱，便条夹一万比索，边长不到四厘米的正方体镇纸一万五千比索。还是拿下了。付款的时候收银员依然板着脸，看来这世上没什么能让她笑了。

他们怎么能这么对待马大师呢，我都要愤愤不平了，朋友急忙赶来，那边有老马的图书专柜。冲过去，果然壮观，宽敞的展柜上堆满了各种与马尔克斯相关的书：他写的，写他的，各种版本的作品、传记、研究著作、影像资料。我觉得舒服了一些：大师要有大师的样子。买了一本精装的纪念影集，抱着书跟一展柜的书合了影。抱完自己买的书，我又去抱不打算买的书继续合影，那些书上照例都有老马醒目的头像。这个区域的营业员是个男的，戴眼镜，长一脸黑亮的络腮胡子，他安静地在一边看，对马尔克斯的粉丝他肯定见得太多了。等我拍完照，把每一本有兴趣的关于老马的书都翻了一遍，他微笑地问我从哪里来。我说：

“China.”

在新奥尔良听爵士

去新奥尔良，朋友说，如果只让你做一件事，那就应该是听爵士。我把这话当路标放进头脑里，在新奥尔良的四天中，时刻盯着这个方向往前跑。

晚上八点之前我们拐过街角，看见 Preservation Jazz Hall 门前排着一长溜队。票价五美元。Preservation Jazz Hall 乐队将在这里演出。资料上说，该乐队创建于 1961 年，它的晚上演出已经成为世界上最后的“纯粹音乐经验（体验）”之一，也是新奥尔良最好、最传统和最原生态的爵士乐演出。每一年“国际写作计划”的作家到南方旅行，都会放下行李就往这里跑。

我对忠贞不渝的例行项目抱有敬畏，而且它还有这么多的“最”，但演出现场简陋得让我以为进错了门。没有错，就是这里，多少年都在这里。我把记忆里的所谓乐队演出一个个挑出来比较，这场地我只能用“寒碜”一词来形容。一间五十平方米的大房子，看着更像农家屋。观众座位是几条宽条长凳，我们进去时已经没座，站票。有人坐在地上，有人倚着墙。墙上装饰也简陋，挂几幅陈年油画，有些广告图片和标语，怎么感觉都像在村里。观众们自在的状态，也让我想到小时候半个村庄的人聚在大队部里，看全村唯一的那台东芝电视，那时候坐着、躺着、睡着的都有，有板凳坐板凳，没板凳坐石块、砖头和稻草、麦秸，相当的原生态和民间。演出的地方有五把椅子，第一排三把，后面敲爵士鼓的一把，弹钢琴的一把。然后到了八点一刻，主持人走出来。这个年轻的胖子，兼做老板，还在外面卖些乐队的副产品——CD、文化衫、纪念品之类的东西，很像乡间简易的杂货店的排场。他昂扬地述说一遍乐队的光辉历史，先上升到全新奥尔良的高度，然后上升到全美国的高度，最后上升到全世界的高度，接着胖胳膊一抡：欢迎乐队入场。

六个人，前面三个吹号和簧管，都是黑人老头，后面的是敲架子鼓的白人胖老头，一个年轻的爆米花发型的吹大号，号斜套在身上，喇叭头大得要死。周边贴着乐队名字。他只能站着。弹钢琴的也是黑人老头，胖。这阵容往那一坐，不能不传统，也不能不原生态，感觉他们刚从田头回来，放下锄头镰刀就抱起了乐器。这几个野地里来的老头。中间吹小号的是威廉·史密斯，好像爵士乐队里吹小号的都是灵魂人物，小号一响，乐队就活起来。波伏娃在她的《美国纪行》中也提到一个小号手，还提到多萝西·贝克写过一个颇受欢迎的爵士年代小说《吹小号的年轻男子》，仿佛小号很是重要。我不太懂小号之于爵士乐的意义，反正史密斯先生是个吹小号的，一个英俊的半老男人，坐在三张椅子的中间，前排三个老头只有他打了领带。右边吹簧管的小个子老头，长相和神情令我立马联系上福克纳的小说，我也认为他是刚从福克纳的小说里走出来，不是老黑奴，而是管家或者乡镇法官之类的人，有点土，但庄重而有尊严。更给人尊严感的是左边吹长号的黑人老头，戴眼镜，很像黑人演员摩根·弗里曼，演《肖申克的救赎》里的那个著名老头。而威廉·史密斯看上去才像搞艺术的，比如小镇上剧院的老板。

音乐响起来，一曲接一曲。惭愧，这一段我可能得跳过去，因为我对爵士乐知之甚少。不过我可以毫无愧色地说，他们演奏得真是太好了。尤其是小号和爵士鼓，我极喜欢。此情此景此地，门道我也许看不明白，热闹我是看出来了一你会觉得一切恰到好处，舒坦，妥帖：像蹲在乡村的石磨上转着圈儿喝热气腾腾的玉米糁粥那样舒坦，像穿惯了的最合身的那件旧衣服一样妥帖。最完美的新奥尔良纯粹的、原生态的、从福克纳时代就已经响彻美国南方的爵士乐就是这个了，不会再有其他的。他们的完美在于天时地利人和，在于和这个城市、这间屋子和这一屋子观众的高度契合。一切那么自然而然。

只有一个小时，演出结束。我们出场，下一场即将开始，外面又开始排队，不过比我们那会儿短多了。粉丝总是冲在最前面。如果继续在附近的几条酒吧街上逛，会发现，这很正常，绝大多数酒吧里都有乐队在演奏。我从门窗外溜了几眼，演出场地很先进，现代化的音响设备，乐队也年轻了，乐手们穿着时髦、鲜亮的演出服，但总觉得差了点意思——太像演出了。缺少了朴素的、与生命和土地同在的东西。

我不知道别人是如何欣赏爵士乐的，对我这个门外汉来说，得看着人去听音乐。我确信对于爵士乐，看明白了有助于理解音乐。在一个叫 Snug Harbor 的酒吧里，我“看”T.Monk Institute 乐队演奏。

乐手都年轻，拉大提琴的是个中国小伙子，姓黄，有点像李小龙，比李小龙好看一些。吹小号的是个白人小伙子，有些土气但又高傲的艺术家气质，吹小号时神情投入，闭着眼看上去特别像瞎子。长得不错，演出结束后他到酒吧外抽烟，与一个穿裙子的白人女孩聊天，神态自然，比在舞台上让人喜欢。吹萨克斯风的两个年轻人一黑一白，白的瘦高，黑的矮胖。胖黑小伙子穿一身肥大的屡遭蹂躏的西装，打一个蓝白色条纹的领带，戴一顶有“”标志的棒球帽，长络腮胡子，戴眼镜，随音乐摇晃时肥大的裤子随时可能掉下来，脚上穿一双休闲的一脚蹬皮鞋。整个人给我的感觉就是随便凑合在一块的，衣服，人和衣服。但吹得很好，既敬业又投入，吹奏一段完毕，他就走到舞台边上抓起一桶五升左右的矿泉水桶嘴对嘴喝起来。人憨憨的，你信得过他的人，也会信得过他的音乐。

敲架子鼓一直是我羡慕的行业。如果我坐在哪里浑身乱动静不下来，首先想到的就是，要是眼前有个架子鼓多好啊，怎么动都合法。击鼓的白人小伙子瘦瘦的，留着小胡子，很精干，眼疾手快力道足，节奏感极强。这活儿一定是个锻炼身体的好途径。

看了，听了，我是说单听乐器演奏爵士乐，我依然无法真正理解它的好，但一听到歌声，感觉立马就有了。那天晚上我们从酒吧里出来，我和修、缅甸作家 K 往回走。走到展览馆，修去买东西，我和 K 回酒店。我建议走另外一条路，多看一点夜景。路上偶遇到两组卖唱的。一组是个三口黑人之家，夫妻俩都胖，孩子还坐在童车里，我们走近时歌声倒停了，没听上几句。继续走，又有三个黑人组合在唱歌，拍巴掌跺脚，我听不清词，但很容易通过动作、声音、节奏和人与歌声的协调性进入他们的情感。他们几乎就是那么简单地跺脚、拍手，穿着肥大的裤子，动作懒散又有点在这个夜晚的百无聊赖，远处酒吧的霓虹灯在闪烁，他们站在五彩的夜城市的昏暗的街角，声带彻底打开，两个男声中间嵌一个女声，自言自语、自娱自乐般地大声歌唱，仿佛他们是世界上最后的三个人，仿佛他们的声音是世界上最后的三个声音。歌声在新奥尔良窄小的街道上不停地拐着弯。

我和K在他们对面的街角站住，马克·吐温的密西西比河上吹来潮湿的风，我用汉语在心里造了一个短句：这个繁华又苍凉的夜晚。如果K也造了这么一个句子，他一定用的是缅甸语，因为我们当时都沉默，没有用可以相互听懂的英语把它说出来。

那种美国南方爵士乐具有的乐观、旷达、自由、奔放又饱含苦难的东西，那一刻我感受至深。我想跟他们一起拍手跺脚一起唱，唱什么随便，只要跟上节奏，发出声音，只要你把此时此刻的情感灌注其中即可；不管你开心还是忧伤，是相思还是乡愁，都将无比契合。音乐的功能就在这里，不需要翻译；不管你唱的是什么词，声音、情感、生命是一体的。一种有节奏的声音在我的身体里动起来。

镇与小镇

从奥马哈出发，去西北方向的坏土地。名为“坏土地”的地方在南达科他州，需要穿越的高速公路在地图上像条丝线一直往西北飘，上北下南，这条线到了地图的左上方就被风吹乱了，极尽曲折，复杂的地形让我们不得不从一条道转到另外一条道上。我向来喜欢野游，从小就有成为卡车司机的宏伟志向，希望能够驾着长数米的大卡车在西部的大地上放手狂奔。这个理想没能实现，现在我还不会开车，你总会有很多实现不了的理想。这地方是美国的中北部，但有着货真价实的西部的辽阔，放眼望去除了天就是地。我们往西北走，四月底的春天开始大规模苏醒，雨水洗过的草木养人眼目。出发前 Y 教授买了一堆吃食，以防我们半路上忍饥挨饿，此去坏土地路远程长，开车要跑八个钟头，经常前不着村后不着店。事实正是如此，中北部和西部一样地广人稀，等你渴了饿了再想去找村和店，没准会出人命。

没几家店，更没有村——美国人喜欢把村叫镇，我们的村他们叫镇，我们的镇他们也叫镇，一概称之为 town。再大一点的，他们才叫 city。所以全美国只有两个地方，town 和 city，哪一个听起来都挺隆重和壮观。如果不是文化或者语言习惯使然，那是否和咱们的北方一样，像样点的水就叫海，前海、后海、什刹海，或者类似于我们的学院迫不及待要升级为大学、大学里的系科迫不及待要升级为学院才认为是体面?

这个不是我想说的，我想说的就是几个 town。对这些镇我很有感觉。美国人口刚及三亿，国土面积比中国稍微小一点，平原面积又大，所以分摊到人头上，每个人都是地主。反过来计算，把人头分摊到土地上，那很有可能千里无鸡鸣。这就不难理解为什么沿途镇很少镇又很小了。但是这些镇子总会有哪个地方让你心动那么一下。

离坏土地不远有个小镇叫沃尔。到 1931 年 12 月，这里只有三百二十六个人，七十八年后，我一大早起来在仅有的三条街上转了一圈，估计这地方人口到不了四位数。在中国的平原上随便找个村子就能把它比下去。但它看上去很有来头，小镇的宣传册上就这么说，本镇历史悠久，咱们有传统。美国人很在乎这个，历史、底蕴、文化，恨不得任何一个角落都弄出点说头来。不过沃尔镇的确有个相当有意思的传统，那就是多少年来行人过此地，喝冰水一概免费。

说来话必须长，要从 1936 年开始。这一年，沃尔杂货店的老板泰德，觉得生意做不下去了，前往坏土地和黄石公园等地的旅人和过路客都不愿停下来买东西，本地的农民生活又拮据，恨不得把嘴吊起来，所以该店门可罗雀。眼看着营业额渐趋为零，泰德急得嘴唇上直冒泡。尤其到了这一年夏天，天还热得要死，孤寂的大太阳让泰德老板有点绝望，考虑是不是该关门大吉了。七月里的一个星期天，一个被过往车辆吵得睡不着的伙计跟他抱怨，老板，你知道这帮人为什么开着车从我们路边没命地跑过吗？他们急着找点冰水降温解渴。然后伙计脑子里闪过一道金光，我有办法帮你拉客了。泰德脖子一下子伸长了，快，说说看。伙计说，咱们现在有冰也有水，为什么不搞个牌子挂到高速路口，上面写着：下一个街角拐弯……沃尔店，有汽水、啤酒……还有免费的冰水。

泰德死马当活马医，试了一下，果然奏效。老头老太太，姑娘小伙子，都打了一下方向盘拐过来了：请给一杯冰水。

人气上来了生意就好做了，再说谁好意思只闷头喝水不买点东西。小店的 GDP 就像坐了火箭似的噌噌往上跑。老板尝到甜头，生意越做越大，就把“免费冰水”作为传统坚持了下来。接着普及到了整个沃尔镇，继起的店铺都来虚心学习，所以这地方很小，客流量却越来挺大，免费的东西总是让人向往。我们到时，南来北往的车公路边已经停了不少，可见半个多世纪了生意一直很好。

那天早上我进了古老的沃尔杂货店吃早餐。那里已经不再是一个店了，而是扩大成了一个繁华的市场，很多家店铺在里面营业，吃喝玩乐都有，还有一间窄窄的小教堂，不到两张长条凳的宽度。我没开闪光灯拍了几张照，光线温暖，小教堂庄重安详，在两边卖旅游纪念品店的喧嚣里，空着所有的长条凳，等数钱数累了的人坐上来，等候上帝发落。

从门外还能看出 1936 年的模样，当年印第安人拴马的铁桩子还在，但里面显然已经是2009年了，先进、时髦，琳琅满目，还有众多“中国造”的小商品，足够的全球化。岁月流逝，现在美国绝大多数餐馆里冰水都免费，不知道跟这家店是否有渊源。不过有一点可以肯定，沃尔镇已经成了标本、传奇和文化，对很多旅行者来说，他们绕道来此未必就为了打尖住宿，可能仅仅是想看一看，喝冰水不要钱的地方到底长啥样。市场里的老板们，半夜醒来想起开创出新的营销策略的前老板泰德和他的睡不着觉的伙计，应该会屡屡心怀感激吧。

我们住的旅馆的老板，一个白头发大个子的老头，也很有文化，听J教授说我是作家，从吧台后拿出两份报纸，指着上面他的照片和文章说：Me too（我也是）。该老头曾在越南打过仗，不过当的是通讯兵，没机会杀人和被人杀；现在开旅馆写文章。显然他对越战想法复杂，战后两次去越南，最近的一次在不久前，还找到了当年他的南越翻译，两人抚今追昔，重游了这个硝烟散尽的国家。说到越南，他摇头，一言难尽啊。他把报纸送给我们，希望我们拜读他写越南的文章。这两期报纸他一定收藏了不少，慷慨地送给所有感兴趣的人。

假如每期仅存一份，他可能会装进镜框挂到墙上，美国人对此毫不避讳，有种天真的慷慨——公共的就要展览，他们希望你能分享他们的历史、文化、思想和快乐。甚至家族史都愿意端出来给你看。从南达科他州回来，我们在黑尔塞镇上的TT酒吧吃晚饭，酒吧老板就把他们家的所有新老照片全摆在显眼地方，老板的女儿亲自讲解，这是谁谁，那又是谁谁谁。

该镇是我在美国见到的最小的镇，只有五十个人。据Y教授说，她见过的最小的镇子只有二十三个人。前两年她为写一个美国小镇文化系列的文章，和J教授开车跑了上百个镇子。Y教授说，没准还有更小的也未可知。也许吧，但二十三个人也堂而皇之地建镇，我已经开眼了。设想一下，假如每家都生一串孩子，这个镇也就三四家人。二十三个人聚居在一块本身也许没什么稀奇的，问题在于一个镇的建制可能拥有的，基本上这二十三个人都有；它的公共空间和机制一应俱全，不过是碰巧人少点而已。够奢侈。

我们到达黑尔塞镇已经晚上九点多。都没抱希望还能找到吃饭的地方，这个点儿所有的饭馆都已经打烊。TT酒吧的灯亮着，和五百人、五千人的镇上的酒吧一样圆满，老板是前农场主，没有因为客人少就在装修和经营上偷工减料。也许他根本就不认为镇上人少，做农场主时，一家人守着成百上千亩土地，跑上几十里路才能见到一两个邻居，现在与四十多人比邻而居，人口密度已经相当大了。

酒吧里的装修非常印第安化，充满了野性和粗犷之美。墙上挂着一只野生的鹿头，角上生满漂亮的叉。吊灯一半装在从天花板上垂下来的两个印第安人的木车轮上，另外两盏灯装在一个巨大的眼镜架上。四周的墙上挂满印第安人的图片，牛仔的，酋长的，猎野牛和套马的，图片上呈现出的动感和爆发力让你感觉这酒吧随时可以动起来，而那些长腿翘屁股穿马靴和长满胸毛的印第安牛仔们，也会吹声口哨打个响指跳下墙，在酒吧中间摆的台球桌旁操起球杆，来两局斯诺克。电视里正在播放一部印第安专题片，讲一个著名的印第安男演员，此人演过《与狼共舞》和《最后一个莫西干人》。六十多岁的老板戴一顶牛仔帽，我给他们酒吧里的大火炉拍照时，他端着一杯啤酒站在炉边，也许希望自己能以一个老牛仔的形象被拍进来。

我以为老板是印第安人，问过了发现不是，他们只是喜欢印第安文化。这地方的确也很难有印第安人，我们已经在内布拉斯加州境内，过了内布拉斯加国家森林公园。他们希望让酒吧体现出一点文化来，即使只是五十个人的酒吧。

这是我们家所有人。老板已过中年的女儿请我们看他们摆放在酒吧一角的照片，从一个世纪前的黑白老照片，到去年刚刚镶进镜框的彩色照片。祖先们长着白胡子，板着脸正襟危坐，好像所有人都对眼前的镜头疑虑重重；而彩照里的孩子，老板的儿女的儿女们，全都咧开大嘴，朵朵葵花向阳开。老板的女儿希望我们能记住他们家的每一个成员，详细告诉我们哪一个叫什么，现居何处，在干什么。她希望能把她从这个庞大的家族里获得的自豪如数传递给我们，这些陌生的过路人。这个中年女人，连同她的爹妈，他们开朗、毫无防备：客人，也是朋友和亲戚。

酒吧右边是公路，左边是铁轨。从我们到酒吧至离开，三列火车从门口经过。透过玻璃门能看见火车雪亮暴力的灯光，呼啸声沉闷悠长。所有火车都无比漫长。我们赶了大半天的路，如果不是着急回到奥马哈，我真想在这个黑尔塞镇的 TT 酒吧住下来，喝啤酒喝到肚大腰圆。

在美国只要看到小镇，我总要在心里迅速列出个等式：美国小镇 = 中国小村。因为在中美的行政建制中，垫底分别是镇和村，而在中国，村之上才是镇。所以尽管我明白美国佬的镇和咱们的村完全不是一码事，还是忍不住要画等号，忍不住要比较，然后忍不住要惊奇一下，惊奇那些镇的小和它们那种自觉的文化意识。

我待的那段时间里，适逢克瑞顿大学的亚洲世界中心搞的亚洲文化周，活动之一是参加布朗维尔镇的诗歌朗诵会，而该朗诵会又是布朗维尔镇的“酒、作家和歌唱的节日”系列活动之一。小镇常住人口只有一百四十八人，却有着牢固的文学传统，每年都有一个诗歌节。去的路上我就在心里打鼓，就算全镇人都划拉上，又能写出几首诗？到了布朗维尔我才发现，一百四十八人里头，起码一半人跟诗有关。

朗诵会在一家书店的二楼举行，我们到得早，正赶上一个乐队在书店一楼的咖啡馆里演奏，乐手都是镇上的居民，两个阿姨和大妈级的歌手边弹吉他边唱。据说歌是她们自己写的，没准歌词就是诗。听歌的时候我把咖啡馆里的所有雕塑拍了一圈。雕塑家是小镇土著，其艺术现在已经冲出布朗维尔走向全美了。看来一百四十八个人里还有一部分人与音乐和艺术有关。

二楼摆了很多书架，有新书有旧书，旧书打折，一两美元就可以拿一本。有的注明此书所售款额将捐赠慈善机构。我找到了纳博科夫和麦克尤恩等人的小说。我们看书时，越来越多的人聚集上来，主持人出现之前，一排排的椅子上已经坐满了人。加上那些等候在另外一个房间里准备上台朗诵的诗人，今天晚上还剩下几个布朗维尔人跟文学无关呢？同行的一个朋友开玩笑说，选择今晚下手的小偷要发了。没错，如入无人之境。

我们去的作家和诗人都是学院派，朗诵时得攥着诗稿。布朗维尔的文学爱好者们则两手空空，他们把诗歌充分地落实到了口头上，他们的传统就是即兴朗诵。有的完全是七步诗，在台上走一圈，拍一下脑袋朗诵开始。现炒现卖，否则你很难解释一个体重两百磅的阿姨可以一点磕巴不打背诵出几百行的诗来，而且诗之不足舞之蹈之，声情并茂。据熟悉内情者介绍，该阿姨已经蝉联好几次即兴诗歌朗诵会冠军。但她的诗太快，我来不及听懂，只能依靠声音的停顿在想象中替她分行。

有独诵，有双人合诵，还有情景诗剧。每一个布朗维尔人都激情澎湃，不需要麦克风。让我感动的是一个残疾小伙子，可能得过小儿麻痹症，一只胳膊抬不起来，一条腿必须拖着才能走路，脑袋必须永远朝左边歪着。他就歪着头朗诵了三首长诗。一首诗的最后两句是：

陌生人，请给我你的手
我想飞

现场静下来。他希望我们伸出手拉他一把，他想飞。可是我们能给他的，只有廉价的、长久的难过和掌声。朗诵会结束，我没有去问这小伙子的身份，但我敢肯定，他是我那天晚上见到的最好的诗人，那两句诗是我那天晚上听到的最好的诗。

布朗维尔让我惊奇，这一百四十八个人还拥有九家博物馆和纪念馆，以及四家书店。

我的等式可能的确有问题，镇和镇并非一回事，何况村——人口本身说明不了任何问题。美国人少，除了纽约、芝加哥等少数几个大城市，绝大部分人都住在中小城市和镇上，后者才决定了美国的基本面貌。他们的文化和精神的根在小镇上。出国之前，朋友问我想到哪些城市玩，我说哪个城市也不想去，就想看看美国的乡村，在北京待了这么久，快被城市烦死了。朋友说，想看乡村还不容易，出门就是，漫山遍野。

——想想正是如此，不过我和朋友所谓的乡村都不准确，我想看的不仅仅是大片土地，还有大片土地上的这些小镇，路转溪头忽现，或大或小，但皆有可观者。所以，从坏土地回来的路上，后半夜经过一个城市，同行朋友提醒我看一看，我说算了，困，头一歪又迷糊过去。

哲 学 课

在奥马哈听了一堂哲学课，坐在一群二年级的小学生中间。十八个人，三个白孩子，十五个黑孩子，这是奥马哈的一所贫民小学。两个老师坐在藏蓝色的地毯上，倚着墙，孩子们靠着他们俩围成一个极不规则的半圆。不规则是因为，只要在这教室里，在这附近，你可以随便坐在哪里，也可以不坐，站着，躺着，趴着，只要听讲和参与，你也可以站起来走两圈。旁边有桌椅，但坐在地上更自由，那就坐地上。

我和 Y 教授到时，课刚刚开始。老师用大签字笔在写字板上写下四个问题，正在统计大家对这些问题感兴趣的人数。问题是孩子们自己提出来的，你想搞清楚什么，你就问什么。问题如下：

1. 什么是哲学？

2. 大学像什么？

3. 什么是真实的？什么是不真实的？

4. 什么东西是有生命力的？

统计的结果是：第一个问题只有一个孩子感兴趣；第二个问题九个孩子感兴趣；第三和第四个问题五个孩子感兴趣。两个老师说，少数服从多数，这节课谈第二个问题：你觉得大学像什么？也可以从这个问题开始跑题，只要和大学有关就行，说出你知道的一切，说出你好奇、迷惑和想知道的一切东西。

发言之前先举手。老师手里拿着红白两色各半的一只小皮球，你举手了，皮球抛给你，你接住了才可以发言。发言完毕，别的孩子举手，你可以选择把皮球传给你认为合适的同学，接到球的孩子再发言。你说完，球也传出去，如果突然意犹未尽，再举手要求发言权。有孩子急着要球，抱到手发现自己没想好要说啥，不好意思地抓抓脑袋，把球传出去，想起来时再要。一堂课，这一帮小孩叽叽喳喳，想什么说什么，皮球在老师和十八个孩子中间传来传去。经常会传丢，外围的孩子就站起来去追。我旁边的一个黑孩子老举手，总是拿不到球，累得趴在地上，一旦开始传球他就双手举起如投降状。我就代他举手，接到球递给了他。

发言五花八门。大学像个大城市。大学里什么都有，待在里面世界上哪儿都不用去了。我喜欢大学，因为大学里树多，长得还都好看。我喜欢大学，因为大学里操场大，篮球架也多，我要天天打篮球。我喜欢大学，因为大学里有图书馆，有很多书。念大学才能接受好教育，受了好教育才能找到好工作，工作能挣钱了，我就不用整天给我妈妈洗碗了。我爸爸现在天天干重活儿，就是因为没念过大学。我念好了书，我妈就不用那么辛苦了。我爸爸要是念了大学，就不会像现在这样天天喝酒了。我外婆说，只要我能考上好大学，就可以买好衣服穿了。念了大学，受了教育，我可以做自己想做的事。从大学里出来，你就是个有知识的人，就知道什么是好人，什么是坏人。对，就知道什么是真的，什么是假的，什么才是真正有生命力的。有了知识，我可以帮助那些需要帮助的人。我要学法律，告诉别人哪些是能做的，哪些是不能做的。我想去大学里看看，听说大学很好，我没看过。

老师问："必须念大学才能接受教育吗？"

大家一起回答："不是！"

"必须念大学才能成为一个好人吗？"

"不是！"

"那好，为什么？我们继续说。"

又是一堆五花八门的理由，孩子们之间也开始相互争辩。因为记忆的差错，也因为有的孩子的英文发音我不能一下子把握，信息的记录一定有很多误差，但这些都无关紧要。重要的是，他们的很多表述在我意料之外，不是道理讲得好，而是思考问题的角度，那个极其自由、烂漫的角度。有中正之言，更多的是偏僻、可爱、由衷的话。这样的哲学课离我的设想很远。哲学系的终身教授Y女士跟我说，她的两个助教在给二年级的孩子开哲学课，我一下子没反应过来，那么小的孩子能上什么哲学课？谁都知道哲学是门艰深抽象的学问，有一大堆规律、定理和假说。“哲学”两个字让我立马想起的是一张沟壑纵横的干瘪老脸，想到皓首穷经，想到无数人告诉过我，这个世界如何、这件事如何，你要如何如何做才行。

但在二年级的小学生这里，哲学不是知识，也不存在结论，没有圣旨和终审判决，而是一种思辨和寻找的过程：首先是自由的、充分的自我表达，是想到什么说什么，说自己的话；其次才是逐渐深入世界的方式。多少年来，我在理解哲学时，首先排除掉的就是“人”，几乎是先验地认为这是个没有“人味儿”的学科，只有榨干了血肉的抽象的道理和逻辑推论才堪称“哲”。我喜欢它只在思辨的意义上，在思维游戏的意义上，其他时候我敬而远之，畏而远之。但是，这些年，希望你也与我同感：我分明感到思辨世界的过程中拖泥带水地夹杂了很多的个人因素，比如经验和情感；我总以为这和我搞文学有关，同时怀疑自己的思考路径是否可靠——个人主义的出发点从来都是要被否定的。这是集体主义规训的诸多成果之一，个人不许跑到前头，要从骨子里头怀疑自我，包括切肤之思、之感。可是，那思、那感偏偏也发自内心，从我们的骨子里头流出来，所以这些年面对“哲学”两个字我一直在自己跟自己打架——其实也不仅仅对一个“哲学”。可能你也一样。

想一想，然后自嘲地笑笑。年过而立，突然在一群二年级的小学生身上发现了另外一种“哲学”，如果这“哲学”不是唯一的“哲学”的话。多年来我习惯于把哲学等同于与“人”无关的结论和定理，总觉得要一把抓住那头的干巴巴的结果才算弄对了，原来不尽然，这一群孩子带着鲜活体温的寻找和自我表达的过程也很“哲学”。如果当年我们像这帮孩子那样通过如此方式进入“哲学”，对我们来说，这门板着脸的学问会意味着什么呢？这个世界又会意味着什么？

一意孤行的文学

我们活在同一种语言和文字里，我们的情感、思考和表达从孔子、屈原、李白、杜甫、曹雪芹、鲁迅那里来，他们是我们的根须和大地，一棵树不能揪着自己的枝叶把自己从泥土里拔离出来。

——《青年写作：何为担当？如何担当？》

我所理解的新写作，当然要新：新质素，新表达；要在习见的写作之外，尽力拓展出新的疆域。

——《青年写作：何为担当？如何担当？》

不忘初心，一意孤行

——在北大中文系 2015 年毕业典礼上的发言

如果不是站在这里，通常这个时候，我也会出没在北大的某个别的地方。2005 年硕士毕业之后，我突然开始喜欢毕业季，一到这时候就迫不及待地往校园里跑，看大家把学位帽往天上抛。我分析了原因，开始以为是我抛的学位帽太少，不过瘾，只好看别人抛——我的确羡慕有很多学位帽可抛的人，所以，先要祝贺各位刚刚或马上要抛帽子的师弟师妹们，祝贺你们以这个华丽丽的动作开启了人生的新篇章。也请你们务必珍惜这段美好的时光，很多年后你们一定会发现，有帽可抛是一件多么幸福的事。后来我又想，没帽可抛固然是我的一大遗憾，更深层的原因可能是，我希望在大家抛帽的那种纯粹、欢乐的状态中重温我当年即将离开北大时的状态。那个时候我和大家一样，面对这个世界浑身有使不完的劲儿，我确信，给我一根没那么长的杠杆，我也可以把地球撬起来。这种确信，不是因为我有多少才华和能力，而是因为，我有所信、有所执。这个信和执，是对文学的信和执，是对艺术、思想、美和担当的信和执，也是对一种纯粹的、干净的生活的信和执。我的信和执如此纯粹、饱满和无辜，我以为它们坚不可摧，无往而不利；我以为即将进入的那个浑浊的、复杂的传说中的世界，也会像红海看见了摩西带领的以色列人一样，自动敞开一条道路。

听到这个源于圣经的比喻，大家就明白，这个世界远比红海的波涛诡谲凶险。它不会一巴掌把你拍死，而是以各种书本上学不到的古怪的逻辑和障碍来缠绕你、混淆你、搅拌你、阻挡你；它以各种旁逸斜出的知识和光怪陆离的经验来诱导你和篡改你，它所使用的完全不是未名湖的、五院的、李兆基人文学苑的逻辑，它自成体系，让你误以为那是根正苗红的生存哲学和智慧；它时刻在向你高蹈的信与执挑衅，直到你像文火加热的水中之蛙，被一寸寸篡改直至臣服和认同。然后，某一天你回头，发现百炼钢早化作了绕指柔。即使你只是一个文人。

必须承认，这漫长的十年里，我每天都面临着被篡改的危险。我完全没有当初想象的那么强大。你慢慢就学会了折中、妥协和沉默，慢慢就习惯了绕着圈子走，慢慢就被磨圆了棱角，慢慢就会发觉，你手持北大牌的知识行走在这个世界上，经常要恍惚和分裂，因为它们分属不同的检验真理的标准。有时候，你在镜子里都能看见自己那张捉襟见肘的脸。

不是我一个人在面对这般撕扯。有一天我和大学同学相聚，每个人都牢骚满腹，原来我们在经历同一种处境。我们都发现我们正离某个美好的东西越来越远，那个东西说得堂皇点就是理想，说得个人点，就是毕业时的初心，就是我们当年抛帽时所持有的纯粹、饱满的信与执。我们浑身充满的那些使不完的力气去哪里了？

所以，十年来我不停地往北大跑。毕业后搬了好几次家，都在围着北大转圈，我都要确保步行十五分钟就能到北大。每一个毕业季，我都会出现在某个抛帽的现场，远远地看年轻的学弟学妹们往天上抛送他们的学位帽。我需要通过这样的场景来确证我们的初心，警醒自己持守住内心的方寸。

基于此，我花了六年时间去写一部长篇《耶路撒冷》。我不是要讲一个好看的故事，我也无意于去图状一个宏大的时代，我的初衷很简单：因为被篡改的惶恐，因为焦虑、纠结，因为心有不舍和不甘。我想知道，一旦有了觉醒的契机，我们还能否从这个摸爬滚打惯了的红尘中立马站直了，往回走，一直走到当年我们抛帽的地方，走到我们人生抛帽的地方。

我几乎是以作论文的方式去写这部小说，我想论证我们还有能力回到各位师弟师妹们刚刚或者即将离开的地方。幸运的是，我论证出来了：我们可以回去。这也是我还对自己、对我们这一代人抱有希望的原因。

非常抱歉，把庆典的欢乐气氛弄得变味了，我真不是来砸场子的，也不是来危言耸听的。我只是提请师弟师妹们注意，知己知彼，守住了，你的内心就可以永远是方的。而不是像我这样，每年都出现在别人的抛帽仪式上，像个总也毕不了业的留级生。

来之前，金锐老师在电话里说，作为一个从事写作的老同志，我最好能谈谈“成功”的经验。这是个相当专业的话题。以我对写作这个行当的理解，“成功”就是不停地犯错误：敢犯错误，会犯错误，一意孤行地犯错误。北大中文系肯定是全世界最能教给我们何为“正确”文学的地方之一，但是世界上最“正确”的文学肯定不止这些，因为还有无穷无尽的“正确”文学有待诞生。它们诞生的唯一途径就是犯错误——冒犯常规，看见别人没看见、看不见的，写出别人没写出、写不出的。当然，前提是修辞立其诚，要走心，你的确看见了，你的确想说出来。只要真诚、坦荡，文学可以一意孤行，文学也必须一意孤行。不惟文学如此，一个中文系的毕业生所能从事的所有职业，大概都需要一意孤行。走自己的路，让别人在一边看吧，欧阳锋倒练九阴真经都练成了。

如果说一意孤行就是我的“成功”经验，那我得再次抱歉，北大中文系最不缺的就是一意孤行。但在师弟师妹毕业之际，我还是愿意把这四个字单拎出来说，如同“不忘初心”，一意孤行到了校外同样不是件容易事，即使仅限于专业。世界从来没有如此复杂，牵一发而动全身。

再次向各位师弟师妹表示衷心的祝贺，也向中文系所有的老师致以最真诚的敬意和感谢，是你们为我们一茬茬的学生在精神上接通了北大的血脉。

新媒体时代与文学

——在复旦大学“新世纪十年文学：现在和未来”国际研讨会上的发言

我不能一一列举新媒体具体指的是哪些，但置身于这个高科技如此发达的世界，似乎根本不需要弄得非常清楚也知道，作为传统文学的从业者，我们同时也已经身处在一个前所未有的困境中。这个困境当然不包括新媒体给文学，给写作、传播和阅读提供的便利，这个困境主要针对的是，经过新媒体改造过的世界给写作带来的巨大困难。

前段时间重读《安娜·卡列尼娜》，再次惊叹这部小说的宽阔和复杂，感叹它对人和世界的认知之广博与深入，毫无疑问，这是可以让所有后来者绝望的经典。但头脑凉下来以后，我又不免庆幸，似乎不必如此绝望，因为《安娜·卡列尼娜》不会再有了，托尔斯泰也不会再有了。不是具备如此才华的作家从此绝迹，而是，这个世界已经不能允许、也不可能会再产生托尔斯泰这样的作家。如果当下真的产生了《安娜· 卡列尼娜》或者《战争与和平》这样的小说，我觉得，对这个时代、这个世界而言，它一定是一部虚伪的作品。

因为托尔斯泰是一个“慢”的时代里才可能产生的作家，是一个人类仍然拥有众多谜团和隐私的世界里才可能产生的作家，《安娜·卡列尼娜》和《战争与和平》也只能是一个“慢”的、有众多未解之谜和隐私的世界的宏大图景。在那样一个时代，世界基本保持步行、奔跑的速度，至多是老式蒸汽火车的速度，世界有可能在几十年乃至上百年中保持一个相对静止的状态，缓慢的节奏足可以让一个目光敏锐的人，像托尔斯泰，只要花上足够的时间，就可以把它看清楚，就可以从整体上把握并描述出来。而且世界有足够多的谜团，每个人有足够广阔的隐秘内心可供你挖掘和探究，你总能在才华和智慧的支持下找到相对陌生的秘密、细节、故事和表达方式。你能找到一个具有相当说服力的整体感和陌生感。

而在当下，在这个新媒体一统天下的时代，整体感和陌生感正在迅速地丧失。

说这个世界瞬息万变，可能没有人能够反对。瞬息万变得益于高科技，新媒体就是其中最重要的环节之一。若干年前，一个信息从地球另一边带过来，需要很多年，乃至一辈子，也就是说，在信息传到你耳朵之前，对面的世界对你来说是不变的，稀薄的信息可以让你沉下心来，充分地想象、虚构和表述，而且基本上也差不离。那个世界的确就是很慢。但现在，“9·11”之后几秒钟，全世界都知道了这场劫难。华尔街两秒钟前某个数字跳错了，全世界的经济都跟着踉踉跄跄。世界上所有人过的几乎是同步的生活，新媒体在今天让我们充分实现了“全球化”。但全球化同时在加速信息传递，无数的信息迅速覆盖、叠加，世界只能以片段和碎片的形式出现在我们眼前，蒙太奇从电影里一跃而出，成了我们生活的常态，你根本来不及坐下来分析、推理、逻辑和演绎，在你的新结论出来之前，更新的世界图景又摆在你面前。而这众多的表象中，哪个真哪个假，哪个有效哪个无效，你无法及时地做出判断，世界的确就以后现代所谓的碎片和拼贴的方式呈现在你面前。你很难获得托尔斯泰式的整体感。我们能做的，也许就是获取片段式的、片面的结论。

这种世界真相的整体感的丧失，必然导致文学，尤其是小说的形式做出相应的调整。新媒体时代的信息之庞杂，固然能为我们的写作提供更多来源，但信息本身的纠结、错位、断裂和真伪难辨，给写作带来了更大的困难。和“慢”的世界不同，一个因未必能导出一个果，凡事未必就能遵循严格的逻辑关系，世界和我们的生活同样很难整一地在小说中表现出来。乱纷纷的世界，你没办法三两下就理清头绪。因此，因果严密的故事整一性小说，在这个全球化的时代我以为会步履维艰，除非你非要顽强地执行你作为作者的意志，把世界的边边角角都删掉，把各种偶然性和可能性都删掉，就留下了一个因果清晰、秩序谨严、具有整体感的故事。如果真这样，我相信当这作品充分地面对世界时，它将是虚伪的。

新媒体让陌生感也在丧失。

陌生感从来都是文学的重要手段和价值之一，谁也不愿去读耳熟能详的东西。但新媒体的迅速制造和传播信息的目的，就在于取消这个世界的陌生感。就像广告词说的：联通世界，我们是一家人。它们致力于在最短的时间内把世界变成一个平面，致力于在最短的时间内为所有神秘的东西祛魅，让所有你知道的东西我们都知道，让所有发生的、可能发生的都暴露出来，包括最隐秘的隐私。如果这个世界所有的东西你都司空见惯，你对这世界的兴趣就会大大降低；同样，如果作家所能占有的秘密、所能经营出的陌生感你都习以为常，你对文学的兴趣也会大打折扣。偏偏作家就是和普通人一样，生活在一个平面和几近透明的世界里，所能占有和处理的资源基本上都是公共资源，你的也是我的，我的也是你的，不分彼此，也分不了彼此——我们的尴尬就出来了。

我们总是羡慕少数民族的作家，羡慕那些从事偏僻职业的作家，羡慕拥有独特而又偏僻经验的作家，因为他们可以提供出我们求之不得的陌生感。我们也总是喜欢读异域风情的小说，喜欢看那些稀奇古怪的故事，原因也在于此——我们希望在这个平面和透明的世界上发现盲点和死角。一个正在无限地消灭盲点和死角的新媒体时代，我觉得，作为写作者应该是高兴不起来的。

但是，我们的确正处在这个时代，而且新媒体的发展已经有了加速度，一日千里。即使你比卢梭还要痛恨科学技术，你依然得适应它。这是世界的大势所趋。我们的写作同样也得适应它，如果说写作必须面对时代，那么，我们的写作只能在整体感和陌生感日渐丧失的困境中转换思路求得发展。

我也想不出什么新招，但我觉得欧美的后现代经典如果能被拿来重新扬弃，然后充分本土化，也许是源头活水和思路之一。此外，也许文学在今天也到了细分的时候，就像其他的工作，就像学术研究，分工越来越细，学科划分越来越精密；因为整体感和陌生感正在流失，五项全能和学贯中西从此以后将越发艰难，甚至根本就不可能，只有深挖洞广积粮，在某个题材和领域内以做学问的态度坐定冷板凳，更加忠直于自己对这个世界的独特体悟和思考，在同中辨异，于无声处听惊雷，或为正途。

这么说希望不是危言耸听，也希望不让人绝望。但有一点应该不难理解，那就是，文学在今天这样一个时代，是需要警惕传统写作中习焉不察的惯性了。

青年写作：何为担当？如何担当？

——座谈会发言

少年强则中国强。梁启超先生百年前的这个论断，早已经成为高翥于中国未来诸种方向上的一个硬指标。文学也不能例外。文学强弱的判定自然不该简单地落实到年轻人的写作上，但青年作家的写作状态、空间与可能性，无疑决定着一个国家文学的未来。

适值五四运动一百周年，回首一百年来在中国百废俱兴的狂飙突进中青年所发挥的作用，我们必须承认，青年的确开创了未来。历史无法一蹴而就，历史是一茬茬的年轻人在成长。仅以新文化运动为例，那个时候的确是靠着一群年轻的作家和学人引导了中国文化与文学的空前变革。当时的领袖人物陈独秀四十岁，鲁迅三十八岁，照当下的年龄界定，都是理直气壮的青年。一百年前的那群年轻人创造了历史，我们今天的文学和文化，也一直走在他们的延长线上。从这个意义上说，就文学而言，青年写作的现状、空间与可能性，的确正预示着我们文学的未来。

那么在今天，新的时代的新的青年，鉴于自身的独特性与可能性，该如何进行自己的“新”写作？

我所理解的新写作，当然要新：新质素，新表达；要在习见的写作之外，尽力拓展出新的疆域。但这“新”，又非刻意的标新立异、哗众取宠，而是根植于现实与传统的独特想象与表达。它应该从《诗经》，从《离骚》、唐诗宋词、《红楼梦》，从新文化运动，从鲁迅的源头汩汩而来，然后深刻地流经我们生长于斯的这片土地，它因势赋形，择地出入，行止适当，它流得从容坦荡，却也流出了自己的方向和形态。

这其中包含了两个意思：一是与传统的接续；一是对既有文学的不满足，破旧立新。

青年总被赋予“反动”的重任，被要求“革命彻底”、另起炉灶。我不太清楚别的行业如何，于文学而言，这断无可能。我们活在同一种语言和文字里，我们的情感、思考和表达从孔子、屈原、李白、杜甫、曹雪芹、鲁迅那里来，他们是我们的根须和大地，一棵树不能揪着自己的枝叶把自己从泥土里拔离出来。很多年里我们放大和曲解了青年“革新”的勇气，以为绝对的新才是年轻唯一的指标。须知这世上没有绝对的新；须知在标新立异经常沦为表演而收获掌声雷动的当下，对传统和根脉的充分正视和汲取才是更巨大的勇气；须知无视常识、混淆视听的时候，对正大庄严的尊重和持守才是更勇猛的精进。

但文学并非一成不变，青年作家更应该有清醒的意识：一代有一代的文学，一代人有一代人的文学。唐诗、宋词、元曲、明清小说，文学一直都在随时代的变化而渐变调整；从雨果、巴尔扎克、托尔斯泰到福楼拜、乔伊斯、卡夫卡，文学也在自身的成长困境中寻求突围和发展。没有一劳永逸、绝对正确的文学，但有堪与时代相匹配的更科学、更合理的文学。

青年作家应该是一群耳目清明、反应灵敏的人，对时代和现实的体悟、感知与困惑理当及时地带入自身的文学表达；对既有文学的不满足，对新的可能性的探究和发现，也理应成为新写作的一种担当。

在我看来，一个好的作家，对自身的写作应该抱有清醒的认知：你的优势在哪，你的局限是什么，你的可能性在哪里。一个好的作家，应该写你想写的，写你能写的，写你能写好的，但此外，还要写你应该写的。

什么是应该写的？我把它理解为“担当”。担当是个大词，上可修齐治平；担当也是个小词，关乎我们对日常生活和写作的一己理解：你对既有文学感到了前所未有的厌倦，所以你要以一己之力去突围，你要寻求新的方法、形式和表达，你要拓宽某一个文体的边界，你胜负未卜、前途渺茫，但你依然决定忠直于自己对现实与文学以及文学与现实关系的理解；你把它当成艺术赋予你的责任，你只是在做你应该做的。最终你可能只是个文学的“烈士”，无妨，一个人错了，两个人错了，三个人错了，只要有一群人都意识到且能够有此“担当”，终会有人在纷繁的歧路中找出几条正确的路来。

做了十五年编辑，写了二十二年，我对当下的创作和自身的写作的确产生了一定的审美疲劳，但同时又深感我们正在与一个源远流长的广大文脉脱节。如何接续传统，又如何破中有立，寻找到自身和当下写作的某种可能性，从而实现“新写作”，当是每一个写作者，尤其是年轻的写作者需要认真思考的事情，这也是五四精神留给当下青年作家的一个重大课题。

冯牧文学奖获奖感言

非常荣幸，也非常意外获得冯牧文学奖。多年前即久闻冯牧文学奖的大名，她是中国最重要的文学奖项之一，我所喜欢和景仰的很多作家、批评家都曾获此殊荣。实话实说，我并非不曾有觊觎之心，我希望我的写作有朝一日能够经受这一大奖的考验。后来听闻冯牧文学奖悄然中断，心下不免失落——不是失掉了获得此奖机会的失落，我还没自信到“万物皆备于我”，而是觉得失去了一个砥砺自己的标高。一个作家的写作与奖项之间，固然不该建立起某种庸俗的必然联系，但也毋庸讳言，及时且有尊严的奖掖，虽不能至，心向往之，于写作之身心健康也不乏裨益。现在，一度中断的冯牧文学奖盛大重启，且巨大的荣誉降临到了我头上，意外与欣喜亦毋庸讳言。

所以在此，我首先想向冯牧文学奖本身表达敬意，这个以前辈作家冯牧先生命名的奖项，她愿意再次挺身而出，见证并激励青年一代的创作，我以为功莫大焉；其次，我想向评委老师们致以最真诚的谢意，感谢各位老师对我的肯定与鼓励，让我有机会在这个隆重的场合，与其他两位获奖者，一起分享文学与冯牧文学奖的荣光，能与优秀的作家和批评家同行站在一起，亦与有荣焉。

这是我写作的第十九个年头，到目前正好占了我生命的一半。十九岁开始决定当一个作家时，我真没想到会一口气坚持十九年。显然，写作还会持续下去，再一个十九年，又一个十九年，继续一个十九年。在这个意义上，此次的冯牧文学奖与其说是对我们业已完成之写作的鼓舞，毋宁说是对我们将来写作的深重期许。

也正是在这个意义上，我觉得有必要对我个人的写作做一个简要的梳理，瞻前方能顾后，继往尤须开来。

毋庸置疑，十九年来，我的写作发生了巨大的变化。根本的变化也许不在于故事换了一种讲法，也不在于讲出了完全区别于当初的新故事，而在于，支持我把故事讲下去的动力发生了变化。如果说，最初的写作完全是由澎湃的倾诉欲望、焦灼的自我表达需求和一点点美好的虚荣心所导引，那么，当沉默逐渐成为日常的主体状态，曾经给点阳光就灿烂的小虚荣、小确幸也即将消磨殆尽的中年生活不期而至，我的写作何以为继？我要靠什么样的内驱力，依然能够把写作和个人的生命有机结合起来，以让写作必要、自然、从容、不竭地进行下去？我认真地思考过，或许此三者，是眼下我写作的源头：

探究的激情。必须承认，和十九年前铺天盖地的好奇心相比，我对这个世界上穷碧落下黄泉的激情大大降低，但这种删减与化约让我心安。我的兴奋点逐渐聚焦到有限的若干问题上，我有一种降落后的踏实感，落到那些问题上，抓住了，扎下根。我不会再大而无当、漫不经心地“心怀天下”，我只想深入、持久地把我最感兴趣的几个问题弄明白。我对它们充满了前所未有的探究的欲望，我要做的只能是深挖洞，广积粮。问题意识已经成为我写作最重要的生长点之一。

思考的习惯。读书和写作给予我的最大恩惠，不是知识、结论和已经写出来的一本本书，而是思考的习惯。每天脑子都在转，已经成为一种永不停息的本能，做梦都能听见思考的发条咔嚓咔嚓走动的声音。我从不妄想我的思考能够洞穿这世界的某些隐秘，但我享受这种时刻都能与世界劈面相逢的新鲜与艰险，这是一种青草、岩石和冰雪消融之际的水流混生而成的状态，它会催生出同样清冽、绵延不绝的书面口语的普通话，我要做的就是把这些声音用文字记下来。

自我辩难的需要。思考的习惯让写作成为可能，而写作让思考得以深入和持久。写作越来越成为我将某些思考充分展开的最有效的途径，那些含混的、模糊的、似是而非的东西，在修辞的运行中逐一现身，变得清晰、确定或者更加含混、模糊和似是而非，而被文字精密加持过的含混、模糊和似是而非，其实已经是另一种意义上的清晰和确定了。年既长，思考与写作也日久，我所确定之事越来越少，犹疑和辩驳越来越多，如果不动笔，我可能会无所适从，变成一个不可知论者。我知道这个世界足够复杂，我也知道文学最终不负责给我们一个清明确切的蓝图，但我依然需要通过文字来辩证，寻找和澄清自己，以便把这个世界看得更清楚。

最后，再次感谢冯牧文学奖和评委老师们，也谢谢见证了这一盛典的诸位传说中的前辈和远道而来的朋友们！

为什么写作

刚认真听了迪亚斯先生的发言，他写作的初衷细腻、动人且充满担当，让我感佩。他讲得非常详尽、生动，但我相信，关于他自己写作的原因他还是没有全部说清楚，因为一个作家永远会找到激发他产生新的表达欲望的理由，这也是我们必须一直写下去的缘由。古往今来的作家们几乎穷尽了写作的理由，但就算是同一个理由，每一个写作个体还会有自己独特和偏僻的理由。比如加西亚·马尔克斯说，他写作是为了让朋友们更喜欢他。博尔赫斯说，他写作是为了让时光的流逝让他安心。我们的作家莫言说，他写作为了顿顿都能吃上饺子。而智利的大诗人聂鲁达，成为一个诗人是他从小就有的愿望。

我说说我的。我写作因为两件事。一是因为一场病。高三时神经衰弱，白天头疼，想睡觉，没法睡，要看书上课考大学，又学不进去；晚上必须睡觉，所有人都睡了，我却又清醒得睡不着，整个人处于一种异常紧张、分裂和绝望的状态。最严重时到了幻听的程度，再进一步就是后来才知道的医学术语：精神分裂。或者忧郁症。那时候的确很忧郁、孤僻，觉得被全世界抛弃了，憋了一肚子话、委屈、绝望和邪火没处撒，没人跟你说，我就写日记。那段时间写了几大本日记。每天晚自习如果不把自己给写通透了、彻底了，根本看不了书。我治疗神经衰弱和失眠的方式后来被医学界的朋友认为相当科学。除了写日记，就是长跑，一大早天还黑着，我就在操场一圈圈跑，下了晚自习，同学们都回宿舍睡觉了，我再到操场上跑。神经像松紧带一样拉过了头，通过长跑和运动能够一点点恢复它的弹性。这是医学上的原理，我不懂，我只知道跑完了，头就不疼了。后来我回头看了那时候的日记，很多完全不知所云，非常的现代派。一点都不像我们熟悉的日记，从早上八点一直写到晚上八点，分门别类，一二三四，我是苍茫而来，混沌而去，想到哪算哪，写到哪算哪，比乔伊斯、弗吉尼亚·伍尔芙和福克纳还要意识流。总之一点都不守规矩。这种毫无章法的写作为我后来成为一个作家打下了坚实的基础，上来我就可以天马行空，通过几大本日记，我把很多文学手法提前训练过了，我把自己写开了。百无禁忌的那样的“开”，自由。念大一时，有一天我突然想到要当个作家时，一下笔，我就意识到，早在我是一个严重的神经衰弱患者时，就已经是一个作家了。

这个理由一点都不高大上，但它是真实的。我相信没有几个人最初真是要“为实现共产主义”“为人民服务”“为天地立心，为生民立命，为往圣继绝学，为万世开太平”而开始写作成为作家的。一个人最初的通往作家之路，都是偏僻的、私密的，甚至完全都没法拿到这个礼堂里来谈。

第二个理由：到世界去。用米兰·昆德拉的时髦的话说，生活在别处。我从小生活在一个偏远的小村庄里，比例尺大一点的县级地图上都很难找到我们村。我们村离县城四十里路，那几乎是我能想象到的世界上最远的距离。不知道迪亚斯先生是否能够理解一个乡村少年遥望世界的梦，我觉得我在世界之外，县城就是那个繁华的世界，就像认为铁岭是国际大都市一样，我觉得我们县城是世界的中心，或者说，是世界的尽头。我一直想到世界去。隔我家一条巷子有个邻居，在县城的一个加工厂上班，骑摩托车。他说他最快十五分钟能骑到县城，我羡慕得不得了，觉得他的摩托车是世界上最快的交通工具。这也是很多年里我一直想有一辆自己的摩托车的原因，我想骑上去一定很拉风。后来我去美国，在高速公路上看见一支年龄都在六十岁以上的老同志组成的哈雷摩托车队时，发现他们的确很拉风。而我邻居骑着摩托车每天去县城上班时，我正在家放牛。每天骑着牛晃晃悠悠去野地里给它找草吃。后来我终于去了县城念高中，我觉得县城真大，我把每条路都记得清清楚楚。印象深刻到后来去了更大的城市，总是转向，总觉得人家南北主干道方向不对，应该是东西路，因为我们县城最重要的一条路是东西方向的。

跟大家想象的一样，到了县城，发现它不是世界的中心和尽头的时候，我又想去更大、更远的地方了：生活还是应该在别处。我要继续到世界去。然后，我到了一个小城市念大学。念完了大一大二，我又想到更广大的世界去，大三大四就到了省城南京念了。本科毕业，工作了两年，病又犯了，想到北京去，然后又考了研究生到了北大。

然后留在北京。这不是结束，我开始不断地出国，今年长长短短的出境八九次。也许以后更多。伴随着不断地到世界去的，是写作，是自我表达。如果以写作论，到远方去，四处游走，周游列国，可以算作是身体的写作；而写作，却是一种精神的旅行。当你没法及时地到世界去时，写作满足了你出走的、到世界去的欲望。当我简述我不断地从一个地方走到另一个地方时，你可能会觉得我一直在路上，就没停下来过，到世界去的欲望好像从来都没被憋着过，实际上肯定并非如此，两个位移之间都是漫长的时光，如此之漫长和煎熬，我必须通过文字去完成一场想象中的旅行。或者说，文学说到底是一场最为经济的精神之旅。坐地日行八万里，巡天遥看一千河。运筹帷幄，决胜于千里之外。说的其实是文学。这些年，我用文学当摩托车，一直行进在到世界去的路上。

当然，当写作成了一种职业和日常生活时，你会发现，你已经离不开写作了。写作成了你自我表达的需要，成了你自我确证的前提，成了你之所以是你的必要条件。就像亚里士多德说的，你的“是其所是”。你写作，因为你有话要说。不说真的会憋死。你有话要说，因为你对这个世界还有激情，还有不满，你希望它能再好一点、更好一点。就像迪亚斯先生说的，你最后写出的是“社会小说”。你可以为了人生而艺术，可以为艺术而艺术，但说到底，你不得不为“社会”而艺术，因为你会要求你的写作及物、有效，在众多可能的指标上立竿见影。

写作不仅是遥想，不仅是“不平则鸣”，写作还是你思考、探寻和发现的最重要的方式。比如，这几年，我突然发现，经由写作，比如我的长篇小说《耶路撒冷》，我发现“到世界去”“生活在别处”有了新解。而这个新的解释同样成为我继续写下去的理由。

有个故事是这么讲的：一个年轻的穷光蛋，一直想寻到宝藏。一天夜里梦见一个白胡子老头告诉他，你要出门去，你要左走、右走，过山、过海、过大河、过森林，然后左转、右转，一直走，有一天你来到一个地方，你在那儿开始挖，你就能挖出财宝。这个年轻人就按照这个老神仙的指点，左转、右转、左转、右转，然后翻山过河，穿过森林和草原，一圈下来，胡子一大把，头发也白了，走成了一个老头，终于来到那个老神仙告诉他的地方，然后在那儿挖。问题是他来到那个地方的时候发现，到自己家了，在他自家的屋檐底下挖到了财宝。有人一定会想，既然财宝就在家门口，我未必要出去。但问题是，如果不周游这一圈世界，你永远不知道财宝就在家门口。换个角度看，对于最后变成老头的这个年轻人来说，我觉得挖到财宝固然是一件高兴事，没准他还会发现，最大的意义、更大的乐趣是在路上寻找的过程。他肯定不会挖到财宝然后坐在那地方抱头痛哭，说这辈子瞎耽误了时间，相反他会很自豪，这辈子见了不少东西，阅尽人世，就算没沾着财宝的边儿，也值了。

这其中，有故乡和世界的别样的辩证关系。通常的理解里，世界就是远离故乡的地方，生活在别处。但是到世界闯荡的人，回到故乡时，可能会发现，一直孜孜以求的世界，就在家门口。故乡也可能就是世界。

可见，写作对我来说已经成了思考和探寻的方式。只要我还有疑惑，还有话要说，就会一直写下去。这也成了我继续写下去的理由。

出走、火车和到世界

去先讲一个听来的故事：

有一个荒远和偏僻的小村子，每天有一列火车从村庄外经过。火车从来不停，最近的一个车站也在一百多里之外。这个村庄里人人都见过火车，人人都没坐过火车，但他们知道，这每天一次呼啸着摇撼整个村庄的火车去往一个神奇的世界，那个世界像仙境一样遥远和缥缈，那里什么都有。只要你坐上这样的火车，你就能到达那个完全不同的世界。一个村庄的人都被遥远的想象弄得躁动不安，每次火车将至，他们就站在村边的泥土高台上，看它荒凉地来，又茫然地去，你怎么招手它都不会停下。日复一日，年复一年。某一日，一个人拉着辆平板车去野地里收庄稼，想在火车赶到之前穿过铁路，很不幸，他对时间的判断出了误差，火车碰到了他的车尾，连同他的人一起甩到一边。火车有史以来头一回在这个地方停下来，那人骨折，无生命大碍，火车带着他到一个陌生城市的医院为他治好了伤。回到家，他说火车真好，外面的世界真好。一个村的人心里痒得更难受。但以此种方式拦火车风险实在太大，没人敢再尝试，就是坐过火车的人也不愿再来一次。又一日，一年轻人拖着一辆平板车等在铁路边，等火车即将从他面前经过时，他闷头拉车就往对面冲。

故事的结局是：火车的确停下来了，那个年轻人死了。围观的人一部分哭着回了家，一部分哭着继续站在那里，在想一个“到世界去”的大问题。

再讲另外一个故事。这故事发生在我现在正写的长篇小说中：

某人，小时候蹲在猪圈里跟猪说话，被猪踢了个仰八叉，后脑勺磕到喂猪的石槽上，从此头脑不太灵光。他喜欢站在路口朝看不见的地方张望，裤子总要提到胳肢窝里，因为这个习惯，所有的裤子只能找裁缝单做，给他加一个无比高的裤腰。他出门极少，活动范围方圆不足十里。年既长，同龄的人都离家到了外面的世界，他在路口也站不住了，想出去。恰逢该地新通火车，他在一个阴雨天的清晨来到铁路边，抱了两块大石头准备放到铁轨上，他想把火车拦下来。在他放下石头之前，火车突然在不远处停下了，因为出了点故障；他以为是他弄坏了火车，恐惧倏忽而至，扔了石头就跑。天降大雨，雷电交加，一道闪电从天上下来，擦着他的脚后跟插进大地。他以为闪电来袭是火车在向他报复。在这个刚通火车的地方，对一个没见过几次火车的人来说，火车可能具有的力量你不知道它究竟有多大，包括某种通灵似的力量。此人跌倒在泥水地里，变得更傻了。后来，他颠三倒四地陈述了雷击的感受：那是有人突然偷走了你的一条腿。可以想象一下，雷击的感觉在一瞬间如同消失，由充满导致的什么都没有。

因为弄坏了火车和遭到火车派来的雷电报复的双重恐惧，这个人从此再不敢“到世界去”。他重新站到路口，你要带他出去走走，他会羞怯和恐惧地拒绝：他怕被雷追上。

这两个故事充满了悲凉的宿命论，在一个光怪陆离的现代都市讲述它们相当的不合时宜。但是没办法，在远离科学、文明和繁华的僻远之处，这些都是日常生活的真相。

而如果把极端的环境从故事里抽掉，只剩下孤零零的一个个人和他们孤独的内心，把它们当成比喻，那么这一群傻子似的人物就是我们自己。我们每一个人都曾拉过那辆平板车，都曾抱起过两块大石头，都曾被急刹的火车和尾随而来的雷电吓破过胆；我们都有一个出走到世界去的梦想，区别只在于，有人被迫放弃了，有人坐上了远行的列车，有人没有放弃，但至今依旧站在原地，继续怀揣出走的梦想，等待上了车或者放弃的那一天，即使我们生活在科学、文明和繁华里。因为不管你在哪里，总有陌生和向往的地方在。生活在别处。在这个意义上，两个故事是我们关于出走的寓言。

多少年来，我一直觉得自己在和一列列火车斗争。登上一列火车，继续寻找另外一列火车；被一趟车拒绝，又被另一趟车接纳。周而复始，永无尽时。对我来说，火车不仅代表着远方和世界，也代表了一种放旷和自由的状态与精神，它还代表了一种无限可能性，是对既有生活的反动与颠覆——唯其解构，才能建构，或者说，解构本身就意味着建构。出走与火车，在我是一对相辅相成的隐喻。所以，长篇小说《夜火车》之后，在我的新的长篇小说中，依然涉及了这个主题。它永未完成。

读书之乐

1

十一岁之前，我住在一个村庄里，无法想象有地方比县城更远。从我家到县城四十里，这是我理解的世界的半径。我看过外国人，在电视里，在这台从姑妈家借来的黑白电视里，他们头发卷曲，高鼻深眼，名字长得憋一口气都说不完，穿着可笑的礼服和长裙。看第一眼我就不喜欢，说中国话也不行（他们的确都说中国话，每一集电视剧结束都会出现一长串配音演员的名字）——竟然还有人长这么丑。这不是我一个人的感受，围在十四吋电视机前的一屋子街坊邻居都不喜欢。这是 20 世纪 80 年代中期，四邻里只有我们家一台电视，一到阴天下雨和晚上，没活儿可干的邻居就聚过来。他们说，换台换台，外国人不好看。我就走到电视前，咔咔咔拧半圈转到另外一个频道。能收到节目的就两三个频道，我们宁愿看另一个频道里跟我们没有任何关系的广告。

十一岁，我去镇上念初中，一半好奇一半虚荣，我向念高中的朋友借来两本外国文学名著，《嘉莉妹妹》和《珍妮姑娘》。拿到书的时候，我能听见那些下雨的午后，因为不喜欢那些外国人我换频道的坚硬的咔咔声。可我已经是个中学生了，得做个有学问的人。《嘉莉妹妹》和《珍妮姑娘》是我最早读的外国小说。我几乎是硬着头皮翻开了第一页。读得出乎意料地顺，因为除了故事我可以完整地复述出来，所有那些稀奇古怪的外国人名我竟然都记住了。当我说出那些复杂漫长的外国人名时，我觉得我的舌头正在跳传说中的芭蕾。也许正是这些古怪的名字激发了我对外国文学的兴趣，接下来我借了《复活》。向同学们讲述喀秋莎·玛丝洛娃的故事，每次说到公爵，我都说出他的全名，德米特里·伊凡内奇·聂赫留朵夫，小伙伴们的眼瞪大了，你可以想象我的虚荣得到多大的满足。显然，这不是简单的记忆力问题。

玛丝洛娃和聂赫留朵夫在相当程度上激发了我对外国文学的阅读兴趣。从《复活》开始，我逐渐进入了持久、自如的外国文学阅读。那点可笑的虚荣是个好东西，异邦人和异质文化对我不再是障碍，反倒成了吸引，由此也修正了我对外国文化、外国人（包括名字、长相、生活习惯等）的拒斥和偏见。我甚至更愿意阅读外国文学、看外国电影。事实上也如此，时至今日，我读过的外国文学，看过的外国电影，在量上肯定远远大于中国的，尽管我毕业于中文系，拿的是当代文学的硕士学位，写的是中文小说。

2

读了一堆书未必要成为作家，也未必能成为作家。高中时我开始写第一篇小说，闹着玩；接着又写了一篇，深受新历史主义小说的影响，古典、纠结，背景是战争，写得很认真，但依然是闹着玩。我也写诗，不过都是那点小文艺情怀和青春期倾诉的欲望作祟，从没想过未来要靠这个行当吃饭。我只是读书，中国小说，外国小说，我想学的是法律，要做的是律师。高考志愿前面一大串报的都是法律，只在最后填了一个中文，考砸了，一头钻进了中文系。我有被闪了一下的失重感，整个大一都没回过神来。能做的就是整天进图书馆，用巨量的阅读把我扶正。这是我一次长达一年的纯粹为阅读而阅读的经历，悲壮地坐在图书馆里，看不清前路地抱着一摞摞借来的外国小说奔走于宿舍和教室。大一暑假，一个人待在校园里，某个黄昏，夕阳半落红霞漫天，我抱着一本书两眼迷离地从宿舍里走出来，迫切想找个人告诉他，我知道我该干什么了。

——当个作家。

阅读本身终于扭转了我的志向。我把它称为“读开了”，第一次“读开”。大量的阅读突然就让你明白了事理，给了你自信，知道哪些事情能做、可能做好，哪些事情你永远也做不了，它给你打开了一条新的路。我的阅读开始有了目的，为写作而阅读。也因这个缘故，我发现就读的这所大学的图书馆不够用了。阅读是一张发散的网，一本书会勾连起另一本书，一个作家要带出来另外一个作家，彼此交叉纠缠，我的阅读之网在这个图书馆里经常一不留神就得断掉。外国小说，尤其是被我心仪的大作家挂在嘴上的那些经典，按图索骥到它们时，抓耳挠腮也找不着。很多想读的书都没有。那个图书馆不算小，对一般的中文系学生来说绰绰有余，教科书上提及的作品基本都有；但对立志要见贤思齐的写作者，必须另有一个别致的图书馆，用以收藏和存储那些刁钻和稀奇古怪的作品。我需要的是一个作家的图书馆。

欠下的书单有一堆，我的阅读欲望无望地积压在一起。天上掉下馅饼，大二结束时我获得一个去另外一所大学续读的机会，那所大学有一个巨大的图书馆。第一次翻看外国文学的索引卡时，我已经激动得气短，那么多寻而不遇的外国小说的书名都被蓝黑墨水工整地写在卡片上。这下发了，好像那都是我的私有财产。

接下来就是"恶补"，那时候读书的确有副穷凶极恶相。每次借书都要满额，还书的速度也比别人快。因为是插班生，任课老师的点名簿上没我的名字，不喜欢的课我都逃掉，不在图书馆就在宿舍，斜躺在床上看书。欠下的阅读债还完以后，我开始了更加疯狂的阅读。大概很少人这样阅读：外国文学占了图书馆一楼的半个厅，国别语种之外，依照字母顺序一架架排列，我就照着字母顺序开始读，每个国家和语种的小说都是从 A 读到 Z。

大三大四那两年，我几乎不抬头。阅读低着头，写作也低着头；图书馆在山上，宿舍在山下，每天上山下山也都低着脑袋，胳肢窝里永远夹着两本书。因为插班，因为上课少，集体活动也很少参加，毕业时和班上的好多同学都没说过一句话。我不知道别人是否觉得这种饕餮式阅读可笑，但如果你要和我一样，积压了如此沉重的阅读欲因为一个偶然的机会才得到这样一个阅读的盛宴，你就能理解我：饥饿的人的确会扑到面包上。

往返于图书馆和宿舍的那两年，我没意识到肚子里装了不少书，对我来说那是习焉不察的日常生活，没什么好说的。毕业后，我去大学教美学和写作，在写作课上，我才发现自己真读了不少外国小说。我把陈旧的写作教材扔到一边，自行其是，按照自己对写作的理解来讲。分若干讲，每一讲只谈小说的一个问题，比如语言、细节、故事、结构、开头、结尾、对话、主题、标点符号，等等。备课时我要从诸多经典和优秀的外国小说里提取例证，除非必须刻板地摘录引文，我几乎不需要查阅资料，读过的外国小说从黑暗的记忆中一部部浮现出来，凭印象我就可以差不离地把小说中相关的内容复述出来，把问题讲清楚。搬家的时候我翻到十年前的教案，备的都是简案，一讲的内容有的只有两三张纸，要点下面通常只是一部部外国小说的篇名和书名。我才发现当时的确读了不少书，那么多现在已然模糊乃至完全遗忘的作品在当时竟可以信手拈来。年轻真是好，记忆力也咄咄逼人。要在如今，哪一讲都得把自己折磨死，两三张纸是无论如何也不够用的。

这是我第二次把自己“读开了”，在对外国文学的接受和理解上。读开的结果不仅让我顺利地完成了那两年的教书任务，更在于，那些经典的作品于我的写作裨益非常。我阅读，我理解，我运用。或许真如别人所说，我们是喝“狼奶”长大的，外国文学给我们的写作提供了压倒性的营养。

3

某年参加一个文学会议，讨论现代文脉与今日写作，一个很有意思的现象：与会的学者和批评家们都在谈中国文学的传统，谈继承，谈五四以降的现代文脉于中国当下的写作之重要；而作家们谈到自己的创作时，完全是数典忘祖，甚至典都不是中国的典，对他们的写作产生重大影响的绝大多数是外国文学和外国作家。一方面是传统之重大，文脉之久远；一方面却是别开蹊径，他山之石可以攻玉。既然我们有一大堆自己的好东西，为什么还要千里迢迢地“拿来”呢？“拿来”倒也无妨，怎至于如此数典忘祖地近乎全盘“拿来”呢？会议结束，我将自己的观察求教于学者，没有得到富有说服力的解答。

其实我们都明白，新文学是“现代”的产物，晚清列强来袭，国门洞开，我们的文学“被”强行“现代性”了。有了“现代性”这个东西，我们发现，文学跟过去的传奇和话本小说，跟明清的一些市井小说不太一样了，它的内倾、反思、质疑，它用以实现内倾、反思和质疑的技巧和叙述模式，都和老祖宗的东西区别了开来；它把我们的文学从平铺在生活和世俗的表面，拽进了生活黑暗的纵深与人物的复杂幽微的内心。一个必须开眼看世界的时代，一个必须深入地自我反思和发现的时代，世俗层面上的故事，人心之外的故事，已经没有能力及物、有效地接近和抵达我们以及我们所置身的这个世界的真相。

现代小说本来就是舶来的，源头在西方，它的一整套行规拿到眼下的中国，的确也可以更有效地解决我们的问题。但我们就是磨不开这个面子：传统从来都是伟大的，中国当代文学当然只能是中国古典文学和中国现代文学的继承与发展，没有鲁迅，我们如何能够想象今日的写作？数典忘祖的行径我们不能接受。没错，中国当代文学的确是走在中国古典文学和中国现代文学开辟的道路上，但你不能由此推断当代文学必然就走在自家的直线上。它可能会拐弯，可能出现岔道，可能会与其他的道路交叉、并轨；它姓“中国”，并不意味着它就是个没有纳入另一种基因的纯种。鲁迅当然是现代文脉最重要的一支的源头，鲁迅就那么“中国”？他的《狂人日记》从题目、形式到内容，都从俄国来。他在《呐喊》《彷徨》和《故事新编》所动用的叙事资源，他的振聋发聩的“现代性”，接的显然也不是古典小说的轨。

但在那次会议上，一部分学者和批评家们似乎放任鲁迅的旁逸斜出，却希望将当下的写作强硬地编制进中国的“传统”和“现代文脉”里。

当然，这也是个周期性发作的老问题，我们太想“纯粹”和“一尘不染”了。20 世纪 80 年代，林毓生先生在《中国传统的创造性转化》中就已经开始探讨这个命题，林先生的态度倒是比较实事求是，他从外来文化为我所用的角度反方向地阐明了该问题：“简单地说，是把一些中国文化传统中的符号与价值系统加以改造，使经过创造性的转化的符号与价值系统，变成有利于变迁的种子，同时在变迁过程中，继续保持文化的认同。这里所说的改造，当然是指传统中有东西可以改造，值得改造，这种改造可以受到外国文化的影响，却不是硬把外国东西移植过来。”这一以我为本的创造性转化充满艰辛，中国文学传统的现代性转换更是道阻且长，它要从核心处找到适用和提升当代写作的宝贵资源。

这些年文学界也一直在进行“回归传统”的努力：大踏步后退，章回体的实践，方言写作，回到最基本的市民生活，等等，但基本上流于形式，动不了文学的根本。

也许事情确乎如此，外国文学给我们当下的创作提供了极为重要的源头活水。当我们的作家在直面当下的生活、在正视我们最真实的内心时，可资利用的现代小说精神，可供实现最直接、最有效的自我表达的最顺手的叙事工具，如果它们来自外国文学，那我们必须承认，“狼奶”也是“奶”。当然，从我们自身的文学传统中寻找新的文学生长点的努力，同样需要持之以恒地进行下去，传统中必将有那么一部分无比契合地衍生了千万年的读者与写作者。

4

这几年开始读中国古典文学和文化。

开始只是语言的需要。语言是个奇妙的东西，你不从根本上抓住它，在语言的海洋里你就会慢慢地浮上来，表达变得越来越不及物。那些准确的、本质的、无限逼近真相的东西沉睡在海底，当你的语言鞭长莫及，你就会陷入深刻的无力和无助感。当下的语言固然鲜活，有一定的表现力，但生发出这些新鲜语言的根本依然在古典文学中，所谓万变不离其宗。所以，每写一部篇幅稍长的作品之前，我都会读一些古典文学，深入感受一下文言的魅力，希望那些美妙的语言能够充分浸润身心。余音绕梁三月，就可以支撑我写出三五万字了。

这个习惯保持了多年，很功利，就冲着语言的好感觉去。但这几年，大量阅读和重读古典文学，就不再肤浅于语言之表之用，而是想在文化和思维的路径上跟传统接上头。是人到中年，文化的基因作祟，逼迫我回望源头？不知道。我依然认为中国传统文学缺少现代性的质素，但有些想法正在经历缓慢的调整：为什么一定要对文学绳之现代性呢？如果不以此为文学的唯一标准，今天的文学是否会有另一番可能？中国古典文学既然几千年来能够形成如此沉雄厚重的传统，必然有其合理性，那么，这合理性究竟在哪里？即便是意欲对之做“现代性的转化”，也需要融会贯通，知己知彼。

此外，另有新的想法出现。

很多年里我们一直强调与世界文学“通约”，我们希望自己的文学在与欧美文学同台竞技时得到一个最大公约数，我们求一个“同”。为了这个“同”，我们选择性地趋附、迎合乃至自我阉割而不自知，我们以“西”和“西化”马首是瞻，基因中的“东方”和“中国化”一定程度成了我们文学和艺术的原罪，避之唯恐不及。而在文艺作品中大规模地使用“符号化”的意象和细节，看上去似乎很中国，究其深层心理，未必不是对西方的反向模仿。我当然不认为求取“最大公约数”是个问题，世界范围内的文艺，公约数是相互理解与交流的前提；有问题的是，“最大公约数”成为我们文艺的唯一旨归。

必须承认，最大公约数在今天变得越来越容易，也越来越廉价。全球化已然产生了加速度，短短数年内这个椭圆的世界一览无余，成了“平”的、透明的，我们的生活在无限地趋同；不管你愿意不愿意、同质化都是人类无法避免的归宿。避免同质化，最大限度地做“这一个”，我不知道这个世界上有多少种可靠的药方，我能想到的，也许就是：认真地辨析出哪些是真正有价值和意义的“公约数”，守住它的同时，尽可能拓展和发掘出自身的独特性，勇敢地亮出你自己。我们的独特性在哪里？我们从哪里来？

——传统。沿传统溯流而上，我们才能找到自己的源头。

正是在这个意义上，回头读中国古典文学和文化，也便有了单纯的审美之外的更加开阔与丰厚的乐趣。

遥如古人的师兄越来越近

很多年前写过一段时间诗，怎么写都觉得不自在，词语放不开，很板，像一段话潦草地分了行，不得已转而写小说。事因难能才可贵，所以我坚决认同诗歌是文学的王冠——不是照抄文学理论的成见，而是对自己才华捉襟见肘的体悟。我对诗人向来抱有不确当的尊重，即使在诗歌泛滥成口水的当下。不写诗但我是个诗歌的忠实读者，喜欢的诗人会反反复复地读。海子是最常看的诗人之一。

最初读到海子时我还没进北大，他的神话式的声誉对我很抽象，那就是一个诗人在中国最好的大学里振聋发聩，在中国的当代诗坛上同样声名卓著，书本上和传闻里的评价只是一个简单的判断句，让我放下他的诗时想，哦，那个我很喜欢的自杀了的诗人海子。他的诗如此新鲜、干净，他用麦地、太阳、月光和鲜花这些最简洁的词汇搭配出了汉字最美丽的语境，这些诗总让我想起南北朝时期的《古诗十九首》，想起“西北有高楼”，它们像抒情的民谣，适宜朗诵、歌唱和默默地体味。这个人魔术一般地操持着现代汉语。

—我的遥想到此为止。

到北大念书后，有一回在外面和朋友聚会，说到诗，一个朋友说：海子，你的师兄。我当时就愣了，海子，我的师兄？那么遥远和抽象的一个人，我怎么就能和他发生了联系？我当然知道他在北大念过书，当然听到过无数次同学们把他挂在嘴边，但是我从来没有意识到，我上课的地方他曾经也坐过，我走过的地方他也走过。他是如此遥远，足以脚不点地地从北大校园里飞升出去，找不到痕迹。和海子联系在一起的那个“北大”，我觉得对我抽象而又陌生，跟我身处其中的这个“北大”好像不是同一个学校。在我的感觉里，海子仿如一个“古人”。这个时间上的分裂感让我心里很久都存着怪异的感觉。我想我得把它一点点理顺，把一个感觉中虚飘的东西证明出它的实在来。这个事至今还在做，也许没有意义，的确可能就是没有意义，但这不为攀附，只为了平复内心里那古怪的感觉。

要一点点找：先是《亚洲铜》。考研之前复习时，朋友帮我找来往年的试题，有一道题目就是分析海子的《亚洲铜》。说真话，这首诗现在我也不敢说就理解了，更不要说是否理解对头了。当时我不得不去找一堆资料来帮助消化，很多解释都不能让我信服，我又说不出道道来，只好暗暗祈祷，千万别遇到这一题。很好，果然没遇到，拿到试卷我松了一口气。这是我头一次可以与北大与海子之间搭上线的事。

然后是师生间的聊天，说起校园里立雕塑的事。2005 年李敖来北大，据说打算出资在北大为胡适先生立一座塑像，终于未果。师生们聊起来，一位老师说，有很多塑像都该立，比如海子，若在北大校园或者五院（中文系）里立一座海子的塑像，那也是一件顶好的事。我也觉得该立，北大有悠久深厚的诗歌传统，树立几个大诗人的形象让后学瞻仰，岂非大大的善举。而海子对北大当下诗歌传统的影响无疑是第一位的。一个光秃秃的校园和一个充满鲁迅、蔡元培、李大钊、胡适、马寅初和海子等人雕像的校园，其氛围、其底蕴定然要有所不同吧。耳濡目染，见贤思齐，对学术之薪火相传，用膝盖想也该是大有裨益的。我一个劲儿地说要得要得，还说学校应该弃绝偏见，不唯古不唯老，因为海子若在世，当时也不过四十一岁。私下里的聊天，说过了也就说过了，北大校园里的塑像似乎至今也未见其多。

现在说到这事，忽然想起来，那次聊天，其实我已经增加了对海子的校友的认同感。你看，我希望把他的塑像立在五院，说起海子满打满算只有四十一岁，他好像已经不再是“古人”了。

在一个名叫《啊，北京》的中篇小说里，开头我写：“我查了一下过去的日记，3 月 26 日，我在北大英杰交流中心认识的边红旗。看明白了这个日期就觉得实际上没必要查，3 月 26 日是海子的祭日，1989 年的这一天他在山海关卧轨自杀。这是个纪念。”这是我第一次在文章里写到海子。这一天是北大的未名诗歌节，为了纪念海子，从 1993 年开始，先是未名湖诗会，然后是未名诗歌节，都定在每年的这一天。读书期间，几乎每一届诗歌节我都去当听众，在这个时候你会发现，整个诗歌节都在烘托一个叫海子的诗人，在这个兼为祭奠的节日里，他代表诗歌和一种诗歌的精神。也正在此时，我才会比较明晰地感觉到，一个早逝的诗人在离北大越来越近，离你越来越近。

如果把海子和北大捆在一块，谈他们和我的关系，除此之外我不出更多。吾生也晚，没赶上那些轰轰烈烈的好时候，只见过海子的照片，见过和海子有过同窗之谊的朋友，但他们谈起故友似乎很少——我说的是谈起一个活生生的海子的时候。当大家谈起他时，多半是在谈论一个象征和标志，如同谈经论道。他被神话之后，血肉和日常生活不得不从这个世界上退隐掉。我又是诗歌之外的人，写不了诗之后也不再去钻研诗歌的技艺，海子的诗对我来说更多的是阅读上的喜好，他没有隆重地参与我精神和文学上的建构，或者说，他对我影响很小。

——如此说来，我更感兴趣的，也许仅仅是前面所说的，某一天一个人跟我说，海子是你师兄呢。我被"师兄"这个家常的表述吸引了，我想尽可能真切地感受到这个"师兄"，不只作为一个文学的符号，更作为一个人。

这要说到在重庆丰都的一次诗歌朗诵会，这一次海子离我之近大概是空前的，因为我说了"师兄"。2007 年春天我去丰都参加《诗刊》"春天送你一首诗"活动，在一所中学的诗歌朗诵会上，主办方希望我这个写小说的也朗诵一首，我就在众多备选诗中挑了《面朝大海，春暖花开》。我想朗诵这一首，不仅仅是学生们熟悉，还因为这是春天，在春天里的 3 月 26 日，海子生海子又死，看见那首诗时我感到了悲伤。那首诗也让我悲伤，我对端正地坐在凳子上的孩子们说：这首诗献给你们，也献给在天上的我遥远的师兄。

我吃惊自己说出了"师兄"这个词，实实在在地说出来了。这里有着怎样缓慢的情感变化，不得而知，反正那一刻这个称谓把诗歌和人与我的距离一下子拉近了。我们从没见过的师兄，遥远得如同“古人”的师兄。原名查海生，笔名海子。

又将到海子的祭日了，春天里的 3 月 26 日，看到文学界和很多媒体已经激情澎湃地开始了又一轮的“海子热”，这是好事。“海子热”“诗歌热”“文学热”无论如何也比那些乱七八糟不靠谱的“热”有意义，何况是在这样喧嚣与茫然的时候里。所以也跟着凑点热闹，把一个小的感觉梳理出来，立此存一下照。

王小波给当代汉语小说松了绑

谈论王小波很危险，你要谈出点新东西很困难，二十一年了，边边角角都被别人谈过了。谈论王小波又很安全，无论怎么谈，艺术、思想、体制外写作、独立知识分子，包括天不假年、英年早逝，没读过王小波作品的人也可以谈得头头是道。这个社会已经围绕着不同关键词，成功地形成了包治百病的表达方式：怎么说都不会跑题。

我也在不同场合从不同角度谈过王小波，有些是有备而谈，有些是一时的应激而发，有些不得不承认，就是权宜之计，安全地烫剩饭。在谈过很多次王小波之后，我还该不该谈？还能谈些什么？这些天我一直在想这个问题。直到昨天晚上，我终于想明白了。

首先是谈。不管多危险，都要谈。谈出新东西算是发现，谈不出新东西，至少也是在向一位早逝的前辈表达艺术和思想上的敬意。说王小波酒香也怕巷子深，显然早就不合适了。中国当代的作家里，眼下享受到王小波这等荣光的可能没几个，他可能是当代在民间真正实现了经典化的为数不多的作家之一。一旦在民间被经典化，就成为普罗大众日常生活的一部分，参与了我们日常精神背景的建构，像空气一样，须臾不可离开。你不会因为茅台远在贵州的山区就懒得去喝，它的香味飘遍全中国，哪一条巷子里都闻得到。那么，为什么还要谈？谈是为了进一步伸张和正名，谈论是阅读的另外一种形式。因为说到底，谈不重要，或者说，谈最终是为了读。表达尊重和敬意的最好方式就是阅读，阅读王小波，从谈开始。

既然谈，谈什么？我想明白的是，不给自己定指标，就一条原则：只谈自己想谈的，只谈自己理解最深、多少年来一直放不下的那一些。

从1998年左右看的第一本王小波（《黄金时代》，花城出版社）算起，于今二十年了。那时候我刚开始写小说，打了鸡血一样饕餮群书。二十年来看了不少小说，也写了不少小说，对这个行当也算逐渐有了深入的理解。每个作家都有一座私人的万神殿，每个作家也都有一部分在关键时刻可以乞灵的消防队员式的作家楷模。在我的万神殿里，有王小波；在我的消防队员里，也有王小波。尤其后者，王小波在前排就座。我的写作陷人胶着、黏滞，迈不开步的时候，我经常会把王小波的书找出来看上几页。几页就管用。他会迅速为你松绑，让你的思维放松、自由。写作往深处掘进，一种可能是越写越宽阔、越从容、越放松，另一种可能是完全相反，越写越拘谨，越写越紧张、沉滞，负担日重，不敢越雷池一步，这时候，就得找人救火了。我通常会看几个作家，比如若泽·萨拉马戈，比如君特·格拉斯，比如波拉尼奥，比如王期，比如王小波。他们都有一种放言无忌、叙迷如人无人之境的能力。

而具体到王期和王小波，二十年来我从未改变一个观点，即：他们解放了汉语小说的叙述，给当代汉语小说松了绑。在王朔之前，口语似乎从没有如此大规模地进人汉语小说，他给小说的“说”正了名，即使之前曾有过轰轰烈烈的方言写作，依然没有把汉语小说从端庄的书面化中解放出来。或者说，他把小说之“说”的地位提高到前所未有之重要，让小说里自始至终飘荡了一个真正日常的口语。不管这种口语化于小说的这一艺术文体而言是否科学，大概也没法否认，王朔以一已之力改变了当代汉语小说叙述的生态。然后是王小波，毋庸置疑。

除了小说叙述的口语化，王小波还在另外一个角度上改变了当代汉语小说的外在形态，让“夹叙夹议”呈现出了前所未有的面貌。确切地说，王小波让“夹叙夹议”变成了“叙中有议、议中有叙”，乃至实现了“叙即是议、议也是叙”。之前的小说，你可以很容易地就把议论从叙述中清晰地隔离出来，就像从米中挑拣出沙子；到了王小波这里，你很难把议论和叙述截然分离，两者已然水乳交融。单论哪一方，于整个小说而言，都是血肉模糊的肢解。它们两位一体。

常用的主人公王二自由地出人小说，在任何一部涉及王二的小说里，都至少有两个叙述时间，一是故事发生的时间，一是讲述故事的时间。王二在两个时间之中自由穿梭，让小说呈现出了元小说的特征。在《红拂夜奔》和《寻找无双》此类古代题材小说中，依然存在两个时间，跟王二的故事一样，你会觉得也有一个立足点在当下，它们同样也像元小说。

你如果把它当成一个技巧，那就错了。王小波好像不曾被归入“先锋派”，究其原因，我想不在他的写作没赶上 20 世纪 80 年代的先锋浪潮，而在于，他的写作根本与 20 世纪 80 年代的先锋派就不是一码事。导致王氏小说之面貌的，不是他的技巧和形式感，而是王小波所特有的思想深度。他总能有所洞见。因为见识高远，作为叙述者的王二等才有足够的能力“观古今于须臾，抚四海于一瞬”，让“议论”与“叙述”如影随形，相互自由穿梭出入，你中有我，我中有你；你即是我，我也就是你。

在当代文学史上，王小波大概是最具风格化的作家之一。风格鲜明的作家更容易模仿，掐准了那个调调就可以乱真。所以一度王小波“门下走狗”甚众。但路遥知马力，时日既久，门徒中似乎也并未出现可堪支撑门户的大力神，多半都各回各家，各找各妈，寻更适于自己的出路了。不是他们不虔诚，也不是他们不用心，而是缺少王小波那种高拔的视野与识见，思想力不足以穿透和同化小说的叙述。齐白石论及后来者，说：学我者生，似我者死。固然有大树底下不长草，李白石、王白石永远成不了齐白石之意，怕也有形似只是枝叶，神似方为根本的警戒。从这个意义上说，特立独行的王小波，也许还得继续“特立独行”下去。

灵魂镜视者
——列夫·托尔斯泰

很多年里我都不喜欢列夫·托尔斯泰，虽然他是我最早拜读的大师之一。不是因为他写得不好，而是因为他写得太好了，好到所有人都在说他好，那么我就不喜欢——对众口一词的大师和圣人我有莫名其妙的警惕和拒绝。鲁迅也如此，我对中学课本中所有鲁迅文章被阐释出的无比丰饶的微言大义感到绝望，我受不了语文老师“说文解字”般地把巨大的意义落实到一个个标点符号上。至于吗？

我只能不喜欢。

当然这是个相当情绪化的错误，大学毕业后我重读鲁迅和托尔斯泰时，为此倍感后悔，好书是栽培身心的原始股，读得越早你赚得越多。所以得尽力把亏欠的给补回来，这些年我反复重读。我把自己变成了一个过去一直讨厌的那种人，提到托尔斯泰和鲁迅我就要忍不住对你跳脚：好啊，你一定要读。

——虽然时下搞文学的国人已经习惯了把拍托尔斯泰巴掌视为矫情和恶俗，没关系，像当年坚持的情绪化一样，我还要再坚持一回。

托尔斯泰长得丑，为此半生自卑和苦恼。我打开老托的画传一张张照片和画像翻看，朋友看见他的大胡子、崎岖的五官和深邃的目光，说，帅呆了，好一张山河岁月、世道人心的脸！托尔斯泰泉下有知，听了不知会作何感想。朋友把我的话说了。在这张脸上你的确能看到山河壮阔、岁月浩渺，看到世道繁复、人心忠直。不知道当年须髯飘飞的托尔斯泰揽镜自照时，看到的是什么。年少时，他每一次站在镜子前，都要为一缕总也不服帖的头发、为自己难看的高额头和凸下巴懊恼和焦虑。

我断定托尔斯泰是个爱照镜子的男人。丑人皆如此，照镜子为寻求安慰，希望自己一觉醒来成为汤姆·克鲁斯，这和自恋既背道而驰又殊途同归。年既长，托尔斯泰继续照，他在镜子里由五官看到了内心，由自我看到了身处的整个世界。正如我们现在在镜子里看到的托尔斯泰。

一个作家，一生最大的任务也许正是照镜子。先审视自我，从肉身到灵魂，然后推己及人，再由人心抵于更广大的世道。

早期的作品《童年·少年·青年》和日记里，托尔斯泰已经把自己定位为忠诚的镜视者。在一个虚荣和作弊也可以博得理解和合法性的年龄里，托尔斯泰已经早早地把自己置于两面镜子之前。一面镜子实实在在，轻触微温，他拍打自己只能在幻想中才可以变英俊的脸，镜子残酷不说谎，一如既往，托尔斯泰的虚荣无处藏身；如果这还不够惨，那在看不见的幽暗处，另一面镜子接着竖起来，抽象，是看不见的刀，这是他自愿的，他立志自虐般地盘剥自己的内心和欲望，他决意把最隐秘的煎熬和盘托出，务求真实，像对待敌人一样彻底，让欲望、缺陷和丑陋来个底朝天。灵魂的审查官不会躲在日记里工作，他要行诸文学作品，把真实的灵魂公布出来：对，这个人就是列夫·托尔斯泰，这就是列夫·托尔斯泰的人写出的人物，他们如此这般云云。

我们的文学理论中有古训：修辞立其诚。经得住这五字真言推敲的写作者大概凤毛麟角，且不说众多只愿在自己外围打转的人，写了一辈子无关痛痒的应景文章说了数万吨场面话，即便是那些咬牙切齿要用自我连通世界的作家，在自己跟前摆一面镜子时，是否还有勇气说：我究竟是谁？我们中的勇敢者，也许做得到不虚美，是否也做得到不隐恶？而写作的基本之义就是省察自我、勘探人心，直面和正视灵魂之丑陋和欲望之渊源。如果真拿“人类灵魂的工程师”之美誉来尺度作家，我们还是认了吧，绝大多数都是假冒伪劣产品。

知己方能知彼，洞悉人心然后兼济世道。无疑勘探灵魂乃是作家最大的职责与道德，如果匡时救世，把笔落到更辽阔的世界上，那也不算越位，不过是将兴趣扩展到一个国族的灵魂上而已。老托尔斯泰永为典范，他为俄罗斯的灵魂搬来镜子。一个国家的问题不会比一个人的更小，他不得不用笔鼓呼，公开与沙皇叫板，但这依然还不能分解他对俄罗斯的忧患。老人家不仅要在信仰和理念上完满“托尔斯泰主义”，他还须俯身躬行，行动起来才能真正心安。办学，从基本的文化启蒙开始，壮大俄罗斯的心智；克己苦修，仗义疏财，解放农奴，还地于民。伯爵先生要在世俗和精神两个层面上塑造出健康的俄罗斯人。

一个人是否能够改变世界？远道而来的托尔斯泰信徒会说：当然。也许更多的人倾向于保守和矜持，他们说：一个人只能是一个人。

——就算这样吧，那托尔斯泰这个人是怎样的一个人？一再重读之后，我的想法是：我越来越喜欢这个倔强的老头，在文学上他是大师，在世俗中他是圣人。在俄罗斯瞻仰过托尔斯泰故园的师友送我件礼物，褐色木质相架，图片里的老托尔斯泰目光如炬，须发峥嵘其白如雪；面相山河岁月、世道人心。师友说，他是单为我“请”来的。一个“请”字，有他对老托的尊崇和隆重。

相架在我书桌上，此刻，能听见我敲打出的每一个字。如果须发之间的耳朵够好，一定能分辨出那些声音足够真诚。这个喜欢照镜子的老头，已然成了一面镜子。

孤绝的火焰

——重读黑塞

十几年前读黑塞，留下来的印象是，这是个我很喜欢的散文家；现在重读黑塞，我觉得他是一个诗人和人生哲学家；而真正让黑塞名世的当然是他的小说，我过去和现在读的也基本上都是他的小说——这就有意思了，为什么我读着小说却偏偏无视他的小说家身份呢？

得好好想想。

十几年前我刚念大学，正值年少，半瓶醋，生瓜蛋子往往最张狂。似乎年少时都如此，你憋了一肚子情要抒，你满脑门的歪理邪说想对人讲，你都静不下来去踏踏实实体会一个长故事，也没那个耐心去认真打捞诗歌分行后漏掉的那部分意蕴，你以为什么都理解什么都能理解，喜欢摘抄和使用甜得发腻的抒情段落和那些峨冠博带的哲理篇章，那么，读黑塞正合适。他的情感比我还泛滥，文字比我还美丽忧伤，对人生和精神的思索更是我所莫及—他把我镇住了，一肚子的情和话硬生生地咽回去。无知者可以无畏，即便我从黑塞那里得到了不少见识，依然无所畏惧，有的反倒是同盟者的会意与窃喜。我在他那里看到了我想抒的情和我想说的话，他如此善解人意，仿佛下笔时想到了世上还有另外一个人；他说得又如此之好，我完全可以拿过来就用，我振振有黑塞词，满可以把别人唬得一愣一愣，半瓶醋晃荡起来的感觉也很好。如果没看过《纳尔齐斯和歌尔德蒙》，你能知道神属父、艺术属母不是我说的?

反正那时候我是把黑塞当成了摘抄本，一个刚刚看见文学和思想的影子的准文学青年，只会对他作断章取义的欣赏和理解，指点和倾诉欲望汹涌澎湃，等不及我从整体上把握一个作家。因为言说和满足言说是年少的第一要务，我看见的黑塞文字，只能是散文，不会是诗或者小说。

那么时至今日，为什么他依然不能重新做回他的小说家？或者说，在他的小说里，为何我看到的黑塞更为清晰的形象乃是一个诗人和一个哲学家，而非小说家?

前段时间朋友短信我：一定要看《悉达多》。她的意思或许是，我与黑塞有相同的职业，既为典范，且是她千里挑一的钟爱之书，我应该看一看。朋友的眼光素来令我敬佩，我赶紧往书店跑，拿到这个三月份刚出的新译版本。恰好之前刚读过菲利普·罗斯的小说《凡人》，和《悉达多》一样，是个薄薄的小册子，题旨也颇类似，都是对人一生的证悟：前者凡俗，一生琐碎卑微，死有无奈也有清明；后者修道，艰辛破执求索，终得了晚年宁和的正果。两相比较，我回朋友短信：我更喜欢《凡人》而非《悉达多》。原因是，我在《凡人》中看见了小说应有的丰沛的人间烟火和日常细节，看见了一个活生生的人如何一点点死去，他遵循着在这个世界里生活的逻辑；而在《悉达多》中，我看到的只是一个人在往一个抽象的真理狂奔——尽管悉达多悟道的历程缓慢曲折，但他的历程如公交车线路一样早就被黑塞预设好了，悉达多只要不出轨，必定能如愿抵达终点。黑塞在小说里给了形而上充分的空间，形而下的世界则寥寥几笔，我看不到一个人在通往未知的征程中必将面对的无数的偶然性，也看不到他在众多偶然性面前的彷徨、疑难、否定和否定之否定，那些现实的复杂性被提前过滤掉了，生命的过程因此缺少了足够的驳杂和可能性。

不惟《悉达多》，《盖特露德》《罗斯哈尔德》《德米安：埃米尔·辛克莱的彷徨少年时》《纳尔齐斯和歌尔德蒙》，等等，大多皆如此。我知道它们都是振聋发聩的经典，作为小说从它们诞生之日起即开始惠及众生，我在阅读中也时时为之唏嘘动容，但我仍然要说，我看到的更像是一个卓越的诗人和哲学家在讲故事——讲故事从来不是诗人和哲学家的目的，他们旨在借故事表达古怪的激情和某种涉及精神疑难的真理。他的小说如同一个诗人自闭于修道院里写就的，少了市声、杂音和喧嚣，他激情难抑，但少有鲜活澎湃的生命感；他对灵魂的追问一意孤行，以至无暇顾及纷扰的日常细节和现实逻辑，人物和故事因此自在地在意念的空间里生长，主人公很容易抬脚就迈上一条纯粹的精神之路。

的确，很少有作家有能力像黑塞这般深入我们的精神困境，因为很少有作家有能力面临黑塞那样多的精神问题。这个从小就以逃学来反抗陈腐的教育制度和枯燥的宗教家庭氛围的德国人，敏感、多思，对浪漫的幻想永无餍足；浪漫主义者从来都是理想主义者，而理想主义者中几乎所有人都只能是失败者，世界永远不会给他们提供匹配的时代和生活，黑塞在其中，注定与世界为敌。当他的信仰为世所伤，他会像唐·吉诃德一样提枪上马，大战风车。设想一下他火焰般的激情，以及他追寻内心的孤绝的志向，再设想一下，如果一个认死理的人疯狂起来，结果会是什么？——他必定身陷重围。有黑塞的一生为证：一个人反战，一个人隐居，一个人独自承担畸形残缺的家庭生活。不出问题才是怪事，所以他不断经历精神危机，不得不求助于荣格的弟子。

由此，就能理解为什么内心、精神、信仰、意义等宏大抽象的命题充满了黑塞的文学，甚至很多小说本身就是破解一次次精神危机的产物。也由此，可以解我的疑惑：黑塞想做的其实是正视内心，寻找灵魂的出路，小说不过是用来展示他寻找的历程；他怀抱如此巨大的激情和精神焦虑，小说也只好趋于诗化和哲学化了。